# 덕천서원

## 德川書院

경상대학교 남명학연구소
**남명학교양총서 27**

# 덕천서원
## 德川書院

최석기 지음

景仁文化社

# 책머리에

남명을 제향하는 서원으로 대표적인 곳이 산청의 덕천
서원, 김해의 신산서원, 합천의 용암서원이다. 이 세 곳
모두 남명이 은거하여 학문을 연마하고 후진을 양성한 곳
이다. 그 가운데서도 덕천서원은 남명이 만년에 학문을
완성한 산천재와 남명의 묘소가 있는 덕산에 있다. 그래
서 조선 후기 경상우도 지역 유학자들은 남명이 그리울
때 덕천서원을 찾아 사당에 배알하였고, 도가 무너지고
시대가 혼란스러울 때 덕천서원을 찾아 도를 부지하고 시
대를 구제할 방도를 물었다. 그러므로 덕천서원은 남명
의 정신이 면면이 전해지는 도학의 성지로 인식되었다.

조선 후기 남명학파의 후예들은 덕천서원을 퇴계退
溪를 제향하는 안동의 도산서원, 회재晦齋를 제향하는 경
주의 옥산서원과 함께 영남의 도학이 발원한 것으로 보
아 삼산서원三山書院으로 일컬었다. 조선시대 도학은 영
남에서 뿌리를 내려 꽃을 피웠으니, 이 삼산서원은 영남
의 삼대 서원일 뿐만 아니라, 우리나라 도학의 발원지라
고 할 만하다. 성호星湖 이익李瀷이 「동방인문東方人文」에

서 "퇴계가 소백산 밑에서 태어나고, 남명이 지리산 동쪽에서 태어나 북도는 인을 숭상하고, 남도는 의를 주로 하였다. 그리하여 유교의 교화와 기절을 숭상함이 바다처럼 넓고 산처럼 우뚝하게 되었다. 우리나라의 문명이 이분들에 이르러 절정에 달하였다."라고 한 말을 되새겨보면, 남명과 퇴계는 조선시대 성리학을 이 땅에 정착시킨 장본인이라고 할 수 있다. 따라서 우리나라 정신사에 가장 높이고 받들어야 한 선현이다.

이런 분을 모신 덕천서원에 대해, 고건축물이 남아 있는 문화유적지로만 보고 그 속에 깃든 깊은 의미를 음미하지 않는다면, 오늘날 수준 높은 문명을 다시 건설하기 어려울 것이다. 그래서 남명의 후학들, 곧 우리의 선조들은 덕천서원을 어떻게 인식하고 덕천서원에 찾아와 어떤 생각을 하였는지를 엿보는 일은 오늘날 우리의 정신문화를 새로 수립하는 데 밑거름이 될 것이다. 이 책은 이런 목적으로 기획되어 세상에 선을 보이게 되었다.

서원은 강당講堂의 이름과 문루門樓의 이름에 그 서원에 모셔진 선현의 학술과 정신이 고스란히 담겨 있다. 그런데 강당의 이름과 문루의 이름은 유학과 성리학에 상당한 식견이 있는 사람이 아니면 알기가 어렵다. 덕천서원에는 문루가 없지만 강당의 이름 경의당敬義堂은 남명 사상의 핵심을 드러낸 것이다. 경의敬義는 남명학의 요체로 일컬어지는데, 남명학을 말하면서 조선시대 유학자들이 말하던 경의를 그대로 되풀이해서 말하면, 요즘 사람들은 이해하기가 어렵다. 경의는 남명이 유학의 심성수양론 가운데 핵심이 되는 문구를 자신의 사상으로 정립한 것이며, 남명이 해석한 유학의 종지宗旨이다.

이렇게 깊고 넓은 의미가 담긴 경의를 오늘날 그대로 말해서는 일반인들이 이해할 수 없다. 가급적 쉽게 풀어서 그 의미를 이해할 수 있도록 해야 한다. 그렇게 해야 덕천서원 경의당에서 남명을 만날 수 있다. 필자가 이런 생각으로 이 책을 기술하였지만, 간혹 어렵게 느껴지는 내용이 있을까 걱정이 된다.

유학에서는 마음을 그냥 놔두면 불선한 데로 흐르기 쉽기 때문에 마음을 붙잡고 보존하라고 가르친다. 공자가 "마음은 잡으면 보존되고 놔두면 달아난다."고 한 것이 그런 의미이다. 그래서 마음을 붙잡고 순수한 본성을 길러나가야 인격이 완성된다고 말한다. 그렇지 않고 이를 방치한 채 그냥 두면 감정에 이끌리는 대로 움직여 악으로 빠지게 된다. 그래서 성리학의 수양론은 마음의 본연인 천리天理를 보존하고 인욕人欲을 제거하라고 말한다.

남명의 경의학은 경敬을 통해 착한 본성을 늘 보존해 도덕적 양심을 기르고, 의義를 통해 일을 결단하여 사회적 정의를 실천하라는 말이다. 경敬은 공경恭敬 또는 외경畏敬을 뜻하는 말로, 마음을 풀어놓지 않고 늘 긴장하여 상제上帝를 대하듯이 하라는 말이다. 한 순간도 이런 자세를 잃지 않고 마음을 보존하여 기르고, 움직이는 마음을 살피고, 악한 마음이 발견되면 즉석에서 물리쳐 본원으로 되돌리는 것이 경의학이다.

이런 남명사상을 덕천서원을 찾는 많은 사람들이 알고 느껴 자신을 되돌아보는 계기가 된다면 우리 사회는 분명히 달라질 것이다. 오늘날 우리 사회는 개인의 양심이 무너져 근본이 사라져가고 있다. 남명의 경의학은 궁극적으로 개인의 근본을 튼튼하게 하여 사회의 근본, 국가의 근본을 확립하자는 것이다. 그러므로 오늘날 우리에게 가장 절실히 필요한 것은 나의 근본을 바로 세우는 일이다. 모든 사람들이 양심을 돌아보지 않고 오로지 돈만을 생각하고 있으니, 개인의 근본이 확립되지 않는 것이다.

『맹자』 첫 장을 펴면, 양 혜왕梁惠王이 맹자에게 "당신은 무엇으로 우리나라를 이롭게 할 수 있소?"라고 하자, 맹자는 "어찌 굳이 이로움만을 말씀하십니까? 또한 인의仁義가 있을 따름입니다.[何必曰利 亦有仁義而已矣]"라고 하였다. 오늘날 우리들은 모두 양 혜왕과 같은 생각을 하고 있다. 그래서 이 시대에 맹자처럼 '이익만을 추구하는 것이 인생의 전부가 아니고 사람은 인의의 본성에 순응하며 살아야 합니다.'라고 외치는 사람이 있어야 한다.

조선시대 남명이 그랬다. 모든 사람들이 권력과 영화만을 추구하는 시대, 도덕은 무너지고 권력자에게 아부하는 자들이 판을 치는 시대에 남명은 물러나 몸소 도덕을 실천하여 사람이 이 세상에 태어나 무엇을 위해 살아가야 하는지를 보여주었다. 그러기에 오늘날 우리들에게 큰 감동을 주는 것이다.

이 책은 덕천서원을 소재로 하여 쓴 것이지만, 필자는 덕천서원을 찾는 분들이 이 책을 통해 남명의 정신을 만나기를 간절히 바라는 마음으로 집필하였다. 덕천서원을 찾는 분들은 사당에서 남명에게 배알하며 그 정신을 우러르고, 경의당에서 남명의 경의학을 오늘날에 비추어 되새겨 보고, 세심정에서 흐르는 냇물에 마음을 씻어 광풍제월光風霽月처럼 청량한 마음을 안고 돌아가시길 바란다. 이것이 남명사상을 조금 엿본 필자가 여러분들에게 드리는 작은 선물이다.

2014년 겨울 남명학관 산해실에서 최석기가 쓰다.

# 목 차

# 1

## 조선시대 서원

## 1. 향교와 서원

### 인륜을 밝히기 위해 학교를 개설해야 한다

맹자孟子는 등滕나라 문공文公이 나라를 다스리는 방도를 묻자, 먼저 민생안정을 위한 항상恒産을 언급하면서 토지제도 개혁을 역설하였다. 그 다음 교육문제를 언급하면서 상庠·서序·학學·교校를 개설하여 젊은이들을 가르쳐야 한다고 주장하였다. 맹자는 학교교육의 중요성을 인식하여 다음과 같이 상세히 설명하였다.

상庠은 노인을 봉양한다는 의미이며, 교校는 백성을 가르친다는 의미이며, 서序는 활쏘기를 연습한다는 의미입니다. 하夏나라 때는 교校라 하였고, 은殷나라 때는 서序라 하였고, 주周에서는 상庠이라 하였으며, 학學은 하·은·주 시대

에 함께 사용하였으니, 이 모두 인륜人倫을 밝히는 것이었습니다.[1]

이처럼 초기 학교는 노인봉양, 민중교화, 무예연습을 위해 개설한 것이었는데, 맹자는 교육의 목적을 모두 인륜을 밝히기 위한 것이라고 해석하였다. 인륜을 밝힌다는 것은 금수禽獸와 다른 인간사회의 질서를 확립한다는 말이다. 이는 공동체 사회의 보편적 정의를 추구하는 것으로, 정치와 형벌로 통제하기에 앞서 윤리와 도덕으로 교화하는 것을 의미한다.

송대 주자朱子:朱熹는 『맹자』의 위 구절을 해석하면서, 학學은 국학國學이고, 나머지 상庠·서序·교校는 향학鄕學이라고 하여, 학교 교육을 국학과 향학으로 나누어 보았다. 이러한 교육기관은 모두 국가에서 설립한 관학官學으로, 중앙교육기관과 지방교육기관이 일찍부터 발달했음을 보여준다.

또 『예기禮記』 「학기學記」에 "옛날의 교육제도는 집안家에는 숙塾이 있고, 당黨에는 상庠이 있고, 술術에는 서序가 있고, 나라國에는 학學이 있다."라고 하였다. 당黨은 500호戶의 고을이고, 술術은 주州와 유사한 행정단위로 2,500호의 고을이다. 이 기록에는 교校가 빠져

---

1) 『맹자』 「등문공 상(滕文公上)」 제3장.

김해향교 풍화루

있는데, 교는 12,500호의 향鄕에 설치한 교육기관이다.
이에 근거해 보건대, 주나라 말쯤 되면 지방에도 행정단
위별로 교육기관이 개설되어 있었음을 알 수 있다.


### 우리나라 지방교육기관 설립

우리나라에서는 삼국 시대부터 중앙교육기관인 국학
을 개설하여 인재를 양성했다. 그러나 지방교육기관은
고려 시대에 들어와 비로소 설립되었다. 고려 광종光宗은
쌍기雙冀를 등용하여 과거를 통해 인재를 선발하는 정책

을 시행했는데, 이에 힘입어 학교교육이 활성화 되었다. 당시 교육기관으로는 국자감國子監 · 사문四門 · 구재학당九齋學堂 등이 있었다.[2] 이는 모두 수도에 설립한 중앙 교육기관이다. 태조 때 서경西京(평양)에 학교를 세우기도 하였지만, 이 역시 지방교육기관이 개설된 것이라고 보기는 어렵다.

고려 시대 학교에서는 『시경』 · 『서경』 · 『주역』 · 『주례』 · 『예기』 · 『의례』 · 『춘추좌씨전』 · 『춘추공양전』 · 『춘추곡량전』 · 『논어』 · 『효경』 등을 가르쳤는데, 이는 당나라 때 유행하던 9경에 『논어』 · 『효경』 · 『맹자』 · 『이아』 등을 추가한 북송 시대 13경 체제를 준용한 것이라 할 수 있다.

고려 시대 지방교육기관을 개설한 것은 인종仁宗 5년(1127)에 이르러서였다. 인종은 이 해 3월 조서를 내려 여러 주에 학교를 세워 교도教道를 넓히라고 하였다.[3] 그러나 모든 지역에 향교가 개설되지는 못하였다.

지방에 향교를 개설하여 유교교육을 전면적으로 시행한 것은 사대부정치 시대인 조선왕조에 이르러서였다. 유교 국가를 표방한 조선은 각 고을에 향교를 개설하고, 지방관 평가에 학교운용실태를 반영함으로써 지방교육

---

2) 『고려사』 권73, 志 제27, 選擧1.
3) 『고려사』 권74, 志 제28, 選擧2.

이 활성화되었다. 태종 6년(1406)에는 향교의 정원과 전
지田地를 고을의 크기에 따라 차등적으로 정하였다.[4]


## 조선 시대 국립학교

조선 시대 교육기관은 관학官學과 사학私學으로 양분된
다. 관학은 성균관, 사학四學, 향교, 잡학교육기관으로
나누어 볼 수 있다. 그리고 사학은 서원과 서당으로 나

성균관 대성전

---

4) 『태종실록』6년 6월 27일조.

누어 볼 수 있다.

　성균관은 태학太學·반궁泮宮 등으로 불린다. 성균관은 태조 7년(1398년)에 건립한 고등교육기관으로, 국가에서 필요로 하는 인재양성을 목적으로 하였다. 성균관은 사마시司馬試에 합격한 사람이 입학할 수 있었으며, 기숙사 생활을 하였다. 공간구성은 성현에게 제사를 지내는 대성전大成殿, 강학을 하는 명륜당明倫堂, 기숙사인 동재東齋·서재西齋 등으로 크게 나누어 볼 수 있다.

　사학四學은 고려 시대 학당을 계승한 것으로, 수도에 설치한 성균관의 부속학교와 같은 성격이었다. 따라서

성균관 명륜당

덕천서원

성현에게 제사를 지내는 문묘文廟를 갖추지 않고 명륜당과 동재 · 서재만을 두었다. 향교는 고려 시대부터 지방에서 개설된 지방교육기관으로, 조선 시대에는 일부 변방을 제외하고는 각 군郡 · 현縣에 모두 개설하였다. 향교에는 대성전 · 명륜당 및 동재 · 서재를 갖추어 성균관처럼 교육과 향사享祀의 기능을 겸하였다. 이 외에도 국가에서 필요로 하는 인재를 양성하기 위해 역학譯學 · 율학律學 · 의학醫學 · 천문학天文學 · 지리학地理學 · 명과학命課學 · 산학算學 · 화학畵學 · 악학樂學 · 무학武學 등의 잡학교육기관을 중앙에 개설하였다.

향교는 각 지방 관청에서 관할하게 하였다. 정원은 부府 · 대도호부大都護府 · 목牧에는 90명, 도호부에는 70명, 군郡에는 50명, 현縣에는 30명으로 하였으며, 교수敎授 · 훈도訓導를 배치하였다. 또한 5~7결結의 학전學田을 지급하여 비용에 충당하도록 하였다. 그리고 향교의 흥함과 쇠함을 수령의 고과考課에 반영하였으며, 수령은 매월 교육현황을 관찰사에 보고하였다. 그러나 향교는 성리학이 발달하는 추이에 부응하지 못하여 16세기 서원書院이 창건되면서 쇠퇴의 길을 걸었다. 효종 때 학적부에 해당하는 향교안鄕校案에 이름이 오르지 않은 자는 과거 응시를 허락하지 않는 등 조정에서는 향교 부흥책을 썼지만, 서원 위주의 지방학문이 성대해지는 형세에 밀려 유명무실해지고 말았다.

고종 31년(1894) 과거제도가 폐지되면서 향교는 명목만 남게 되어 교육기능이 상실되고 향사享祀의 기능만 유지되었다. 우리나라의 향교 숫자는 단종 때 만든『세종실록지리지』에는 329개, 중종 때 만든『신증동국여지승람』에는 329개, 영조 때 만든『여지도서輿地圖書』에는 327개로 되어 있으며, 1918년 조사통계에는 335개로 되어 있다. 현재 남한에는 234개의 향교가 남아 있다.

## 조선 시대 사립학교

사학私學은 서원書院과 서당書堂으로 나누어 볼 수 있다. 서원은 지역의 공론에 의해 만들어진 법인체라고 할 수 있으며, 서당은 개인이 사적으로 만든 교육공간이다. 서원이라는 명칭은 당나라 때부터 본격적으로 등장하기 시작하는데, 국가기관을 의미하는 경우도 있고, 개인의 독서공간을 지칭하는 경우도 있었다.

송나라는 사대부정치 시대가 막을 연 시대로, 과거를 통해 인재를 선발하였다. 그러나 송나라 때에는 학교 교육을 크게 중시하지 않아 각지에서 서원이 건립되기 시작하였다. 예컨대 호안국胡安國은 호남湖南 벽천서원碧泉書院에서 강학하였고, 장식張栻은 장사長沙 악록서원嶽麓書院에서 강학하였고, 주희朱熹는 남강南康 백록동서원白鹿洞書院에서 강학하였고, 여조겸呂祖謙은 금화金華 이택

서원麗澤書院에서 강학하였고, 육구연陸九淵은 금계金溪 괴당서옥槐堂書屋에서 강학하였다. 이처럼 송대 서원은 각 지방에 거주한 성리학자들의 강학공간으로서 지방학문의 중심역할을 하였다. 중국의 4대서원으로 일컬어지는 백록동서원 · 악록서원 · 석고서원石鼓書院 · 숭양서원嵩陽書院 등이 모두 송나라 때 설립된 것들이다.

우리나라 서원은 중종 38년(1543) 풍기군수 주세붕周世鵬이 그 지역 출신 유학자 안향安珦의 학덕을 기리기 위해 건립한 백운동서원白雲洞書院에서 비롯되었다. 서원건립의 주목적은 선현에 대한 향사와 유학 교육의 진흥에 있었다.

우리나라 서원은 산수가 아름다운 한적한 곳에 위치하며, 그 지역의 선현들을 제향하며, 지방교육 진흥에 크게 기여한 점을 특징으로 들 수 있다. 그러나 서원이 너무 많이 설립되어 향교가 쇠퇴하는 원인을 제공했고, 지역사회의 여론을 주도하는 유림의 집결지가 되었

소수서원 정문

소수서원 경렴정

으며, 선현 향사를 빌미로 횡포를 부리기도 하고, 정쟁에
가담하여 당쟁의 온상이 되기도 하였다. 이런 폐단이 극
심해지자, 대원군은 고종 8년(1871) 47개만 남기고 모두
폐쇄해 버렸다.

　서당書堂은 고려 시대부터 있었는데, 조선 시대에 더욱
발전하였다. 이는 전적으로 개인의 의지에 의해 설립되
는 사설교육기관이기 때문에 제약이 없었다. 따라서 그
규모와 성격도 매우 다양했다. 서당에는 평민도 가서 배
울 수 있었기 때문에 학문을 보편화하고 지역사회에 윤
리를 전파하는 데 큰 역할을 하였다.

## 향교와 서원의 차이

향교와 서원의 몇 가지 특징을 정리해 보면 다음과 같다.

첫째, 향교는 국가에서 건립한 관학官學이고, 서원은 지역의 유림이 건립한 사학私學이다.

둘째, 향교는 지방 관아가 있는 읍치邑治에 소재하는 반면, 서원은 선현의 연고지로서 산수가 빼어난 한적한 곳에 설립한다.

셋째, 향교는 지방 관아의 수령이 관장하였고, 서원은 지역 유림의 공론으로 원장院長과 원임院任을 선임해 관장하게 하였다.

넷째, 향교는 공자 및 역대 선현을 제향하는 대성전과 강학을 하는 명륜당과 동재·서재로 구성된 반면, 서원은 지역 연고가 있는 선현을 제향하는 사당과 강학공간인 강당과 동재·서재의 기숙사로 구성되었다.

다섯째, 향교는 정원이 정해져 있던 반면, 서원은 정원이 정해져 있지 않았다.

여섯째, 향교는 봄과 가을에 석전제釋奠祭를 지내는 반면, 서원에는 봄과 가을에 향사享祀를 지낸다. 석전제란 학교에서 술과 음식을 차려놓고 선성先聖·선사先師에게 제사를 올리는 것을 말한다. 향사는 사당에서 술과 음식을 차려놓고 선현에게 제사를 올리는 것을 말한다.

## 2. 16세기 서원 건립

### 서원 건립의 배경

조선 시대는 사대부정치 시대이다. 사대부정치 시대는 사대부가 정치의 주역이 되는 시대로, 권력을 세습하던 귀족정치 시대와 변별된다. 사대부정치 시대에는 과거를 통해 인재를 선발하며, 사士가 정치권에 나아가 벼슬을 하다가 물러나면 다시 사의 신분으로 돌아가는 것이 원칙이다. 그러나 권력을 장악한 공신세력과 개혁을 원하는 신진세력 사이에는 갈등이 일어날 수밖에 없었고, 그런 갈등이 심화되어 사화士禍가 발생하였다.

조선 전기는 훈구파와 사림파가 권력투쟁을 한 시기이다. 훈구파는 공신이나 외척 등 권력을 장악한 기득권층을 말하고, 사림파는 재야에서 새로 진출한 신진세력을 일컫는다. 신진세력은 선현의 도를 배우고 심성을 수양하여 공맹의 사상을 실현하고자 한 사람들이다. 이들은 대체로 과거공부와 같이 위인지학爲人之學만을 하지 않고, 학문과 도덕을 중시하는 위기지학爲己之學을 중시하였다. 15세기 후반부터 사림세력이 성장하면서 과거공부를 위주로 하는 향교 외에 위기지학을 하는 새로운 교육의 필요성을 인식하였다.[5] 김종직金宗直의 문하에 소학

---

5) 정만조, 「한국서원의 발자취」(『한국의 서원문화』, 도서출판 문사

동자로 불린 김굉필金宏弼 등은『소학』을 통해 인간자세를 확립하는 것을 무엇보다 중시하였다. 이후 김굉필의 문인 조광조趙光祖가 도학정치를 표방하면서 사림파는 역사의 주역으로 등장하였다.

그러나 사림파는 훈구파와 대립하면서 여러 차례 화를 당했다. 그런 과정을 겪으면서 사들은 반성을 하게 되었고, 성리학적 이념을 실현하기 위해 무엇을 어떻게 할 것인가를 고민하게 되었으며, 자신들의 존재방식을 정치적 투쟁으로만 한정하지 않고 다양한 방법을 모색하였다. 그리하여 출사를 하지 않고 성리학에 깊이 침잠하여 이론적 토대를 심화시키기도 하고, 성리학의 요점을 간추려 심신을 수양하여 도덕성을 제고하기도 하고, 성리학의 이념을 사회적으로 확산시키기 위해 강학을 하기도 하고, 성리학의 사회적 실천을 위해 향약鄕約을 보급하기도 하였다. 그 중에 하나가 성리학적 윤리규범을 실천하고 확산하기 위해 서원건립의 필요성이 대두된 것이다.[6]

이러한 사회적 분위기 속에서 1543년 풍기군수 주세붕周世鵬이 그 지역 출신 유학자 안향安珦을 제향하는 사당에 유생교육의 기능을 더하여 백록동서원을 건립함으로써 우리나라 서원의 효시가 되었다. 그러나 서원의 기

철, 2014) 18~19쪽 참조.
6) 김기주, 『서원으로 남명학파를 보다』,(남명학교양총서23, 경인문화사, 2013) 39쪽 참조.

능과 역할을 뚜렷하게 정립하지 못하여 선현을 제향하고
유생이 공부하는 장소로서의 의미를 갖는 데 그쳤다.

　우리나라 서원의 제도는 1550년 풍기군수가 된 이황李
滉에 의해 그 틀이 갖추어졌다. 이황은 경상감사 심통원
沈通源에게 올린 글에서, 송나라 때 서원이 각지에 지어
진 내력을 언급한 뒤, 다음과 같이 말하였다.

　　은거하여 자신의 지향을 구하는 사士와 도를 강명하고 학업
　　을 익히는 사람들은 세상에서 시끄럽게 다투는 것을 대부분
　　싫어하여 서책을 싸 가지고 넓고 한적한 들판이나 적막한 시
　　냇가로 피해 가서 선왕의 도를 노래하며, 고요히 천하의 의
　　리를 살피면서 덕을 축적하고 인仁을 익숙하게 하면서 이런
　　삶을 즐겁게 여깁니다. 그러므로 기꺼이 서원에 나아가는 것
　　입니다. 저 국학·향교가 사람들이 많이 모이는 성곽 안에
　　있어서 앞으로는 학령의 구애가 있고 뒤로는 기이한 사물에
　　유혹되거나 마음을 빼앗기는 것과 비교해 볼 때, 그 공효가
　　어찌 동일하게 말할 수 있는 것이겠습니까. 이런 점에서 말
　　하자면, 사士가 학문을 할 적에 서원에서 역량을 얻게 될 뿐
　　만이 아니라, 나라에서 인재를 얻는 것도 서원에서 기대하여
　　국학·향교보다 나을 것입니다.……제가 삼가 살펴보건대,
　　지금의 국학은 참으로 현사賢士가 들어가는 곳이지만, 군·
　　현의 학교는 문구文具만 개설하고 있을 뿐 교육은 크게 무너

져 사들은 도리어 향교에서 공부하는 것을 수치스럽게 여기고 있습니다. 그 폐단이 극심하여 그것을 구제할 방도가 없으니, 한심하다고 하겠습니다. 오직 서원교육이 오늘날 흥성하게 일어나고 있으니, 거의 학정學政의 결함을 구제할 수 있을 것입니다. 학자들이 귀의하는 바가 있어 사풍이 그로 인해 크게 변하고, 습속이 날로 아름다워져 왕의 교화가 이루어질 것입니다.[7]

이 글은 향교교육의 폐단을 지적하면서 그 대안으로 서원교육을 새로 부각시킨 것으로, 위기지학爲己之學을 원하는 사들이 공부할 수 있는 장소로는 서원보다 더 좋은 곳이 없다는 논조이다. 그리고 서원교육을 활성화하면 국가에서 인재를 얻는 데도 관학보다 더 나을 것이라는 점을 언급하고 있다. 백성을 교화화기 위해서는 우선 사림의 습속을 바꾸어야 하고, 그러기 위해서는 학문과 도덕을 실천할 수 있는 도장이 필요한데, 그 대안을 서원에서 찾은 것이다.

이황은 이러한 서원제도를 공식적으로 승인받기 위해 조정에 상소하기 전 먼저 권력의 중심에 있던 심통원의 동의를 구하고, 그의 힘을 빌려 서원을 공식적으로 승인받으려 한 것이다. 이처럼 이황은 서원제도를 안정시키

---

7) 李滉, 『退溪集』 권9, 「上沈方伯通源-己酉」.

도산서원 전경

기 위해 백운동서원에 대해 국가의 지원과 사액賜額을 청
하였다. 이런 이황의 노력에 힘입어 드디어 1550년 4월
소수서원紹修書院이라는 사액이 내려지게 되었다. 후대
이익李瀷은 1709년 소수서원을 둘러본 뒤 "이 서원은 주
후周侯·周世鵬가 창시하였고, 과조科條를 만들고 규제를
제정한 것은 노선생老先生·李滉의 공이 많았다."라고 하
여,[8] 서원의 제도를 확립한 공을 이황에게 돌렸다.

　이를 보면, 서원은 16세기 사림파의 자기반성에 의한
산물이라고 할 수 있으며, 성리학적 이념을 솔선하고 확

---

8) 李瀷, 『星湖全集』 권53, 「訪白雲洞記」

산할 인재를 양성하기 위한 필요성에 의해 만들어진 것임을 알 수 있다. 특히 서원 교육의 중요성을 인식하여 가장 먼저 서원을 건립한 주세붕과 서원제도를 정립한 이황의 공이 컸다고 하겠다.


## 서원의 입지立地

신유학을 집대성한 주자는 지남강군知南康軍으로 재직할 적에 백록동서원의 복원을 청하여 올린 「백록동첩白鹿洞牒」에서 "신이 근래 지형지세를 살피며 친히 그곳에 가서, 사면의 산수가 빙 둘러 있어 맑고 그윽하여 시정의 시끄러움은 없고 천석의 빼어남은 있어서 진실로 여럿이 모여 강학하며 자취를 숨기고 저술할 만한 곳임을 살펴보았습니다."[9]라고 하였다. 이처럼 주자는 백록동서원의 입지로 사방에 산이 빙 둘러 있고 시내가 흐르는 한적한 장소임을 강조하였다.

중국의 서원이 모두 배산임수의 산수가 빼어난 곳에 입지한 것은 아니지만, 주자가 백록동서원을 복원하면서 서원의 입지로 강조한 '산수가 어우러진 한적한 장소'라는 개념은 우리나라 서원의 입지를 정하는 데 기준이 되었다. 그것은 주자학적 사유를 체득하고 실천하는 장소

---

9) 朱熹, 『晦庵集』 권99, 「白鹿洞牒」.

로서 가장 적합한 장소이기 때문이었다. 위 인용문에 보이듯, 이황도 이 점을 강조하고 있다.

또 우리나라 서원건립의 입지를 정하는 기준으로 제시된 것이 선현의 자취가 남아 있는 연고성이다. 이황은 경상감사 심통원에게 올린 글에서 "진실로 선정先正의 발자취와 향기가 남아 있는 곳으로 최충崔沖 · 우탁禹倬 · 정몽주鄭夢周 · 길재吉再 · 김종직金宗直 · 김굉필金宏弼이 살던 곳과 같은 장소에 서원을 건립하지 않음이 없되, 혹 조정의 명으로 건립하기도 하고, 혹 사적으로 건립하게 하기도 하여 학문을 하며 수양을 하는 곳으로 삼아서, 성조聖朝의 학문을 숭상하는 교화와 밝은 시대 인재를 양성

소수서원 앞 냇가 경석(敬石)

하는 성대한 덕화를 빛나게 해야 합니다."[10]라고 하였다.
이처럼 선현의 연고지에 서원을 세우는 것을 하나의 기준으로 제시한 것은, 우리나라 서원의 입지가 중국 서원의 입지와 다른 점이다.[11]

이상에서 살펴본 것처럼, 우리나라 서원의 입지는 산수가 빼어난 한적한 곳, 그리고 선현의 연고성이 있는 곳이 빼놓을 수 없는 준거가 되었다.


## 서원 경관의 의미

우리나라 서원은 산수가 아름다운 한적한 곳에 입지를 정하다 보니, 자연스럽게 배산임수의 지형에 건립되었다. 즉 서원은 산수와 불과분의 관계를 맺고 있다. 그것은 단순히 산수가 아름다운 곳을 선호하거나, 경관이 빼어난 배산임수의 장소를 선택한 것이 아니다. 이는 김덕현 교수가 지적했듯이, 천인합일天人合一의 세계관을 체득하는 장소로서의 의미가 있는 것이다.[12]

일찍이 공자는 "지자智者는 물을 좋아하고, 인자仁者는

---

10) 李滉, 『退溪集』 권9, 「上沈方伯通源-己酉」.
11) 김덕현, 「한국서원과 천인합일 경관」(『한국의 서원문화』, 도서출판 문사철, 2014) 53쪽 참조.
12) 김덕현, 위의 글, 51~58쪽 참조.

산을 좋아한다."[13]라고 하였다. 즉 산과 물은 그냥 자연이 아니라, 인간의 덕과 깊은 연관성을 가진 것으로 파악한 것이다. 산은 그 자리에 변함없이 있으면서 만물을 포용한다. 이는 마치 의리를 편안히 여겨 후중한 덕으로 언제나 변치 않는 어진 사람에 비유할 수 있다. 물은 산에서 나와 흘러가며 들판을 적셔준다. 이는 마치 지혜로운 사람이 사리에 통달하여 한 가지 사고에 정체되지 않고 모든 일에 응대하는 것과 같다.

공자는 또 시냇물을 보고서 "흘러가는 것은 저와 같구나. 밤낮으로 흘러가며 쉬지 않는구나."라고 하였고,[14] 또 시냇물을 볼 때마다 "물이여, 물이여."라고 감탄하였다.[15] 맹자는 이에 대해 풀이하기를 "근원이 있는 물은 끊임없이 솟아나서 밤낮으로 쉼 없이 흐르며, 흐르다가 웅덩이를 만나면 그 웅덩이를 채운 뒤에 다시 흘러가, 결국 바다에까지 이른다. 근본이 있는 것은 이와 같으니, 공자께서는 이 점을 취하신 것이다."라고 하였다.[16]

공자는 눈앞에 보이는 시냇물을 보고서 그 근원을 생각하고, 그 귀결처를 생각한 것이다. 이는 눈에 보이는 현상을 통해 그 이면에 있는 본원과 결과까지 본 것이다.

---

13) 『論語』「雍也」.
14) 『論語』「子罕」
15) 『孟子』「離婁下」.
16) 『孟子』「離婁下」.

맹자가 "물을 보는 데 방법이 있으니, 반드시 그 물결을 보아야 한다."[17]고 한 말도 그 물결을 통해 그 근원을 보아야 한다는 뜻이다.

근원은 원리이고 이치이다. 사람의 근원은 생물학적으로는 조상이지만, 심성론心性論의 측면에서 말하면 하늘이다. 『중용』에 "하늘이 모든 생명체에게 명한 것을 성性이라 한다.[天命之謂性]"라고 하였다. 마음의 근원을 하늘에 두는 것은 『중용』에 "본성을 해치지 않고 순응하는 삶을 도라고 한다.[率性之謂道]"라고 하였듯이, 인간다운 삶을 영위하기 위해서이다. 자동차가 차도에서 벗어나면 사고나 나듯이, 인간이 인도를 벗어나면 금수와 다름없기 때문이다. 그래서 『중용』에서는 "도라는 것은 잠시도 벗어나서는 안 되니, 그것이 벗어날 수 있는 것이라면 그것은 진정한 길이 아니다."라고 강조하고 있다. 그리고 이 인도를 벗어나지 않기 위해, 즉 하늘이 부여해준 본성을 거역하지 않고 순응하며 살기 위해 감각기관인 눈과 귀로 보고 듣지 못하는 은밀하고 미세한 것에 대해서도 경계하고 삼가며 두려워하라 가르치고 있다.

이렇게 보면, 우리 인간의 본질은 마음속에 있는 성性이고, 그 성의 근원은 하늘이며, 하늘은 바로 자연의 이치임을 알 수 있다. 그래서 『중용』에서는 사람이 하늘

---

17) 『孟子』 「盡心上」.

과 하나가 되어 합하는 것을 인간이 추구해야 할 가장 바람직한 길이라고 하였다. 그런 길을 몸소 걸어서 하늘과 하나가 된 분이 공자이다. 이것이 송대 신유학자들에 의해 재해석되면서 천인합일天人合一 사상으로 정립된 것이며, 주자가 『중용』을 특별히 중시한 이유이기도 하다.

공자의 도를 전해 받은 자사子思는 『중용』을 지으면서 "군자의 도는 그 작용이 넓으면서도 그 본체는 은미하다.〔君子之道 費而隱〕"라고 하면서 눈으로 보고 귀로 들을 수 있는 현상에만 의존하지 말고 그것이 그러한 내면의 존재 이유를 살펴보라고 하였다. 그러면서 『시경』에 "솔개는 날아서 하늘에 이르고, 물고기는 연못에서 뛴다.〔鳶飛戾天 魚躍于淵〕"라고 한 문구를 인용해 비유하였다. 솔개가 하늘로 날아올라 떨어지지 않고 허공에 떠 있는 것, 물고기가 물에 빠지지 않고 자유롭게 헤엄치는 것, 그것은 눈으로 보이는 현상이다. 그런데 그것들이 그렇게 할 수 있는 원리는 우리 눈으로 볼 수가 없다. 거기에는 분명히 자연의 이치가 내재해 있다. 그런데 현상이 없이는 그 이치를 체득할 수 없다. 그래서 눈에 보이는 솔개와 물고기를 통해 천리가 늘 유행하고 있음을 깨닫고, 그 천리와 하나가 되는 삶을 추구하라는 것이다.

주자는 이런 공자와 맹자의 사유를 더욱 구체화하여 일상의 거주지에 작은 연못을 파놓고 그 물 속에 비친 천광天光과 운영雲影을 통해 천리를 체득하고자 했다. 그

것이 아래와 같은 「관서유감觀書有感」이라는 시에 나타
난다.

반 이랑 네모난 못에 한 거울 열렸는데,
하늘빛과 구름 그림자 함께 배회를 하네.
못 물에 묻노니 어찌하여 그처럼 맑은가,
원두에서 활수가 흘러내리기 때문이라오.

半畝方塘一鑑開　　天光雲影共徘徊
問渠那得淸如許　　爲有源頭活水來

이 짧은 시구 속에 천광·운영을 통해 천리를 체득함
은 물론, 못이 거울처럼 맑은 이유를 말하고 있다. 주자
는 원두源頭를 특별히 강조했는데, 그것은 근본을 늘 잊
지 않으려는 사상을 드러낸 것이다. 못이 맑은 이유는 근
원에서 물이 계속 흘러내리기 때문이다. 마찬가지로 우
리 인간도 하늘이 명한 본성의 근원을 잊지 않고 계속 회
복해 나갈 때 온전한 삶을 살 수 있다는 논리이다.
　이러한 사상을 적극적으로 수용한 조선 시대 성리학자
들은 솔개와 물고기, 천광과 운영은 물론, 산색山色과 계
성溪聲을 통해서도 천리를 감지하고 본원으로 돌아가길
희구하였다. 산수에서 이러한 마음을 노래한 것이 바로
주세붕이 소수서원 경렴정景濂亭을 노래한 아래와 같은
시이다.

산은 우뚝 서 있는데 공경한 빛깔,

시내는 졸졸 흐르는데 층층의 소리.

은거한 이 마음도 이를 앎이 있겠지,

한 밤중 외로운 정자에 기대어 있네.

山立祗祗色　　溪行疊疊聲

幽人心有會　　夜半倚孤亭


이처럼 산과 물은 그냥 자연의 일부분이 아니고, 성리
학자들이 도체를 인식하는 사유의 대상이었다. 그래서
산수를 유람하는 것은 자연 경관의 빼어난 곳을 찾아가
는 데서 그치지 않고 인仁·지智를 체험하는 일종의 구도

소수서원 경렴정 현판 주세붕 시

여행이었다. 그러므로 그들은 산수유람을 인지지락仁智
之樂이라고 하였다. 이것이 바로 인도人道를 닦아 천도天
道에 합하고자 한 우리 선현들의 사유방식이었다. 그리
고 서원의 경관도 이런 천인합일을 체득하는 장소로서의
의미를 지닌다.


## 서원의 공간 구성

서원의 공간 구성을 거론할 적에 가장 먼저 거론하는
자료가 『예기』 「학기學記」에 "군자가 학문을 할 적에는
구도의 의지를 품고, 학업을 익히며, 쉬기도 하고, 노닐
기도 한다.[君子之於學也 藏焉修焉息焉遊焉]"라고 한 구절
이다. 장藏은 '회포지懷抱之'라고 풀이하였으니, 도를 구
하고자 하는 의지를 마음속에 굳게 갖는 것을 의미한다.
유遊는 본거지에서 벗어나는 것을 말하니, 밖으로 나아
가 산책을 하거나 자연을 완상하는 것을 말한다. 대체로
후인들은 이 구절을 장수藏修와 유식遊息으로 나누어 해
석하여, 장수는 거처에 들어앉아 학문에 전심하는 것으
로, 유식은 휴식을 하며 자연을 완미하는 것으로 본다.

이런 관점에 의해 서원의 공간을 구성할 적에는 선현
에게 제사를 올리는 제향공간祭享空間, 학문을 연마하는
장수공간藏修空間, 휴식을 취하며 완미하는 유식遊息空
間으로 나누어 배치하였다. 우리나라의 서원은 대체로

배산임수의 경사지에 입지하여 이런 공간구성을 매우 효과적으로 배치하였다. 가장 위쪽 높은 곳에는 선현을 제향하는 사당을 배치하고, 그 밑에 강학을 하는 강당을 배치하고, 그 밑에 문루門樓·정자亭子를 배치하여 공간구성을 조화롭게 하였다. 그래서 도산서원이나 병산사원 같은 곳의 강당에 올라 보면 전망이 툭 트여 전면에 강과 산이 보일 뿐만 아니라, 앞뒤 건물의 조화가 매우 묘하게 조성되어 있다. 그것은 자연과의 조화를 추구한 측면도 있지만, 자연 속에 유행하는 천리를 감지하고 체득할 수 있는 공간구성이라는 점에 더욱 의미가 있다.

우리나라 서원은 사당에 모셔진 주벽主壁과 배위配位가 어떤 인물인지를 보면, 그 인물의 위상과 연고성을 알 수 있다. 또한 강당의 이름을 보면, 그 서원의 학문정신을 알 수 있다. 그리고 문루 및 정자의 이름을 보면, 역시 그 서원에 제향된 인물의 정신과 풍도를 짐작할 수 있다.

## 3. 서원의 교육과 향사

### 서원의 원규

서원에는 학칙에 해당하는 원규(院規)가 있었으며, 기본적으로 주자가 백록동서원 학규로 만든 아래와 같은 「백록동서원게시(白鹿洞書院揭示)」가 강당에 게시되었다

- 다섯 가지 교육 목표 : 부모와 자식 사이에는 친애함이 있어야 한다. 임금과 신하 사이에는 의리가 있어야 한다. 남편과 아내 사이에는 구별이 있어야 한다. 어른과 젊은이 사이에는 차례가 있어야 한다. 벗과 벗 사이에는 신의가 있어야 한다.[父子有親 君臣有義 夫婦有別 長幼有序 朋友有信]
- 학문을 하는 요점 : 널리 배우라, 자세히 캐물어라, 신중하게 생각하라, 분명하게 논변하라, 독실하게 행하라.[爲學之要 : 博學之 審問之 愼思之 明辨之 篤行之]
- 몸을 닦는 요점 : 말은 충성스럽고 신의 있게, 행동은 돈독하고 공경하게, 분노를 다스리고 욕심을 막으며, 선으로 옮겨가고 허물을 고쳐라.[修身之要 : 言忠信 行篤敬 懲忿窒慾 遷善改過]
- 일에 대처하는 요점 : 그 의리를 바르게 하고 그 이로움을 도모하지 않으며, 그 도를 밝히고 그 공적을 따지지 않는다.[處事之要 : 正其義 不謀其利 明其道 不計其功]
- 남을 접하는 요점 : 자신이 하고 싶지 않을 것을 남에게 베풀지 말라. 어떤 일을 행하다 실패할 경우 돌이켜 자신에게서 그 이유를 찾아라.[接物之要 : 己所不欲 勿施於人 行有不得 反求諸己]

서원의 원규는 이황이 지은 아래와 같은 「이산서원원규(伊山書院院規)」가 기본이 되었다.

소수서원에 게시된 백록동서원규

1. 제생은 독서하는 데 사서 · 오경을 본원으로 삼고, 『소
학』 · 『가례』를 문호(門戶)로 삼으며, 국가에서 인재를 진
작시키고 양성하는 방법을 따르고, 성현의 친절한 교훈을
지켜 온갖 선이 본래 내게 갖추어진 것을 알고, 옛 도가 오
늘날에도 실천할 수 있는 것을 믿어서, 모두 몸으로 행하
고 마음으로 체득하며 체를 밝히고 용을 적합하게 하는 학
문에 힘쓰도록 한다. 사서(史書) · 자서(子書) · 문집 및 문
장 · 과거공부 또한 널리 힘쓰고 두루 통달하지 않으면 안
된다. 그러나 내외 · 본말의 경중과 완급의 차례를 알아 항
상 스스로 격려하여 타락하지 않게 하고, 그 나머지 사특
하고 요망하고 음탕한 글은 모두 원내에 들여 눈에 가까
이 해서 도를 어지럽히고 뜻을 미혹하지 못하게 한다.

1. 제생들 가운데 뜻을 굳게 세우고 나아가는 길을 정직하게
   하며 사업은 원대한 것을 스스로 기약하고 행실은 도의를
   귀추로 삼는 자는 잘 배우는 것이고, 마음가짐이 비천하
   고 취사가 현혹되며 지식은 저속하고 비루함을 벗어나지
   못하며 뜻과 희망이 오로지 이욕에만 있는 자는 잘못 배
   우는 것이다. 만일 성품과 행실이 괴이하여 예법을 비웃
   고 성현을 업신여기며 정도를 위반하고 추한 말로 친한
   이를 욕하며 여러 사람을 괴롭히고 법도를 따르지 않는
   자는 서원 안에서 함께 의논하여 쫓아내도록 한다.
1. 제생들은 항상 각자 서재에 조용히 거처하면서 오로지 독
   서에 정진하고, 의심나고 어려운 것을 강론하는 일이 아니
   면 부질없이 다른 방에 가서 쓸데없는 얘기로 시간을 보
   내 피차 생각을 거칠게 하거나 학업을 폐해서는 안 된다.
1. 까닭 없이 알리지 않고 자주 출입해서는 절대로 안 된다.
   무릇 의관과 행동거지와 언행에 대해 각기 간곡하게 권면
   하도록 힘쓰며 서로 보고 선해지도록 한다.
1. 성균관의 명륜당에 이천(伊川:程頤 ) 선생의 「사물잠(四勿
   箴)」, 회암(晦菴:朱熹) 선생의 「백록동규(白鹿洞規)」·10훈
   (十訓), 진무경(陳茂卿:陳柏)의 「숙흥야매잠(夙興夜寐箴)」
   을 써서 걸어두었는데, 그 뜻이 매우 좋다. 이 서원에도
   이것을 벽에 게시하여 서로 타이르고 일깨우도록 하다.
1. 책은 문밖에 내갈 수 없고 여색은 문안에 들여올 수 없으
   며, 술은 빚어서는 안 되고 형벌은 써서는 안 된다. 책은

내가면 잃어버리기 쉽고, 여색은 들여오면 더럽혀지기 쉽다. 술은 학사에 마땅한 것이 아니고, 형벌은 유생의 일이 아니다. 형벌은 제생이나 유사가 개인적인 노여움으로 외부인을 구타하는 것들을 말하는데, 이는 절대로 단서를 열어놓아서는 안 된다. 원속(院屬)들에게 죄가 있는 경우는 온전히 용서할 수 없으니, 작은 죄는 유사가 큰 죄는 상유사(上有司)와 상의하여 형벌을 논한다.

1. 서원의 유사는 근처에 사는 청렴하고 재간 있는 품관(品官) 두 사람으로 정하고, 또 선비 중에 사리를 알고 조신한 행실이 있어서 여러 사람이 추앙하고 복종할 수 있는 사람 하나를 골라서 상유사로 삼되 모두 2년마다 교체한다.

1. 제생과 유사는 힘써 예로써 서로 대하고, 공경과 믿음으로 서로 대우해야 한다.

1. 원속들을 잘 돌봐 주도록 한다. 유사와 제생들은 항상 하인을 애호하여, 서원의 일과 서재의 일 이외에는 누구나 사사로이 부리지 못하도록 하며, 개인적인 노여움으로 벌을 주지 못한다.

1. 서원을 세워서 선비를 양성하는 것은 국가에서 문교를 숭상하고 학교를 일으켜 인재를 새로 길러 내는 뜻을 받드는 것이니, 누군들 마음을 다하지 않겠는가. 이제부터 이 고을에 부임하는 자들이 반드시 서원의 일에 대해 제도를 증가시키고 그 규약을 줄이지 않는다면 사문에 있어 어찌 다행이 아니겠는가.

1. 동몽들은 수업을 받거나 초청한 경우가 아니면 입덕문 안에 들어오지 못한다.

1. 임시로 서원에 있는 생도들은 관례의 여부와 상관없이, 정해진 인원 없이 재목을 이루어야 서원에 오르도록 한다.[18]


## 서원의 교육

서원의 교육과정은 이황의 「이산서원원규」에 보이듯, 사서 · 오경을 기본 경서로 삼고, 『소학』 · 『가례』 · 『심경』 · 『근사록』 등 성리서와 역사서를 주요 교재로 삼았다. 그런데 이 가운데서도 사서가 가장 기본이 되었으며, 사서 가운데서도 주자가 독서법으로 제시한 순서에 따라 『대학』을 먼저 읽고, 그 다음에 『논어』 · 『맹자』를 읽고, 그 다음에 『중용』을 읽는 것을 원칙으로 하였다.

서원 교육은 원생들이 스스로 경서를 읽고 깨우치는 것을 위주로 하였으며, 매일 실시하는 석강(席講)과 매월 실시하는 월강(月講) 등이 있었다. 이러한 공부를 통해 구의(口義)라는 구술시험을 통해 통(通) · 약통(略通) · 조통(粗通) · 불통(不通) 네 등급으로 평가하였다.

조선 후기로 내려오면서 서원에서는 강회(講會)가 열렸다. 강회란 특정 서원을 중심으로 다수의 인물들이 모

---

18) 李滉, 『退溪集』 권41, 잡저, 「伊山書院院規)」.

덕천서원 교육 장면

여 집단적으로 학습활동을 하는 것을 말한다. 말하자면
학술토론회의 성격을 갖는 모임이었다. 강회를 개최할
적에는 그 지역 사회에서 학문적으로 영향력이 있는 스
승을 초빙하여 강장(講長) 혹은 산장(山長)으로 삼았다.[19]
　또한 서원에서는 무리를 지어 함께 기숙하며 학문을
강론하는 거접(居接)이라는 것이 있었다. 이는 여러 지역
유생들이 함께 모여 공부함으로써 집중도를 높이고 선의
의 경쟁력을 북돋아주기 위한 것이었다. 이 거접은 주로

---

19) 정순우, 「한국의 서원과 교육활동」(『한국의 서원문화』, 도서출
판 문사철, 2014) 178~179쪽 참조.

과거공부를 위해 늦은 봄이나 초여름, 또는 늦은 여름이나 초가을에 시행되었다.[20]


## 서원의 향사

서원의 제향은 봄과 가을에 지내는 춘추향사(春秋享祀), 매월 초하룻날과 보름날에 알묘하여 분향하는 삭망례(朔望禮), 정월 5일이나 6일에 행하는 정알례(正謁禮)가 있었다.

우리나라 최초의 서원인 소수서원에서는 계춘(季春:음력 3월)과 계추(季秋:음력 9월) 상정일(上丁日)에 향사를 지내는데, 상정일이 유고이면 중정일(中丁日)로 바꾸어 지냈다. 그러나 성균관과 향교의 석전제(釋奠祭)가 중춘(仲春:음력 2월)과 중추(中秋:음력 8월)의 상정일이기 때문에 번거로움을 피하기 위해 중춘과 중추에 지내는 쪽으로 바뀌어갔다. 그래서 대체로 중춘과 중추의 중정일에 향사를 지내는 것으로 관례화 되었으며, 한 고을에 여러 곳의 서원이 있을 경우에는 중복을 피하기 위해 계춘과 계추의 상정일 또는 중정일에 지내기도 하였다.

제물은 곡식, 반찬, 희생, 술 등이 있다. 곡식은 기장과 쌀을 주로 올린다. 반찬은 6변(籩) 6두(豆), 4변 4두,

---

20) 정순우, 위의 글, 182~183쪽 참조.

2변 2두를 올린다. 과일이나 포 등 마른 제물은 변(籩)에 올리고, 김치나 식혜 등 젖은 제물은 두(豆)에 올린다. 제물은 쇠고기, 절인 생선, 미나리나 부추 절임, 생무 절임, 밤, 대추 등을 올린다. 희생으로는 주로 돼지 한 마리를 통째로 올리는데, 지금은 대부분 돼지 머리만 올린다. 술은 세 발 달린 구리 술잔에 담아 올린다.

향사의 절차는 서원마다 조금씩 다르다. 그러나 기본적인 의식절차는 대체로 유사하다. 향사일이 다가오면 서원의 운영을 맡은 사람들이 모여 향례를 진행할 핵심 제관인 초헌관(初獻官), 아헌관(亞獻官), 종헌관(終獻官), 대축(大祝), 집례(執禮)를 맡을 사람 5인을 선정하여 이

덕천서원 개좌읍례

들에게 망기(望記)를 보낸다. 이런 모임을 초집(抄執)이라고 한다.

원임과 유사, 헌관, 축, 집례 등이 향사 2일 전에 서원 강당에 모이는데, 이를 입재(入齋)라고 한다. 재계에 들어간다는 뜻이다. 이들은 처음 강당에 모여 서로 인사를 하는데 이를 개좌읍례(開坐揖禮)라고 한다. 입재를 하고 나면 서원 밖으로 나가지 못한다.

희생으로 쓸 짐승의 상태를 점검하는 것을 성생례(省牲禮) 또는 간품례(看品禮)라고 한다. 유사가 희생의 상태를 살핀 뒤, 초헌관에게 희생으로 올리기에 충분하다는 뜻으로 '충(充)'이라고 말하면, 초헌관은 '돌(腯)'이라고 한다. 이를 세 차례 반복한다. 돌(腯)은 살이 쪄서 희생으로 쓰기에 좋다는 말이다. 그러나 지금은 희생을 통째로 올리는 경우가 많지 않아 성생례는 대체로 생략하고 있다.

제관들이 강당에 모여 헌관, 축, 집례 외의 역할을 맡을 집사를 선정하는 것을 집사분정(執事分定)이라고 한다. 헌관을 중심으로 강당에 모여 분정을 해서 제향집사분정기(祭享執事分定記)에 적은 뒤, 집례가 분정된 집사들에게 각각의 역할을 구두로 알리는데 이를 '분방(分榜)' 또는 '창방(唱榜)'이라고 한다. 그리고 이 분정기를 강당 벽에 걸어놓는다. 분정된 집사는 대체로 다음과 같다.

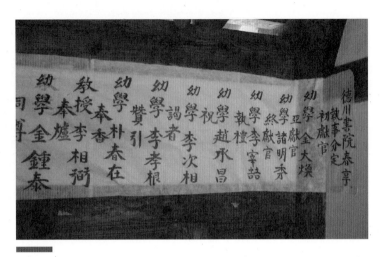

덕천서원 춘향 집사분정기

- 초헌관(初獻官) : 1인
- 아헌관(亞獻官) : 1인
- 종헌관(終獻官) : 1인
- 집례(執禮) : 1인
- 대축(大祝) : 1인
- 찬자(贊者) : 1인
- 알자(謁者) : 1인
- 찬인(贊引) : 2인
- 판진설(判陳設) : 6인
- 봉향(奉香) : 2인
- 봉로(奉爐) : 3인
- 봉작(奉爵) : 3인

- 전작(奠爵) : 3인
- 사준(司罇) : 1인
- 장찬(掌饌) : 1인
- 장생(掌牲) : 1인
- 관세위(盥洗位) : 1인
- 학생(學生) : 1인
- 직일(直日) : 1인

분정을 마치면 대축은 사당에 가서 사당문을 열어둔 채 헌관이 지켜보는 가운데 축문을 작성한다. 축문 작성이 끝나면 대축은 초헌관에게 축문을 확인 받은 뒤, 축판에 받쳐 들고 사당 안으로 들어가 향탁 좌측에 둔다.

제관들은 제물과 희생을 사당으로 옮기고 전사청(奠祀廳)에서 각종 제기에 제물을 담는다. 제기에 담은 제물은 더 이상 손이 타지 못하도록 '근봉(謹封)'이라고 써서 봉한다. 이를 제수근봉(祭需謹封)이라고 한다.

새벽에 제사를 올릴 경우, 제수를 봉한 뒤에 저녁식사를 한다. 이를 식상개좌(食床開坐)라고 한다. 제관들은 각자 독상을 받는다.

집사는 새벽에 제사를 지내기 전에 사당문을 열고, 제상 좌우에 놓인 촛대에 불을 밝히며, 제수를 진설한다.

향사를 행하기 전에 헌관 이하 집사들은 의관을 정제하고 강당에 모여 상읍례(相揖禮)를 행한 뒤, 사당 앞에

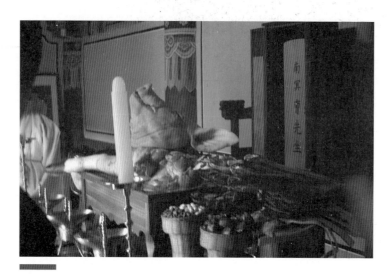

덕천서원 향사 제수 진설

차례대로 선다. 집례가 향례의 홀기(笏記)를 낭독하는 것
으로 향사가 시작된다. 제관들은 창홀(唱笏)에 따라 거동
을 한다. 알자가 초헌관을 인도하여 진설을 점검하고, 대
축이 위패의 덮개를 열어 개독(開櫝)을 한다.

집례 · 알자 · 찬인이 먼저 배위(拜位)에 나아가 재배를
하고 제자리로 돌아간다. 집례의 창홀에 따라 집사들이
배위에 나아가 재배를 한 뒤, 각자의 자리로 나아간다.
삼헌관이 사당으로 들어가 재배를 한 다음, 알자가 '청행
사(請行事)'를 고하고, 헌관과 학생은 다시 재배한다. 여
기까지는 제사를 지내는 준비에 해당한다.

초헌관이 알자의 도움을 받아 신위 앞에 나아가 세 번

덕천서원 향사 장면

삼상향(三上香)을 하는데, 이를 분향례(焚香禮)라고 한다.

다음, 대축이 채반에 폐백을 담아 초헌관에 주면 초헌관이 폐백을 들었다가 다시 대축에게 주고, 대축은 폐백을 받들어 신위 앞에 놓는데, 이를 전폐례(奠幣禮)라고 한다.

다음, 초헌관이 알자의 인도를 받아 준소(罇所)에 들러 술 따르는 것을 지켜본 뒤, 신위 앞에 나아가 무릎을 꿇고 앉으면, 집사가 준소에서 술잔을 받아 초헌관에 건네고, 초헌관은 술잔을 받아 헌작(獻爵)을 하고 다시 집사에게 주며, 집사는 술잔을 받아 신위 앞에 올린다. 이를 초헌례(初獻禮)라고 한다.

다음, 대축이 초헌관 왼쪽에서 동쪽을 향해 꿇어앉아 축문을 읽는데, 이때 제사에 참석한 사람들은 모두 부복(俯伏)한다. 이를 독축(讀祝)이라고 한다. 초헌과 독축을 마치면 초헌관과 독축은 나와 제자리로 돌아간다.

다음, 아헌관이 알자의 인도를 받아 준소에 들렀다가 신위 앞에 나아가 무릎을 꿇고 앉으면 집사가 술잔을 아헌관에게 건네고, 아헌관은 헌작을 하고 다시 집사에게 주며, 집사는 술잔을 초헌한 술잔 옆에 올린다. 이를 아헌례(亞獻禮)라고 한다. 아헌을 마친 뒤 아헌관은 밖으로 나와 제자리로 돌아간다.

다음, 종헌관이 준소에 들렀다가 신위 앞에 나아가 무릎을 꿇고 앉으면 집사가 술잔을 종헌관에 건네고, 종헌관은 헌작을 하고 다시 집사에게 주며, 집사는 술잔을 아헌한 술잔 옆에 올린다. 이를 종헌례(終獻禮)라고 한다. 종헌을 마친 뒤 종헌관은 밖으로 나와 제자리로 돌아간다.

초헌관이 대표로 음복(飮福)하는 자리로 나아가 서쪽을 향해 서서 신이 흠향한 술과 음식을 맛보는데, 이를 음복례(飮福禮)라고 한다. 음복한 뒤에 헌관 이하 제관이 모두 재배를 하는데, 헌관만 재배를 하기도 한다.

다음, 진설한 제물을 물리는데, 이를 철변두(撤籩豆)라고 한다. 이는 신을 하직하는 의미를 갖는데, 헌관 이하 제관이 모두 재배를 한다. 헌관만 재배를 하기도 한다.

다음, 축문을 태우는 예를 망료례(望燎禮)라고 한다.

덕천서원 향사 망료례

축문을 폐백과 함께 땅에 묻는 것을 망예례(望瘞禮)라고
한다. 대축이 제물을 물린 뒤에 축문을 태우는데, 알자의
인도를 받아 초헌관이 이를 지켜본다.

다음, 향례를 모두 마치면 알자가 초헌관 왼쪽에 서서
'예필(禮畢)'이라고 고하고, 삼헌관과 제관들을 인도하여
사당 밖으로 나간다. 알자는 다시 돌아와 대축 및 집사
들과 함께 재배를 하고 신위의 덮개를 닿는 합독(闔櫝)을
한다.[21]

21) 이상은 정승모 이해준 최순권의 「한국 서원의 제향 의례」(『한

## 4. 서원의 발전과 철폐

### 서원의 발전

앞에서 언급했듯이, 향교 교육이 성리학적 이념을 실현하는 데 여러 가지 문제점이 있어서 그 대안으로 서원이 생겨났다. 16세기 사화로 사림파 학자들이 출사를 하지 않고 재야에서 학문에 전념하고 도덕적 실천을 중시하면서 서원은 급속하게 발전하였다. 특히 선조 즉위를 기점으로 훈구·외척 정치시대가 막을 내리고 본격적으로 사림정치 시대가 열리면서 서원이 크게 늘어났다. 선조 조에만 60개의 서원이 건립되었고, 22개 서원에 사액이 내렸다. 초기에는 사림파의 본거지였던 경상도에 서원이 많이 건립되었지만, 차츰 전라도·충청도·경기 지역에 서원이 다수 건립되었다. 또한 선조 때 동서 당쟁으로 붕당정치가 시작되면서 더욱 늘어났다. 서원은 특정 학파의 본거지가 되어 상징적인 의미를 갖게 됨으로써 더욱 세력을 확장하게 되었다.

중종 조에는 경상도와 전라도에 각각 2개의 서원이 건립되었는데, 명종 조에는 경상도에 10개, 전라도에 1개, 충청도에 1개, 경기도에 1개, 황해도에 1개, 강원도에 1개, 평안도에 2개, 함경도에 1개 등 총 18개의 서원이

_____

국의 서원문화』, 도서출판 문사철, 2014), 227~243쪽 참조.

건립되었다.

그런데 선조 조에는 경상도에 25개, 전라도에 13개, 충청도에 7개, 경기도에 6개, 황해도에 8개, 평안도에 3개, 함경도에 1개 등 총 63개의 서원이 건립되었다. 또 광해 조에는 총 29개, 인조 조에는 총 28개, 효종 조에는 총 27개, 현종 조에는 총 46개가 생겨났다. 그리고 숙종 조에는 총 166개의 서원이 건립되어 급격한 팽창을 보인다. 숙종 대까지 건립된 서원은 총 381개, 사우는 총 276개이며, 이 가운데 사액서원은 총 179개, 사우는 총 49개였다.[22]

서원은 16세기 중반부터 18세기 초까지 크게 발전하였다. 이 시기 서원은 지방교육을 담당하여 학문을 확산시키는 데 크게 공헌하였으며, 관학인 향교 교육을 넘어서서 성리학적 이념을 이 땅에 전파하는 데 기여하였다. 학문의 보편적 보급과 지방화는 문명사적으로 보면 큰 의미가 있다.


**서원의 쇠퇴**

서원이 함부로 건립되는 풍조가 갈수록 심해지고 여러

---

22) 한국국학진흥원 교수연구실, 『서원을 찾아서』, 한국국학진흥원, 2005, 54~62쪽 참조.

가지 폐단이 발생하자, 숙종 29년(1703) 서원금지령이 내려지게 되었다. 숙종 때 서원이 크게 늘어난 데에는 특정 인물을 제향하는 서원이 여러 곳에 건립되었기 때문이다. 예컨대 송시열(宋時烈)을 제향하는 곳은 전국에 사우(祠宇)를 포함하여 44개소나 되었으며, 10개소 이상에 제향된 인물이 10명 이상이 되었다. 이러한 서원의 첩설(疊設)과 남설(濫設)은 당쟁과 가문의식에서 비롯되었다.

17세기 중반부터 서원의 남설에 대한 문제의식이 싹터 첩설을 금지하거나 허가를 받아 건립하게 하였고, 마침내 1703년 서원금지령이 내려지게 되었다. 숙종 말기부터 서원통제정책이 강력히 추진되었으나, 실효를 거두지 못하였다. 그러다 영조 17년(1741) 서원철폐령이 내려지게 되었다. 영조는 탕평책을 실시하면서 서원이 붕당 사이에 분쟁을 유발하고 정국을 혼란시키는 요인이라고 판단하여 1714년 이후에 건립된 서원·사우 등을 훼철하게 하였다. 그리하여 19개의 서원을 비롯하여 173개의 사우가 훼철되었다.

이와 같은 영조의 강경정책으로 인하여 서원에 대한 재정적 지원이 크게 약화되자, 서원은 지역 유림들이 아닌 후손들이 관장을 하게 되었다. 그럼으로써 서원은 초기 건립될 당시 본연의 정신을 잃어버리게 되었다. 이후 권세를 누리는 가문이 관장하는 서원은 민폐를 불러왔고, 이런 폐단을 정치적으로 이용하여 흥선대원군은

1868년과 1870년 사액되지 않은 서원과 사액서원일지라도 후손에 의해 주도되며 민폐를 끼치는 서원은 일체 훼철하라는 명을 내렸다. 이어 1871년 학문과 충절이 뛰어난 인물에 대해 1인 1원(院)을 원칙으로 하고, 그 외의 모든 서원을 일시에 훼철하여 전국에 47개의 서원만 남게 되었다. 이 47개소에는 서원을 명칭을 가진 것이 27개, 사우가 20개소였다. 훼철되지 않은 서원과 사우 47개소를 도표로 정리하면 다음과 같다.[23]

| 書院名 | 主享人 | 건립 연도 | 사액 연도 | 소재지 |
|---|---|---|---|---|
| 灆溪書院 | 鄭汝昌(1450-1505) | 1552 | 1566 | 경상도 함양 |
| 西岳書院 | 薛 聰( 655- ? ) | 1561 | 1623 | 경상도 경주 |
| 坡山書院 | 成 渾(1535-1598) | 1568 | 1650 | 경기도 파주 |
| 金烏書院 | 吉 再(1353-1419) | 1570 | 1575 | 경상도 선산 |
| 崧陽書院 | 鄭夢周(1337-1392) | 1573 | 1575 | 경기도 개성 |
| 玉山書院 | 李彦迪(1491-1553) | 1573 | 1574 | 경상도 경주 |
| 陶山書院 | 李 滉(1501-1570) | 1574 | 1575 | 경상도 예안 |
| 筆巖書院 | 金麟厚(1510-1560) | 1590 | 1662 | 전라도 장성 |
| 武烈祠 | 石 星( ? -1599) | 1593 | 1593 | 평안도 평양 |
| 襃忠祠 | 高敬命(1533-1592) | 1601 | 1603 | 전라도 광주 |
| 三忠祠 | 諸葛亮( 221- 264) | 1603 | 1668 | 평안도 평원 |
| 道東書院 | 金宏弼(1454-1504) | 1605 | 1607 | 경상도 현풍 |

23) 한국국학진흥원 교수연구실, 『서원을 찾아서』, 2005, 한국국학진흥원, 62~66쪽 참조.

| | | | | |
|---|---|---|---|---|
| 忠烈祠 | 宋象賢(1551-1592) | 1605 | 1624 | 경상도 동래 |
| 屛山書院 | 柳成龍(1542-1607) | 1613 | 1863 | 경상도 안동 |
| 忠烈祠 | 李舜臣(1545-1598) | 1614 | 1723 | 경상도 통영 |
| 武城書院 | 崔致遠( 857- 915) | 1615 | 1696 | 전라도 정읍 |
| 老德書院 | 李恒福(1556-1618) | 1627 | 1678 | 함경도 북청 |
| 遯巖書院 | 金長生(1548-1631) | 1634 | 1660 | 충청도 연산 |
| 忠烈祠 | 金尙容(1561-1637) | 1642 | 1658 | 경기도 강화 |
| 紹修書院 | 安 珦(1243-1306) | 1543 | 1550 | 경상도 순흥 |
| 牛渚書院 | 趙 憲(1544-1592) | 1648 | 1675 | 경기도 김포 |
| 深谷書院 | 趙光祖(1482-1519) | 1650 | 1650 | 경기도 용인 |
| 忠烈書院 | 洪命耉(1596-1637) | 1650 | 1652 | 강원도 김화 |
| 褒忠祠 | 金應河(1580-1619) | 1665 | 1668 | 강원도 철원 |
| 魯江書院 | 尹 煌(1571-11639) | 1675 | 1682 | 충천도 논산 |
| 忠愍祠 | 南以興(1576-1627) | 1681 | 1682 | 평안도 안주 |
| 彰烈書院 | 朴彭年(1417-1456) | 1685 | 1699 | 강원도 영월 |
| 顯節祠 | 金尙憲(1570-1652) | 1688 | 1693 | 경기도 광주 |
| 淸聖廟 | 伯夷(殷나라 말기) | 1691 | 1701 | 황해도 해주 |
| 龍淵書院 | 李德馨(1561-1613) | 1691 | 1692 | 경기도 포천 |
| 德峯書院 | 吳斗寅(1624-1689) | 1695 | 1700 | 경기도 안성 |
| 鳳陽書院 | 朴世采(1631-1695) | 1695 | 1696 | 황해도 장연 |
| 鷺江書院 | 朴泰輔(1654-1689) | 1695 | 1697 | 경기도 과천 |
| 忠烈祠 | 林慶業(1594-1646) | 1697 | 1727 | 충청도 충주 |
| 興巖書院 | 宋浚吉(1606-1672) | 1702 | 1705 | 경상도 상주 |
| 玉洞書院 | 黃 喜(1363-1452) | 1714 | 1789 | 경상도 상주 |
| 彰烈祠 | 尹 集(1606-1637) | 1717 | 1721 | 충청도 부여 |
| 四忠書院 | 金昌集(1648-1722) | 1725 | 1726 | 경기도 과천 |
| 表忠祠 | 李鳳祥(1679-1728) | 1731 | 1736 | 충청도 청주 |

홍선대원군의 서원철폐령에 의해 훼철된 서원은 조선이
망한 뒤 다시 복원되기 시작하여 거의 다시 중건하였다.

조선 시대 건립된 서원과 사우는 총 915개로, 경상도에 324개, 전라도에 185개, 충청도에 118개, 경기도에 72개, 평안도에 65개, 강원도에 57개, 황해도에 52개, 함경도에 42개이다. 경상도에 3분의 1, 전라도와 충청도에 3분의 1, 나머지가 3분의 1에 해당한다.[24]

조선 시대 건립된 서원과 사우의 수는 연구자에 따라 일치하지 않는다. 『한국민족문화대백과사전』에는 909개, 정용우는 965개, 윤희면은 1721개로 집계하였는데, 김기주는 경상도에만 서원과 사우가 711개에 이르렀다는 이수환의 설에 근거해, 윤희면의 주장이 사실에 가까운 것으로 보았다.[25]

## 5. 서원의 역할과 현대적 의미

서원은 조선 중기 성리학이 발달하면서 성리학적 이념을 이 땅에서 실현하고자 한 사림들이 학문을 연마하고 심성을 수양하기 위해 설립한 것이다. 관학인 향교교육으로는 인격을 갖춘 진정한 선비를 양성하기 어렵다고

---

24) 정현정·박진재, 「부록 한국의 서원 자료」(『한국의 서원문화』, 도서출판 문사철, 2014), 414~415쪽 참조.
25) 김기주, 『서원으로 남명학파를 보다』(남명학교양총서23), 경인문화사, 2013, 23쪽 참조.

덕천서원 제향

보아, 도덕성을 갖춘 지식인 양성을 목표로 하였다. 이러
한 정신은 사회 변혁을 추구하는 데 매우 의미가 있는 일
로, 여러 가지 긍정적인 효과가 있었다.

무엇보다 도덕적 인격을 갖춘 지성인을 양성하여 문명
사회를 구현하였다는 데 큰 의의가 있다. 또한 학문과 지
식의 확산을 통해 문화가 크게 발달하게 되었다. 조선 후
기로 넘어와 본연의 정신을 상실하여 폐단이 속출함으로
써 결국 훼철을 하기에 이르렀지만, 조선을 동방예의지
국으로 문명화하는 데 크게 기여하였음을 부정할 수 없
다. 특히 오늘날처럼 제도권 교육이 모두 입시 위주로 흘
러 전인교육이 유명무실해진 현황에 비춰보면, 서원 건

덕천서원 교육

립 초기의 정신을 본받을 필요가 있다.

오늘날 전인교육을 표방하고 있지만, 인격을 도야하는 교육은 거의 이루어지지 않고, 심지어 대학에서도 취업 준비를 위한 교육에 열을 올리고 있어 지성인 양성의 자취를 찾아볼 수 없다. 또한 새삼 거론되고 있는 인성교육도 본질을 찾지 못하여 온갖 잡다한 놀이문화가 개입되어 있다. 인성교육을 한다고 태권도를 가르치고, 사이좋게 노는 법을 가르치고, 서로 공감하고 소통하는 법을 가르치는 것으로는 방편밖에 될 수 없을 것이다.

무엇을 어떻게 할 것인가를 다시 심각하게 고민해야 한다. 그런데 그 답은 먼 곳에 있지 않다. 바로 주세붕과 이황 등이 서원건립의 필요성을 절감하고 그 제도를 마련한 데서 찾으면 된다. 또한 그 답은 주자의 「백록동서원게시」와 이황의 「이산서원원규」를 통해, 어떻게 공부하고 어떻게 가르칠 것인가를 다시 생각해 현대적으로 원칙을 만들어 나가면 된다. 인륜을 밝히는 것을 교육의 첫 번째 목표로 삼지 않고, 지금처럼 기능교육 위주로 나간다면 인성교육은 요원해질 것이다. 그리고 미래의 우리 사회는 희망을 찾기 어려울 것이다.

## 2

### 덕천서원의 입지立地와 공간

## 1. 덕천서원의 입지와 공간구성

### 덕천서원의 입지

덕천서원은 경상남도 산청군 시천면 남명로 137번길 20-8에 있으며, 경상남도 유형문화재 제89호이다. 덕천서원은 남명 조식이 별세한 지 4년 뒤인 1576년(선조 9)에 문인 최영경(崔永慶)이 주축이 되어 창건하였다.

앞에서 언급했듯이 서원은 선현의 연고지에 세우며, 산수가 빼어난 한적한 곳에 세워졌다. 산청군 시천면 소재지는 예로부터 덕산동(德山洞)이라 불렀다. 사방이 산으로 둘려 있는 데가, 북쪽 대원사 계곡에서 흘러내리는 시내와 서쪽 중산리 계곡에서 흘러내린 시내가 합류하여 동쪽으로 흘러가는 산수가 빼어나고 한적한 동천(洞天)이다.

산천재

덕천서원을 덕산에 세운 것은 남명이 만년에 강학한 곳이기 때문이다. 남명은 61세 되던 해인 1561년 삼가(三嘉)에서 덕산으로 이주하여 산천재(山天齋)를 짓고 기거하였

다. 산천재라는 집의 이름은 『주역』 산천(山天) 대축괘(大畜卦)에서 취한 것인데, 그 의미는 대축괘 단사(象辭)에 "강건하고 독실하고 빛나게 하여 날마다 그 덕을 새롭게 한다.[剛健篤實輝光 日新其德]"라고 한 뜻을 취한 것이다. 즉 남명은 만년에 자신의 의지를 더욱 강건하고 덕을 더욱 충만하게 채워 겉으로 흘러넘치게 하기를 다짐한 것이다. 이러한 의지는 그가 덕산에 터를 잡고 지은 아래와 같은 「덕산복거(德山卜居)」라는 시를 통해서도 확인된다.

봄 산 어느 곳엔들 향기로운 풀이 없겠는가마는,
〈내가 이곳에 터를 잡은 이유는〉
천왕봉이 상제 사는 곳에 가까운 것을 사랑하기 때문.
빈손으로 들어왔으니 무엇을 먹고 살 것인가,
은하 같은 맑은 저 냇물 아무리 마셔도 남으리.

春山底處無芳草　　只愛天王近帝居

白手歸來何物食　　銀河十里喫猶餘

　산천재의 집 이름과 이 시를 통해 볼 때, 남명은 자신의 덕을 더 갈고 닦아 하늘과 하나가 되려고 한 것을 알 수 있다. 이는 심성을 수양하여 천인합일(天人合一)을 지향한 것이다. 인도(人道)를 닦아 천도(天道)에 합한 분이 공자와 같은 성인이다. 남명은 자신도 부단히 극기복례(克己復禮)를 하여 그와 같은 경지에 도달하고자 한 것이다. 이것이 그가 그 시대를 사는 존재방식이었다. 따라서 산천재가 있는 덕산은 남명이 만년에 도를 완성한 곳이라고 할 수 있다. 또한 남명은 이곳에서 72세를 일기로 세상을 떠나 그곳에 묻혔으니, 그 어느 곳보다 남명의 연고성이 깊은 곳이라 하겠다.

　다음 덕천서원의 입지를 지리적인 관점에서 살펴보기로 한다. 백두대간이 흘러내려 반도 남쪽 중앙에 웅장하게 서린 산이 지리산이다. 지리산은 우리나라 국토 남방의 진산(鎭山)으로, 오악 중 남악(南嶽)에 해당하는 산이다. 지리산에서도 가장 높은 주봉이 천왕봉(天王峯)이다. 따라서 지리산 천왕봉은 예로부터 인간 세상에서 가장 높고 큰 산으로 인식되어 임금에 비유되었다. 백두산은 민족의 정기가 발원한 영산이지만 인간 세상에서는 거리가 있는 곳에 있고, 또 한반도 남쪽으로 국토가 한정된

산천재에서 바라본 천왕봉

뒤로는 민족의 현실생활 속에서 우러러보며 신성시할 수 없는 산이었다. 그러므로 현실세계에서는 임금이 세상을 다스리듯 지리산이 우리나라를 진압하고 있다고 인식하였다.

덕천서원 경의당

지리산 천왕봉에서 동쪽으로 뻗어 내린 산줄기는 웅석봉이 되었다가 다시 남쪽으로 뻗어 내려 수양산(首陽山)이 되며, 중봉에서 남쪽으로 뻗어 내린 산은 구곡산(九曲山)이 된다. 덕천서원은 구곡산 아래 시냇가에서 조금 떨어진 야트막한 연화봉(蓮花峯) 남쪽에 있다. 서원 앞 수십 보 지점에 시천(矢川)이 흐르며, 앞이 확 트여 동천이 한 눈에 들어온다. 또한

덕천서원 뒤 구곡산

앞에는 서쪽에서 뻗어 내린 노령(蘆嶺) 줄기와 동북쪽 웅석봉에서 남쪽으로 뻗어 내린 산줄기가 마주하여 병풍처럼 둘러 있다.

이러한 덕천서원 입지에 대해 창주(滄洲) 하징(河燈)은 다음과 같이 묘사하고 있다.

구곡산에 의지하여 앞으로 시천을 굽어보고 있어 깊숙하고 드넓으며 산이 빙 둘러 있고 동천이 확 트여 있다. 산봉우리들은 공손히 읍을 하는 듯하며, 시냇물은 빙빙 굽이돌아 흘러가 멀리 있는 듯하기도 하고 가까이 있는 듯하기도 하다. 자연스럽게 이루어진 형세로서, 서원을 건립할 장소로서는 이보다 더 좋은 곳이 없을 것이다.[1]

---

1) 河燈, 『滄洲先生遺事』 권1 「德川書院重建記」. "依山俯水 娛衍繚廓 峰巒拱揖 川澤縈紆 若遠若近 自成形勢 建院之地 無以加此也"

덕천서원 앞 시천

덕천서원에 가보면 알 수 있지만, 천왕봉에서 흘러내린 구곡산을 등지고 있는 데다 바로 뒤에 묘하게 생긴 연화봉이 있으며, 앞에는 시천이 흘러내리고 있다. 그리고 덕산동천이 한눈에 들어와 경관이 넓고 확 트였다. 그리고 지리산 속의 깊고 그윽하여 한적한 곳이며, 하늘까지 솟구친 우뚝한 천왕봉의 위용이 바로 등 뒤에 있으니, 서원의 입지로서는 최상이라 하겠다.

### 덕천서원의 공간 구성

우리나라 서원은 대체로 경사지에 위치하여 강당이 앞에 있고 사당이 뒤에 있는 전학후묘(前學後廟)의 형태로 배치하였다. 물론 지형에 따라 예외가 있기는 하지만, 대부분 이와 같은 형태로 조성되어 있다.

서원의 공간 구성은 크게 제향공간(祭享空間), 장수공간(藏修空間), 유식공간(遊息空間)으로 구성되어 있다. 제향공간은 선현에게 향사를 하는 사당을 말하고, 강학공간은 학문을 강론하는 강당과 동재·서재를 말하며, 유식공간은 잠시 휴식을 취하며 산수를 완상하고 천리를 체득하는 공간이다.

지금의 덕천서원은 다른 서원에 비해 공간 구성이 단출하다. 그것은 여러 가지 이유가 있겠지만, 1870년 흥선대원군의 서원철폐령에 의해 훼철되었다가 복원할 적에 전체적으로 규모를 정해 복원하지 못한 것이 가장 큰 원인이라 하겠다. 지금의 덕천서원과 예전의 덕천서원은 그 규모와 제도가 같지 않았던 것으로 추정된다.[2] 우선 경의당의 주춧돌을 보면, 전보다 축소해서 지은 것을 알 수 있다. 또한 전에는 동재와 서재 앞에 각각 연당(蓮塘)이 있었는데 지금은 보이지 않으며, 초기에는 다른 서원처럼 문루(門樓)가 있었는데 지금은 삼문(三門)만이 건립되어 있다. 그리고 외삼문 밖 시냇가의 세심정까지 모두 서원의 영역으로 담장안에 들어 있었는데, 중간에 도로가 나면서 분리되어 서원의 면적이 전보다 훨씬 축소된 것을 알 수 있다.

제향공간인 사당의 이름은 숭덕사(崇德祠)이다. 도덕군자인 남명 선생을 숭모한다는 뜻이다. 숭덕사는 경의당 바로 뒤의 평지에 있는데 정면 3칸 측면 2칸 건물이다. 앞에는 내삼문(內三門)이 있으며 담장이 둘러 있다.

---

2) 이상규, 「덕천서원의 조영과 변천에 관한 연구」, 성균관대학교 석사학위논문, 1999, 125~133쪽 참조.

덕천서원 숭덕사

　장수공간은 강당인 경의당(敬義堂)과 동재 · 서재로 되어 있다. 동재의 이름은 경재(敬齋), 서재의 이름은 의재(義齋)였는데, 뒤에 동재는 진덕재(進德齋), 서재는 수업재(修業齋)로 바꾸었다. 진덕 · 수업은 『주역』 건괘(乾卦) 문언(文言)에 "군자는 덕을 진보하고 학업을 닦으니, 충신(忠信)은 진덕하는 방법이고, 말을 할 적에 그 진실을 드러내는 것은 사업에 대처하는 방법이다.[君子進德修業 忠信 所以進德也 修辭立其誠 所以居業也]"라고 한 문구에서 취한 것이다. 즉 내면에 진실과 신의를 가득 채워 충만하게 하는 것이 덕을 증진시키는 방법이고, 일을 하거나 남을 대할 적에 밖으로 표출하는 말을 가려서 해 말을 진실하게 하는 것이 사업을 실천하는 방법이라는 뜻이다. 『주역』에서 연유한 이 진덕 · 수업은 남명이 특별히 강조

한 문구이다.

　경의당에는 중앙에 대청마루가 있고 양쪽에 1칸의 협
실이 있는데, 처음에는 이를 동익(東翼)·서익(西翼)이라
고 하였다. 지금은 동익을 광풍헌(光風軒), 서익을 제월
헌(霽月軒)이라고 한다.

　동재와 서재에는 각각 헌(軒)이 있었는데, 동재에 딸린
헌은 광풍헌(光風軒), 서재에 딸린 헌은 제월헌(霽月軒)이
라 하였다. 광풍제월(光風霽月)이란 말은 송나라 때 황정
견(黃庭堅)이 주돈이(周敦頤)의 시집 서문을 쓰면서 "주렴
계(周濂溪)는 인품이 매우 높아 흉금이 시원하고 깨끗하
여 마치 비가 갠 뒤 밝은 달이 뜨고 빛이 나는 바람이 부
는 것과 같다."라고 표현한 데서 나온 말이다. 광풍(光風)
은 '빛이 나는 바람'이라는 뜻이고, 제월(霽月)은 '날이 맑

덕천서원 동재-진덕재

덕천서원 서재-수업재

게 개여 밝은 달이 떴다'는 말이다. 즉 마음속에 한 점 티
끌도 남아 있지 않아 청명한 것을 표현한 것이다. 바람
은 본래 빛이 없지만 풀 위로 불어가면 그 빛이 드러난
다. 마음속이 그처럼 시원하고 깨끗하여 빛이 난다는 의
미이다. 지금은 동재와 서재에 현이 없다.

또 처음 서원을 건립할 적에는 동재와 서재 앞에 네모
난 연못을 만들고 샘물을 끌어들여 연꽃을 심어놓았으
며, 연못가에 각각 한 그루 소나무를 심어놓았었다.[3] 그
런데 지금은 그 흔적을 찾아볼 수 없다. 지금은 동재와
서재 앞에 백일홍이 심어져 있다.

정문은 임진왜란 후 복원할 적에 문루(門樓)로 만들었
었는데, 지금은 문루를 세우지 못하고 삼문만 만들어놓

3) 『德川書院誌』, 「創建事實」, '萬曆伍年丁丑'조. "祠宇堂齋 并修丹艧
線以墻垣 建立門樓 名曰幽貞 門內左右引水 鑿方塘 種蓮 又分種一
株松於塘上"

앉다. 문루의 이름은 유정문(幽貞門)이었는데, 지금 외삼
문은 시정문(時靜門)으로 되어 있다. 하철(河澈, 1635-
1704)이 경의당(敬義堂)과 시정문(時靜門) 6자를 크게 써
서 문에 걸어놓았다는 기록이 있는 것으로 보아, 1704년
이전에 시정문으로 고친 것을 알 수 있다. 유정문이라는
이름은 『주역』이괘(履卦) 구이효의 "실천하는 도가 평
탄하니 깊숙이 고요하게 처해야 의지가 견고하고 길할
것이다.[九二 履道坦坦 幽人貞吉]"라고 한 데서 취한 것이
다. 시정문이라는 이름은 그 출처가 분명치 않다. 또한
왜 유정문을 시정문으로 고쳤는지도 알 수가 없다. 추측
컨대 인조반정 이후 1671년과 1700년 『남명집』을 이정
(釐正)하면서 누(累)가 될 만한 문자를 고칠 적에 정문의

덕천서원 외삼문-시정문

이름도 고친 것이 아닐까 싶다. 시정문이라는 이름도 유정문의 의미와 유사하지 않을까 싶다.

유식공간인 세심정(洗心亭)은 1582년 봄에 건립한 것이다. 『덕천서원지』에는 "선조 15년(1582) 봄 정자를 건립하여 유생들이 바람을 쐬고 시를 읊조리며 유식(遊息)하는 장소로 삼았다."라고 하였다. 세심(洗心)은 『주역』「계사상전(繫辭上傳)」에 "성인은 이런 일로써 마음을 씻고서 은밀한 데에 물러나 숨는다.[聖人以此退藏於密]"라고 한 데서 취한 것으로, 그 의미가 하수일(河受一)이 지은 「세심정기(洗心亭記)」에 잘 나타나 있다. 세심정은 뒤에 취성정(醉醒亭)으로 이름을 바꾸었다가 다시 풍영정(風詠亭)으로 바꾸었는데, 근래 새로 지으면서 세심정으로 다시 고쳤다.


## 하징(河澄)의 「덕천서원중건기(德川書院重建記)」

융경(隆慶) 임신년(1572) 봄 남명 선생께서 돌아가셨다. 그해 여름 4월 산천재 뒤편 언덕에 장사를 지냈다. 수우당(守憂堂) 최영경(崔永慶), 각재(覺齋) 하항(河沆)이 영무성(寧無成) 하응도(河應圖), 무송(撫松) 손천우(孫天佑), 조계(潮溪) 유종지(柳宗智) 등과 사당을 세우자는 의논을 처음 창도하였다. 을해년(1575) 겨울 진주목사 구변(具抃)이 적절한 터를 살피고서 마침내 구곡봉(九曲峯) 밑 살천(薩川) 위에 터를 정하였다. 이곳은 대개 산천재와 서로 바라보이는 곳이다.

이에 앞서 영무성이 그곳에 몇 칸의 초옥을 지어놓고서 수시로 남명 선생을 모시고 소요하였는데, 이때에 이르러 그 집을 헐고 그곳에 서원 터를 잡았다. 이때가 병자년(1576) 봄이었다. 이에 수우당 등 여러 현인들이 그 일을 주간하였다. 음식을 제공한 사람은 손승선(孫承善)이며, 공사를 총 지휘한 사람은 승려 지관(智寬)이었다. 진주목의 아진 강세견(姜世堅)이 장부정리를 맡았다. 진주목사 구변과 경상감사 윤근수(尹根壽)는 모두 재력을 보조했다. 1년이 채 안 되어 사우(祠宇)·강당 및 동재·서재가 낙성되었다. 그 이듬해 단장과 단청을 마치고, 빙 둘러 담장을 쌓았다. 담장 안에서 샘물을 끌어다가 좌우에 네모난 못을 만들고 그 안에 연꽃을 심었다. 시냇가에 별도로 세 칸의 정자를 지어 바람을 쏘이고 시를 읊조리는 곳으로 삼았는데, 현판을 세심정(洗心亭)이라하였다. 뒤에 취성정(醉醒亭)으로 이름을 고쳤다. 이로부터 봄과 가을에 석채례를 지냈는데 게을리 하지 않고 경건하게 거행하였다. 이때 각재 하항이 원장을 맡았다.

불행히도 임진년(1592) 왜적이 갑자기 쳐들어와 강당과 동서재와 세심정이 모두 불에 탔다. 오직 사우(祠宇)와 주사(廚舍)만 남았는데, 그것도 끝내 정유재란 때 불에 타고 말았다.

신축년(1601) 진주목사 윤열(尹說)이 진주 유림들의 요청에 의해 덕천서원 중수를 함께 도모하였다. 이때 청주목사 이정(李瀞), 원장 진극경(陳克敬), 그리고 내가 번갈아 가며 관리를 하여 임인년(1602) 사우가 비로소 완공되었다. 그리고 신주(神廚)<sup>4)</sup>를 연이어 만들었다. 그때 유사는 정대순(鄭大淳)과 손균(孫均)이었다. 임진왜란 때 선생의 위판이 바위틈에 보관되어 다행히 화를 면하고 보전되었지만 낡아 희미하고 깨끗하지 못하여 새로운 위판으로 바꾸었다. 계묘년(1603) 위판을 봉안하면서 수우당 선생을 배향하였다. 제기 또한 서원의 노복 세경(世庚)이 잘 보관한 덕분에 완전하였다. 병오년(1606) 서재(西齋)를 지었다. 순찰사 유영경(柳永詢)이 힘을 다해 도왔고, 손득전(孫得全)이 공사를 감독했다. 순찰사 유영경과 병사(兵使) 김태허(金太虛)가 사우에 와서 배알하였다. 그리고 쌀 20석, 조세 50석을 내고, 주변 산간 1리의 땅을 이식을 취하는 전지로 삼아 서원의 경비에 충당하게 하였다.

기유년(1609) 강당을 짓고, 동재와 주고(廚庫)도 연이어 지었다. 유사는 하공효(河公孝)와 조겸(趙㻩)이었다. 사우가 임진왜란 뒤 엉성하게 지어 들보가 낮고 섬돌이 평이해서 제도에 맞지 않았다. 이에 신해년(1611) 바꾸어 새로 지었는데, 옛 터에 증축하여 들보를 장대하게 하여 크고 넓게 하였다. 그 일을 감독한 유사는 유경일(柳慶一)이었다. 옛 사당 건물의 목재를 가져다가 취성정(醉醒亭)을 지었다. 이보다 먼저 취성문(醉醒門) 밖 소나무 숲가에 한 칸의 초가 정자를 지었는데, 세심정(洗心亭)이라고 편액하였으니, 취성정의 옛 이름

---

4) 신주(神廚) : 신주(神主)를 안치하는 궤짝을 말함.

이다. 이는 서원의 유사 유종일(柳宗日)이 남명 선생이 산천재 옆에 지은 상정(橡亭)의 제도를 본뜬 것이다.

덕천서원을 중건하는 전후의 계획은 모두 원장 이정(李瀞)에게서 나왔고, 병사 최렴(崔濂)이 이를 위해 힘을 썼다. 그래서 그 일을 성취할 수 있었으니, 다행스러운 일이다. 대개 서원을 처음 창건할 적에는 사우·강당·동서재가 정연하게 질서가 있었으며, 담장과 섬돌이 반듯하여 법도가 있었으니, 수우당 선생이 설계하고 경영하지 않은 것이 없었다. 임진왜란 뒤 중건할 적에 모두 옛날의 제도를 따랐지만, 건물을 짓는 데 선후가 있고, 목수들의 솜씨에 교묘하고 졸렬함의 차이가 있었기 때문에 강당과 동서재는 옛날의 제도에 미치지 못했으며, 사우는 전보다 화려함이 있었다.

금상 기유년(1609) 봄 승정원(承政院)에서 입계하여 특별히 세 서원에 사액(賜額)이 내려짐을 입게 되었는데, 덕천서원도 그 중에 하나였다. 사액을 청할 적에 수우당의 배향을 미처 입계하지 못하였다. 그래서 을묘년(1615) 예조에서 덕천서원 유생들의 상소에 의거 회계하여 윤허를 받았다. 서원의 옛 이름은 덕산(德山)이었는데, 사액을 내리면서 덕천(德川)으로 바꾸었다. 정당(正堂)은 경의당(敬義堂)이며, 좌우의 협실은 동익(東翼)·서익(西翼)이라고 한다. 동서재는 옛날 경재(敬齋)·의재(義齋)라고 불렀는데, 사액이 내린 뒤 진덕재(進德齋)·수업재(修業齋)로 바꾸었다. 동서재의 다락[軒] 이름은 광풍헌(光風軒)·제월헌(霽月軒)이며, 정문의 이름은 유정문(幽貞門)이다.

덕천서원은 산을 등지고 물을 굽어보고 있으며, 깊숙하고 널찍하여 사방이 확 트였다. 여러 산봉우리들이 공손히 읍을 하는 듯하며, 시냇물이 빙 둘러 흘러내린다. 산수가 멀리 있는 듯하기도 하고 가까이 있는 듯하기도 한데, 이는 저절로 이루어진 형세이니, 서원을 건립하는 장소로는 이보다 더 좋은 곳이 없을 것이다.

아, 방장산은 천하에 이름이 났고, 덕산동은 확 트여 넉넉히 포용할 수 있다. 하늘이 아끼고 땅이 숨겨둔 것이 몇 천백 년인지 모르겠지만 오늘을 기다림이 있다. 산은 무이산과 같고, 동천은 백록동천과 같다. 만세토록 시서를 읽고 예를 지키며 겸양하는 곳으로 삼으니, 운수가 그 사이에 보존되었다가 땅이 사람을 통해 드러난 것이 어찌 아니겠는가. 각재 하항이 지은 『덕산지(德山志)』가 있어 처음 사우를 경영할 때의 규모와 여러 공들이 일을 경영한 노고가 상세하게 다 기록되어 하나도 빠뜨림이 없었다. 그래서 후세 학자들로 하여금 환히 어제의 일처럼 알게 하였다. 그런데 끝내 임진왜란 때 일실되었다. 나는 삼가 그 일이 없어질까 두려워하여 그 전말을 대략 기술하여 후세 사람들이 살펴볼 수 있도록 갖추어둔다. 천계(天啓) 임술년(1622) 가을 7월 상순 후학 진사 진산(晉山) 하징(河憕)이 삼가 지음.[5]

---

5) 河憕, 『滄洲先生遺事』 권1 「德川書院重建記」. "隆慶壬申春 南冥先

生歿 夏四月 葬于山天齋后原 崔守愚堂 河覺齋 與河無成應圖 孫
撫松天佑 柳潮溪宗智 始倡立祠之議 乙亥冬 與牧使具怵 相地之宜
遂定址于九曲峰下薩川之上 蓋與山天齋 相望地也 先是 無成結數
椽茅舍于此 時陪杖屨徜徉 至是 乃撤其舍而卜之 時丙子春也 於是
守愚諸賢 幹其事 主供饋 孫承善也 都料匠 僧智寬也 州吏姜世堅
掌簿籍 而具牧使怵與尹監司根壽 并助力焉 未一年 祠宇曁堂齋成
粵明年 粧修丹腹訖 繚以周垣 垣內引泉源 爲左右方塘 種蓮其中 別
構三楹于溪上 爲風咏之所 扁之曰洗心 後改以醉醒 自後 春秋釋菜
不懈益虔 于時 河覺齋爲院長 不幸壬辰 兵燹遽起 講堂齋亭 盡爲灰
燼 唯祠宇廚舍得免 而竟火於丁酉之變 歲辛丑 牧使尹說 因本州士
子之請 協謀重修 於是 李淸州瀞 陳院長克敬 旣余 更迭句管 而壬
寅 祠宇始完 神廚繼就 其時 有司鄭大淳孫均也 先生位板 藏於巖
穴間 幸而獲保 浸漉不潔 改用新板 癸卯秋 奉安 配以守愚先生 祭
器亦賴院僕世庚善藏而得完焉 丙吾 建西齋 柳巡察永詢 所致力
而孫得全敦役焉 柳巡察與兵使金太虛 來謁祠宇 因出米二十碩 租
伍十碩 環山中一里 爲取息之地 以備院中之需 己酉 營講堂 而東
齋廚庫繼之 有司則河公孝趙㻩也 祠宇草創於亂后 棟樑級夷 不稱
其制 辛亥 乃易以新之 增其舊址 壯其棟梲 使之宏敏焉 董役有司
則柳慶一也 以其舊材 移構醉醒亭 先此 創一間草亭於醉醒門外松
林之畔 仍扁以洗心 舊號 乃院有司柳宗日 象先生橡亭遺制也 前后
規畵 皆出於李院長瀞 而崔兵使濂 亦爲之宣力 得以就緖 幸也 蓋
創立之初 廟宇堂齋之秩秩有序 垣墻楷級之井井有規 無非守愚先生
心匠之運 而亂后重營 皆因舊制 第營作有先后 工匠有巧拙 故堂齋
不及於古 而廟宇有侈於前矣 今上己酉春 政院入啓 特蒙賜三書院
額 此其一也 請額時 守愚從配 未及 幷啓 乙卯 禮曹 因院儒疏回啓
蒙允焉 院舊號德山 而德川新額也 正堂 曰敬義 左右夾室 曰東翼
也西翼也 東西齋 舊號曰敬曰義 而今改以進德也修業也 齋軒則光
風霽月 而正門則幽貞也 依山俯水 娛衍繚廓 峰巒拱揖 川澤縈紆 若
遠若近 自成形勢 建院之地 無以加此也 噫 方丈之山名於天下 德
山之洞 廓而有容 天慳地祕 不知其幾千百年 而有待於今日 山爲武
夷 洞作白鹿 爲萬世詩書禮讓之地 則豈非有數存乎其間 而地以人
顯者 信矣 河覺齋 有德山

## 2. 제향공간 숭덕사(崇德祠)

숭덕사는 1576년 덕산서원(德山書院)을 창건할 적에 지었다. 이곳에 남명 선생의 신위를 봉안하고 석채례(釋菜禮)를 행하였다. 처음 덕산서원과 숭덕사를 창건할 적에 경영한 규모와 여러 사람들이 일을 한 내력을 하항(河沆, 1538-1590)이 상세히 기록해 놓은 『덕산지(德山志)』가 있었는데, 임진왜란 때 유실되어 그 상세한 정황을 알 수가 없다.[6]

1592년 임진왜란 때 경의당과 동재·서재는 불에 타고 숭덕사와 주사(廚舍)만 남았는데, 그것도 1597년 정유재란 때 소실되고 말았다. 임진왜란이 끝난 뒤 1601년 서원을 중건하기로 결의하고, 1602년 사우와 신주를 다시 조성하여 1603년 가을에 위판(位版)을 봉안하고 석채례를 거행하였다. 1611년 병사 최렴(崔濂)의 도움으로 사우를 다시 증축하였다. 그것은 임란 후 새로 지은 사당이 낮아서 제도에 맞지 않기 때문에 고쳐 지은 것이다.[7]

숭덕사에는 남명 선생 위패만 독향(獨享)되어 있었다. 그러다 임진왜란 뒤 1603년 덕산서원을 복원하고 위패

---

6) 河憕, 『滄洲先生遺事』 권1 「德川書院重建記」. "河覺齋有德山志 祠宇經營之規 諸公敦事之勤 纖悉詳密 無一或遺 俾後之學者 昭然若昨日事 竟失於兵火中"

7) 『德川書院誌』, 「創建事實」 참조.

덕천서원 숭덕사-내삼문

를 다시 봉안할 적에 최영경(崔永慶, 1529-1590)을 배향
했다.[8] 1609년 덕천서원으로 사액(賜額)된 뒤, 1612년
진주 유생 170여 명이 상소해 예전대로 최영경을 배향해
달라고 청하여 윤허를 받아 최영경을 공식적으로 배향하
게 되었다.

1870년 흥선대원군의 서원철폐령에 의해 덕천서원도
훼철되었다. 그로부터 50여 년 뒤인 1924년 도회(道會)
에서 사우를 건립하기로 결의하여, 1926년 준공을 하고

---

8) 오이환, 『남명학의 새 연구 하』, 한국학술정보(주), 2012, 134쪽
　참조.

덕천서원 숭덕사 향사 장면

1927년 3월 28일 위패를 봉안하였다. 1927년 다시 위패를 봉안할 적에 경비를 부담한 하씨(河氏) 문중에서는 하항(河沆)·오건(吳健)·정구(鄭逑)·김우옹(金宇顒)을 추가로 배향하자고 주장하고, 남명 후손들은 남명 도학의 정통은 오건(吳健)과 정구(鄭逑)가 계승했기 때문에 최영경을 출향(黜享)하고 이 두 사람만 배향한다고 주장하여, 합의를 보지 못하였다. 그리하여 남명 후손들은 당분간 남명만을 독향하자고 주장하다가, 1927년 3월 남명의 위패만을 봉안하고 최영경의 위패는 봉안하지 않았다.[9] 이

---

9) 오이환, 위의 책, 130 136쪽 참조.

덕천서원 숭덕사 향사 장면

로 인하여 지역 유림사회에서 심각한 갈등이 야기되었다.
최영경의 위패는 최근 다시 배향되었다.

현재 덕천서원에서는 봄과 가을로 춘추향사를 지내는
데, 춘향(春享)은 음력 3월 상정일(上丁日)에, 추향(秋享)
은 음력 9월 상정일 지낸다. 춘추향사의 상향문(上享文)
은 최영경이 지은 것으로 아래와 같다.

아, 선생이시여,
학문은 위기지학을 힘쓰시고,
식견은 명쾌하게 결단하는 데로 나가셨네.
도를 보존하고 지조를 지키시었으니,

그 공이 이단을 물리친 것과 같습니다.

嗚呼先生　　學務爲己　　識造明決

道存守爲　　功侔距闢[10]


## 3. 장수공간 경의당(敬義堂) · 동서재(東西齋)

### 경의당 · 동서재 건립 연혁

장수공간인 경의당과 동재 · 서재는 1576년 처음으로
창건되었다. 남명이 별세하고 3년 뒤인 1575년 문인 최
영경(崔永慶) · 하항(河沆) · 하응도(河應圖) · 손천우(孫天
佑) · 유종지(柳宗智) 및 진주목사 구변(具抃), 경상감사
윤근수(尹根壽) 등이 영남의 사림들과 의논하여 산천재에
서 3리쯤 거리에 있는 덕천 가에 서원을 세우기로 결의
하였다. 이에 앞서 하응도가 덕천 가에 몇 칸의 초가집
을 지어놓고 살며 매양 남명을 모시고 그곳에서 소요하
였는데, 이런 논의가 일어나자 그 집을 헐고 그 땅을 서
원부지로 기증하였다. 또한 경상감사 윤근수는 폐사(弊
寺)가 된 김산(金山:김천) 진흥사(眞興寺)의 토지를 도산
서원과 덕산서원에 나누어주어 서원의 경비로 충당하게

---

10)  崔永慶, 『守愚堂實記』 권1, 「德川書院春秋常享文」.

하였다.[11]

덕천서원은 창건된 지
15년 만에 왜적들에 의
해 1592년 소실되었다.
10년 이상 폐허로 있다
가 임진왜란이 끝난 뒤
1601년 중건을 도모하
여 1602년 사당을 먼저
지어 1603년 위판을 봉

덕천서원 현판

안하고, 1606년 서재를 낙성했고, 1609년 경의당·동
재·주고(廚庫)를 낙성하여 서원 전체가 다시 옛 모습을
찾았다. 그로부터 약 80년 뒤엔 1690년(숙종 16) 다시 중
수하였다. 당시 정지윤(鄭岐胤)이 지은 「경의재중수기(敬
義齋重修記)」가 『덕천서원지』「창건사실」에 남아 있다.
또 1백여 년 뒤인 1796년(정조 20) 서원을 중수하였다.[12]

그로부터 약 70여 년 뒤인 1870년 흥선대원군의 서원
철폐령에 의해 덕천서원은 훼철되었다. 약 50년 가까이
폐허가 되어 있어서, 이 지역 유림들의 마음을 아프게 하
였다. 그리하여 1916년 진사 하재화(河載華) 등이 진주향
교에 모여 경의당을 중건하기로 결의하였다. 그리고

---

11) 『德川書院誌』,「創建事實」참조.
12) 『德川書院誌』,「創建事實」참조.

덕천서원 경의당 전경

1918년 경의당을 중건하여 상량식을 거행하였고, 1921
년 마침내 경의당이 낙성을 하게 되었다. 1926년 사당을
중건하고, 1927년 위패를 봉안하여 서원의 규모가 다시
제 모습을 찾게 되었다.[13] 현 경의당 건물 앞에 전 건물
의 주춧돌이 그대로 남아 있는데, 이를 보면 전에 비해
축소해서 지은 것을 알 수 있다.

13) 『德川書院誌』,「創建事實」 참조.

## 경의당의 의미

서원은 선현을 제향하기 위해 설립되기 때문에 서원에는 주벽(主壁)에 모시는 선현의 학문과 사상을 특징적으로 드러낸 명칭이 있다. 마치 사찰에 가서 건물의 이름만 보아도 본존불이 누구인지를 알 수 있는 것처럼, 서원에서는 당호(堂號)와 문루(門樓)의 이름에 그런 특징이 잘 드러나 있다. 강당의 이름과 문루의 이름에는 유학사상의 심오한 의미가 담겨 있기 때문에 일반인들이 쉽게 알기는 어렵다. 예컨대 경주 옥산서원의 무변루(無邊樓), 장성 필암서원의 확연루(廓然樓)와 같은 이름은 도덕을 함양한 유학자의 드넓은 정신세계를 형용한 것이기 때문에 설명이 필요하다.

덕천서원의 꽃이라 할 수 있는 경의당(敬義堂)도 마찬가지이다. 공경할 경(敬)과 옳을 의(義)자만 알아가지고서는 이 강당의 의미를 읽어낼 수 없다. 경의(敬義)는 남명사상의 중핵이다. 남명이 성리학의 수양론을 집약하여자기 식으로 표현한 것이 경의이다. 따라서 남명의 경의사상을 '공경하고 올바로 하는 것'이라고 정의한다면, 그것은 남명사상을 10분의 1도 알지 못하는 것이다.

남명의 경의는 경의검에 새겨진 "안으로 내면을 밝게하는 것은 경이고, 밖으로 일을 결단하는 것은 의다.[內明者敬 外斷者義]"라는 문구에 간명하게 드러나 있다. 이를 현대적 의미로 다시 바꾸면, 경은 내면의 도덕적 양심을 기르는 것이고, 의는 외면의 사회적 정의를 추구하는 것이다. 그러나 이것으로 경의를 다 말했다고 할 수는 없다.

경의는 원래 『주역』 곤괘(坤卦) 문언(文言)에 "경으로써 안을 곧게 하고, 의로써 밖을 방정하게 한다.[敬以直內義以方外]"라는 문구에서 비롯된 말이다. 송나라 때 성리학자들은 심성을 수양하는 밑바탕에는 항상 경(敬)이 자리하여 마음이 움직이지 않을 때이건 마음이 움직일 때이건 한 순간도 경에서 벗어나서는 안 된다고 하였다. 즉송나라 때 도학자들이 도덕적 주체를 확립하기 위해 가장 중시한 것이 바로 경이다.

그렇다면 경(敬)은 어떻게 하는 것인가? 공경이란 무엇인가? 우리는 어른에게 공경히 하라는 말을 수없이 듣고 자란다. 그러나 공경이란 말에 대해 잘 알지 못한다. 공경은 공손과 다르다. 송대 학자들은 이 경에 대해 '한 마음을 주로 하여 다른 데로 달아남이 없도록 하는 것.

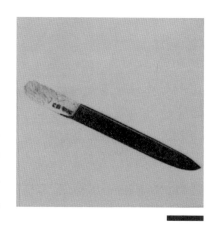

경의검

[主一無適]'이라 하기도 하고, '몸과 마음을 정제하여 엄숙하게 하는 것.[整齊嚴肅]'이라 하기도 하고, '항상 마음을 초롱초롱 깨어있게 하는 것[常惺惺]'이라 하기도 하고, '밖으로 치달리는 마음을 거두어들이는 것[其心收斂]'이라 하기도 하였다. 그런데 주자는 이를 다 포괄하여 '경의 의미는 오직 두려워하는 것이 그 뜻에 가깝다.[惟畏近之]' 라고 하였다. '외(畏)'는 '외경(畏敬)'을 의미하는 말로, 마음을 경건히 하여 긴장한다는 뜻이지, 공포감에 휩싸여 벌벌 떠는 것을 의미하는 것이 아니다. 경은 마음을 경건히 하여 자신의 주체적인 마음이 밝게 깨어 있는 상태에서 늘 긴장감을 유지하는 것이다. 즉 마음이 어디에 치우치거나 의지하지 않고 감정이 지나치거나 위축되지 않

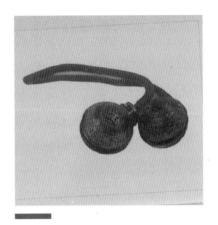

성성자

는 공평무사한 또렷한 정신 상태를 말한다.

덕천서원 경의당은 남명사상의 핵심인 경의를 취하여 당호로 삼은 것이다. 따라서 이 강당에서 공부하는 유생들은 매일 같이 그런 정신을 존모하며 본받고자 하였으니, 매우 개성 있는 교육을 하였다고 하겠다.

남명은 만년 산천재에 기거할 적에 벽에다 경(敬)·의(義) 두 자를 큰 글씨로 써서 붙여 놓고 늘 그것을 보며 마음을 다잡았다고 한다. 또한 남명은 "이 경의는 우리 유가의 해·달과 같다."고 하여, 불변의 진리로 드러냈다. 해와 달은 이 세상을 밝히는 존재로 어둠을 밀어내고 문명의 세상을 여는 상징이다. 사람마다 이 경의를 통해 도덕적 양심과 사회적 정의를 추구한다면 그것이 곧 문명사회를 여는 지름길일 것이다. 남명의 정신이 바로 이런 데 있었다. 그래서 스스로 경의를 통해 자신을 도덕적 인간으로 만들고, 스스로 사회적 정의를 위해 실천하였다.

덕천서원이 창건된 뒤 남명의 문인 정구·최영경·하항·유종지·손천우 등은 원규(院規)와 회강(會講) 등을 정했는데, 남명이 살아 있을 때 산천재에서 거행하던 옛날 의례를 따랐다.


## 4. 유식공간 세심정(洗心亭)

### 세심정의 연혁

세심정은 1582년 처음 지었는데, 서원의 유사 유종일(柳宗日)이 산천재 옆에 있던 상정(橡亭)을 본떠 지은 것이다. 처음 제도는 세 기둥의 초옥이었다. 세심정(洗心亭)이라는 이름은 『주역』「계사상전(繫辭上傳)」에 "그러므로 시초점(蓍草占)의 덕은 원만하여 신묘하고, 괘(卦)의 덕은 모가 나서 지혜롭고, 육효(六爻)의 뜻은 변역하여 길흉을 알려준다. 성인은 이런 것을 가지고 마음을 씻고서 은밀한 데로 물러나 살며, 길흉에 대해 백성들과 더불어 걱정을 함께 하여 신묘함으로써 미래의 일을 알고, 예지로써 지나간 일을 간직하고 있다.[是故 蓍之德 圓而神 卦之德 方以知 六爻之義 易以貢 聖人 以此洗心 退藏於密 吉凶 與民同患 神以知來 知以藏往]"라고 한 것을 취해 하항(河沆)이 정한 것이다. 즉 성인은 이 세 가지 덕을 체득하여 털끝만큼의 허물도 없어서 일이 없으면 그 마음이 적연부동하여 남들이 엿볼 수 없고, 일이 있으면 신묘와 예지를 써서 감응하여 점을 치지 않고서도 그 이치를 안다는

세심정 전경

뜻이다. 따라서 '세심'이라는 말은 마음에 한 점의 사욕도
남아 있지 않은 진실무망(眞實無妄)의 경지를 말한 것이
라 할 수 있다. 세심정의 의미는 하수일(河受一)이 지은
「세심정기(洗心亭記)」에 잘 나타나 있다.

세심정 자리는 최영경이 와서 노닐던 곳이었다. 또한
서원 터가 전에 하응도의 초옥이 있던 곳으로, 남명을 모
시고 와서 소요하던 곳이라 하였으니, 남명 역시 이곳에
와서 바람을 쏘였을 것이다.

『덕천서원지』에 "1582년 정자를 지어 풍영(風詠)하고

유식(遊息)하는 장소로 삼았다."라고 하였다. 풍영(風詠)
은 『논어』 「선진(先進)」에 보이는 말로, 공자 제자 증점
(曾點)이 "저의 소원은 늦은 봄날 봄옷이 만들어지면 어
른 5~6인과 과 동자 6~7인과 함께 기수(沂水)에 가서
목욕하고, 무우(舞雩)에서 바람을 쐬고, 시를 읊조리며
돌아오고자 합니다."라고 한 데서 취한 것으로, 벼슬길에
나아가 뜻을 펴기보다는 자연에 묻혀 성명(性命)을 온전
히 하며 사는 데에 더 의미를 두고 있다는 말이다. 증점
의 이 말은 후대 세상에 나아가 벼슬하는 데에 급급하지
않고 자연에 동화되는 삶을 추구하는 안빈낙도의 정신지
향을 의미하는 말로 널리 회자되었다.

최영경은 1576년 덕천서원을 창건하는 데 주도적인 역
할을 하였다. 그는 서원을 창건한 뒤, 자신이 전부터 소
요하던 시냇가에 소나무 1백여 그루를 심었는데, 그 중
에 한 그루는 본인이 직접 심었다고 한다. 그래서 사람
들이 그 소나무를 '수우송(守憂松)'이라 불렀다고 한다.
지금도 시냇가에 고송이 한 그루 있는데, 수우송이 생존
하여 전하는지는 확인할 길이 없다.

처음 세심정을 짓고 나서, 하항은 이 정자의 이름을 세
심정이라고 명명하였다. 그런데 오래지 않아 최영경이
취성정(醉醒亭)이라고 이름을 바꾸었다.[14] 이곳은 최영경

---

14) 成汝信, 『晉陽志』권2, 「醉醒亭」.

이 자주 찾아 소요하던 곳이다. 그가 취성정으로 바꾼 뜻은 자세하지 않다. 취성(醉醒)이라는 말은 굴원(屈原)의 「어부사(漁父詞)」에 "온 세상 사람들이 모두 혼탁한데 나만 유독 깨끗하고, 대중들이 모두 취하여 있는데 나만 유독 깨어 있었네. 이 때문에 나는 추방된 것이네."라고 한 데서 취한 것으로, 온 세상 사람들이 혼몽한 상태로 취해 있는 것처럼 정신이 흐리멍덩하더라도 나의 정신은 또렷이 깨어 있겠다는 뜻이다. 16세기 사화로 얼룩진 시대 상황을 감안해 보면, 취성이라는 말은 남명의 정신을 잘 상징할 수 있다. 그러므로 최영경은 세심정이라는 이름보다 취성정이라는 이름을 더 선호하여 개명한 듯하다. 그러나 훗날 하항의 조카 하수일(河受一)은 「덕천서원세심정기」라는 글을 지어 세심정이라는 명칭을 그대로 사용하고 있다. 또한 후인들도 취성정이라는 명칭보다는 세심정이라는 명칭을 더 선호하였다.

처음 창건한 세심정은 하징의 기록에 의하면 임진왜란 때 불에 탔다고 하였는데, 하수일의 시를 보면, 1592년 덕천서원이 불에 탈 때 세심정은 남아있었음을 알 수 있다. 따라서 세심정은 정유재란 때 소실된 것으로 추정된다. 1609년 덕천서원을 새로 중건한 뒤, 사당이 너무 초라하여 1611년 사우를 다시 증축해 높고 넓게 지었다. 그리고 그 목재를 가져다가 세심정 자리에 취성정(醉醒亭)을 새로 지었다. 이 당시 병사 최렴(崔濂)이 지원을 하

였고, 유일경(柳一慶)이 공사를 감독하였다.[15]

이후 세심정은 없어지고 취성정이 되었다. 그러다가 1815년(순조 15) 취성정을 중수하고서 이름을 다시 풍영정(風詠亭)으로 바꾸었다. 왜 풍영정으로 개명을 했는지에 대해서는 문헌기록에서 확인할 수 없다. 1870년 서원이 훼철될 적에 이 풍영정이 어떻게 되었는지도 알 수 없다. 지금의 세심정이 언제 누가 지었는지 상세히 전하지 않는다. 다만 이상규는 지금 세심정이 1920년대 조성된 축대 위에 있는데 목재의 상태로 보아 현재의 서원 건물 중 가장 오래된 것으로 보인다고 하였다. 그리고 1870년 훼철 당시 제외되어 부근에 옮겨졌다가 도로가 나면서 현재의 위치로 이건 되었을 가능성이 있다고 하였다.[16]


## 하수일(河受一)의 「세심정기(洗心亭記)」

『예기』에 "군자가 학문을 할 적에는 구도의 의지를 품고, 학업을 익히며, 쉬기도 하고, 노닐기도 한다."라고 하였으니, 대체로 의지를 품고 도를 닦는 곳이 있는 자는 반드시 노닐고 쉬는 도구가 있게 마련이다. 이것이 옛날의 도이다.

---

15) 『德川書院誌』,「創建事實」 참조.
16) 이상규,「덕천서원의 조영과 변천에 관한 연구」, 성균관대학교 석사학위논문, 1999, 113쪽 참조.

삼가 서원의 제도를 살펴보건대, 사당을 건립하여 제사를 밝게 지내고, 명륜당을 세워 인륜을 중시하고, 동재 서재를 두어 배우는 자들을 머물게 하니, 의지를 품고 도를 닦는 데에는 참으로 그에 걸 맞는 장소가 있는 것이다. 덕천서원 남쪽에는 시내가 있다. 허공을 머금고 푸른빛이 엉켜 있으며, 모여서 맑은 못이 되었다. 그 시냇가에 가면 기수(沂水:공자 제자 曾點이 목욕하던 곳)에서 목욕하던 흥취가 있다. 시냇가에 복숭아나무 숲이 있는데, 소나무와 노송나무가 섞여 있다. 그곳을 바라보면 무릉도원(武陵桃源)과 같으니, 참으로 노닐며 감상할 만한 아름다운 명승이다. 지금 우리 최선생(崔先生:崔永慶을 말함)이 매양 그 위에 와서 소요하였는데, 정자를 지어 노닐며 쉬는 도구로 삼으려 하였다. 그러나 서원을 건립하는 공사가 완공되지 않았기 때문에 성사되지 못하였다. 그 뒤 임오년(1582) 봄에 비로소 경영하여 정자가 완성되니, 경치가 더욱 기이하게 되었다. 시내는 그 맑음을 더한 듯하고, 물고기는 그 즐거움을 더한 듯하였다. 이에 각재(覺齋:河沆) 숙부께서 『주역』의 "성인은 이로써 마음을 씻는다. [聖人以此洗心]"는 뜻을 취해, 정자의 이름으로 삼았다. 이는 대체로 '물을 보는 데 방법이 있다[觀水有術]'는 의미를 거기에 붙인 것이다.

지금 저 물의 본성은 맑다. 더럽혀진 것은 씻어서 깨끗하게 하고, 검게 된 것은 씻어서 희게 해야 하기 때문에 물가에 정자를 지은 것이다. 의지를 품고 도를 닦고자 하는 자도 마음속의 울적한 기운을 없애야 나의 호연지기를 잘 닦을 수 있다. 물로 인해 정자의 이름을 지어 노닐며 쉬는 사람들로 하여금 사물을 통해 자신을 돌아보아 날마다 새롭게 또 날마다 새롭게 자신을 변화시키게 하고자 한 것이다. 우리 고을 군자로서 이 정자에 오르는 이들이 선생의 유풍을 아련히 생각하여, 또한 정자 이름을 돌아보며 의리를 생각해서 마음을 맑게 하는 공을 능히 거둔다면 좋을 것이다. 나는 혼매하고 어리석은 소생으로서 참람하게 고루한 생각을 기록하였다. 그리고 다시 그로 인해 다음과 같이 노래한다.

| 이 높은 정자를 세우니, | 興彼高亭 |
| 날개를 편 듯 날아가는 듯. | 翼如翬如 |
| 노닐기도 하고 쉬기도 하니, | 旣遊以息 |
| 군자가 거처하는 곳이로세. | 君子攸居 |
| 넓고 넓은 이 시내, | 浩玆溪流 |
| 옥처럼 맑고 거울처럼 텅 비었네. | 玉潔鑑虛 |
| 군자는 이 이치로써, | 君子以之 |
| 자기 마음에 돌이켜 구한다네. | 反心求諸 |
| 맑고 밝음 내 몸에 있으면, | 淸明在躬 |
| 나의 처음 본성 회복할 수 있으리. | 可復吳初 |
| 혹시라도 그렇게 되지 않을 때는, | 苟或不然 |

17) 河受一, 『松亭集』 권4, 「德川書院洗心亭記」. "稱君子藏焉修焉息"

이 '세심(洗心)'이란 큰 글자를 보시게.　　　視此大書<sup>17)</sup>

　　하수일은 이 「세심정기」에서 세심(洗心)의 의미를 맹
자가 말한 '관수유술(觀水有術)'의 의미로 보았다. 눈앞에
흘러가는 물을 보면서 그것을 통해 근원을 생각하고 다
시 그 물이 흘러 바다로 가는 귀결처를 생각하는 사유이
다. 공자가 시냇가에서 "흘러가는 것은 이와 같구나. 밤
낮으로 쉬지 않고 흐르는구나."라고 한 것은 깊은 이치가
내재되어 있는 말씀이다. 눈에 보이는 자연의 현상을 통
해 그 이면의 눈으로 볼 수 없는 원리를 보라는 것이다.
눈으로 보고 귀로 듣는 것을 전부로 생각하며 사는 경우
가 많은데, 그것은 지각의 작용에 불과하고 그 본체를 보
라는 말씀이다. 모든 성현의 말씀은 근본을 중시하여 근

---

焉遊焉 蓋有藏修之所者 必有遊息之具 斯古道也 謹按書院制度
建祠宇以昭祀 立明倫堂以重倫 置東西齋以居學者 藏修固有所矣
院之南有溪焉 含虛凝碧 匯爲澄潭 臨之有浴沂之興 溪之上有桃
林焉 間以松檉 望之如武陵之原 誠遊賞之佳勝者已 今我崔先生
每杖屨逍遙其上 欲搆亭以備遊息之具 以院役未就未成 越壬吾春
始克經營 亭成而勝益奇 溪若增其淸 魚若增其樂 於是覺齋叔父
取爲聖人洗心之義以名亭 蓋寓觀水有術之義也 今夫水其性淸 汚
者滌之潔 黑者濯之白 故壓流抗亭 欲使藏修者 宣暢堙鬱 善養吾
浩然之氣也 因水命額 欲使遊息者 觀物反己 日日新又日新也 吾
黨君子苟能登斯亭 遐想先生之遺風 又能顧名思義 克收澄心之功
則善矣 某以昏愚小生 僭錄固陋 又從而歌曰 興彼高亭 翼如翬如
旣遊以息 君子攸居 浩玆溪流 玉潔鑑虛 君子以之 反心求諸 淸明
在躬 可復吳初 苟或不然 視此大書"

원을 돌아보며 나를 성찰하라는 내용이다. 그렇게 해야 나의 참모습을 발견할 수 있고, 진정한 삶을 살 수 있기 때문이다. 『맹자』첫 머리에 맹자가 양혜왕(梁惠王)을 만나 "왕께서는 어찌 굳이 이익만을 말씀하십니까? 또한 인의(仁義) 같은 본성을 돌아보는 것이 있지 않습니까?" 라고 한 말씀도 현실의 부귀영화에 집착하는 왕에게 근본을 돌아보라고 가르친 것이다.

오늘날 우리 사회는 자고 일어나면 사고 소식을 접한다. 그러면서 위정자들은 인위적인 개조를 외치고 있다. 법과 제도는 필요한 것이지만, 그것만으로 국가와 사회의 개조를 할 수는 없다. 우리 사회의 모든 문제는 근본을 돌아보지 않고 눈앞의 돈에만 집착하는 사유에서 말미암은 것이다. 근본적인 치유를 하려면 각자 자신을 반성하고 성찰해야 한다. 그런데 모든 사람들이 자신을 돌아보지 않고 전부 네 탓이라고만 하고 있다.

옛날 선현들은 흘러가는 시냇물을 보면서 항상 나의 근원을 생각하였다. 그래서 자신의 마음속에 있는 속된 생각을 씻어내고자 하였다. 그런데 우리는 어떤가? 누가 자신의 속되고 더러운 것을 돌아보고 뉘우치는가? 누가 시냇물을 보면서 근원을 떠올리는가? 다시 공자와 맹자를 배우지 않으면 안 되는 이유가 바로 여기에 있는 것이다.

사람의 마음속에는 하루에도 천만번 군자가 되기도 하고 소인이 되기도 한다. 소인다운 생각을 줄이고 군자다운 생각을 늘여야 덕스러운 인품이 형성된다. 소인다운 생각을 하였을 때는 부끄러움을 알아야 한다. 그러기 위해 자신의 내면을 항상 주시하고 성찰하여 나쁜 생각이 자라지 못하도록 해야 한다. 이것이 맹자가 말한 하늘을 우러러 한 점 부끄러움도 없이 사는 방법이다.

# 3
## 덕천서원의 연혁과 유생

## 1. 연혁

앞에서 각 건물별로 건축 연혁을 정리해서 간략하게 언급하였다. 여기서는 『덕천서원지(德川書院誌)』「창건사실(創建事實)」을 정리하여 구체적으로 다시 정리해 보기로 한다.

- 1572년(선조 5, 임신) : 2월 8일 진주 덕산 사륜동 정침에서 남명 별세.
- 1575년(선조 8, 을해) : 최영경·하항·하응도·손천우·유종지 및 진주목사 구변, 경상감사 윤근수가 영남 사림들과 함께 논의하여 산천재 서쪽 3리 지점의 덕천 가에 서원을 세우기로 결의. 하응도가 그곳에 집을 짓고 살았는데, 그 터를 서원의 터로 바치다.

- 1576년(선조 9, 병자) : 봄에 서원이 건립됨. 가을에 위판을 봉안. 덕산서원(德山書院)으로 편액. 석채례를 행함. 7월 정구(鄭逑)가 묘소에 고유한 뒤, 최영경 등과 논의하여 원규(院規)·회강(會講) 등을 정하였는데, 산천재에서 행하던 예전의 의식과 같이함. 사우(祠宇)·강당·동서재가 모두 완성됨. 강당은 경의당(敬義堂), 강당 좌우 협실은 동익(東翼)·서익(西翼)이라고 함. 동재는 경재(敬齋), 서재는 의재(義齋)라고 했다가 뒤에 진덕재(進德齋)·수업재(修業齋)로 바꿈. 동서재에 딸린 다락은 광풍헌(光風軒)·제월헌(霽月軒)이라고 함. 경상감사 윤근수가 김천의 폐사가 된 진흥사의 토지를 도산서원과 덕산서원에 나누어 주어 서원 경비로 쓰게 함.
- 1577(선조 10, 정축) : 단청을 하고, 담장을 쌓고, 문루(門樓)를 세움. 문루의 이름은 유정문(幽貞門)이라 함. 문 안에서 좌우로 물을 끌어다 네모난 못을 만들고 연꽃을 심음. 그리고 못 옆에 소나무 한 그루씩 심음.
- 1582년(선조 15, 임오) : 정자를 지어 풍영(風詠)하고 유식(遊息)하는 장소로 삼음. 문 밖 시냇가에 세 기둥의 정자를 짓고 세심정(洗心亭)이라 함. 하수일(河受一)이 「덕천서원세심정기」를 지음.
- 1592년(선조 25, 임진) : 왜적이 침입하여 강당·동재·서재·정자가 불에 탐. 사우·주사(廚舍)만 남았는데, 그것도 정유재란 때 소실.

- 1601년(선조 34, 신축) : 진주목사 윤열(尹說)이 고을 여러 유림의 의견에 따라 함께 중건을 하기로 함.

- 1602년(선조 35, 임인) : 사우(祠宇)와 신주(神廚)를 만듦. 이정(李瀞)·진극경(陳克敬)·하징(河憕)이 주관. 실무는 정대순(鄭大淳)과 손균(孫均)이 맡음. 오장(吳長)이 사우 상량문을 지음.

- 1603(선조 36, 계묘) : 가을 위판을 봉안하고 석채례를 지냄. 위판이 더렵혀져서 새로 만듦. 제기(祭器)는 서원의 노복 무수(無廋)가 잘 보관하여 온전함.

- 1606년(선조 39, 병오) : 서재(西齋) 완성. 관찰사 유영순(柳永詢)이 서재 수업재(修業齋)를 세움. 감사 유영순이 병사 김태허(金太虛)와 함께 와서 쌀 20석, 조세 50석을 내고 주변 산 1리를 이식을 취하는 토지로 삼아 서원의 경비에 충당하게 함. 알묘하고 고유함. 정구가 와서 묘소에 제사를 지내고 알묘한 뒤 제생의 강론을 듣다.

- 1609년(광해 1, 기유) : 강당·동재·주고(廚庫)가 완성. 승정원에서 주청하여 '덕천서원(德川書院)'으로 사액.

- 1611(광해 3, 신해) : 사우를 증축하고 문루와 정자를 지음. 임진왜란 후 지은 사우가 낮고 제도에 맞지 않아 증축함. 옛 목재를 가져다 세심정 터에 취성정(醉醒亭)을 세움. 병사 최렴(崔濂)이 도와줌.

- 1622년(광해 14, 임술) : 하징(河憕)이 지은 「덕천서원중건기」를 서원에 게시. 하항이 서원을 창건한 사실을 기록

해 놓은 『덕산지(德山誌)』가 있었는데, 임진왜란 때 일실
되어 하징이 창건과 중수의 일을 기록해 놓음.

- 1690년(숙종 16, 경오) : 서원을 중수. 진주목사 김시경
  (金始慶)의 도움을 받음. 정기윤(鄭岐胤)이 「경의재중수기
  (敬義齋重修記)」를 지음.
- 1796년(정조 20, 병진) : 서원 중수. 남이우(南履愚)가 「경
  의재중수기(敬義齋重修記)」를 지음.
- 1815년(순조 15, 을해) : 취성정을 중수. 세심정 북쪽에
  취성정을 새로 짓고 이름을 풍영정(風詠亭)으로 고침. 이
  익운(李益運)이 기문을 지음.
- 1827년(순조 27, 정해) : 이우찬(李佑贊) 등이 예조판서에
  게 상서하여 서원 주위에 사는 사람들의 신역을 면제해서
  서원을 수호할 수 있게 해달라고 요청함.
- 1870년(고종 7, 경오 ) : 서원 훼철.
- 1916년(병진) : 진사 하재화(河載華), 주사 박재구(朴在九)
  가 진주향교에서 도내 유림들과 만나 경의당을 중건하기
  로 결의.
- 1918년(무오) : 경의당을 중건하여 상량식을 함. 하겸진
  (河謙鎭)이 상량문을 지음.
- 1921년(신유) : 경의당이 중건되어 낙성식을 함. 하겸진
  이 낙성고유문을 지음.
- 1924년(갑자) : 5월 5일 도회에서 사우를 건립하기로 결의.
- 1925년(을축) : 정월 20일 공사 시작.

- 1926년(병인) : 11월 사우 준공.

- 1927년(정묘) : 3월 28일 위판 봉안. 하겸진이 봉안문을 지음.

- 1938년(무인) : 진주 사인(士人) 정상진(鄭相珍)이 시천면 원리 387번지 전답 1193평, 천평리 439-1번지 전답 422평, 천평리 446-1번지 610평의 전답을 서원에 기증.

- 1947년(정해) : 권재규(權載奎)가 「경의당중건기」를 지음.

- 1954년(갑오) : 김진문(金鎭文)이 「경의장중건기」를 지음. 동재를 복원함.

- 1974년(갑인) : 지방문화재 89호로 지정.

- 1976년(병진) : 내삼문과 숭덕사 보수.

- 1977년(정사) : 동재의 기와를 갈고, 외삼문과 고직사를 개축. 남명 탄신일(음력 6월 26일)에 해당하는 8월 10일에 두류문화연구소 주최로 제1회 남명선생추모제를 거행. 제2회부터는 경남사립중고등학교교장회에서 8월 10일 봉행하기로 결의.

- 1979년(기미) : 담장을 개축.

- 1984년(갑자) : 서재를 복원.

- 1985년(을축) : 고직사 담장 보수, 세심정 주변 정화.

- 1987년(정유) : 외삼문 해체 보수.

- 1992년(임신) : 숭덕사 보수.

- 1997년(정축) : 홍살문 보수. 현대식 화장실 신축.

## 2. 역대 원임

덕천서원의 원임을 맡은 사람들을 정리해 놓은 『원임록(院任錄)』이 있는데, 그 내력이 1769년 쓴 권필승(權必昇)의 「원임록서(院任錄序)」와 조취진(趙輝晉(1729-1796)이 쓴 「원임록발(院任錄跋)」에 보인다. 이에 의하면, 덕천서원에는 본디 해마다 있었던 일을 기록해 놓은 원임록이 있었는데, 그 중에 제1권이 갑신년(1764)에 유실되었다. 이에 기축년(1769) 원임을 맡고 있던 권필승과 조휘진이 다시 만든 것이다. 이들은 또한 남명이 공자·주렴계·정명도·주자의 초상을 직접 그려 만든 병풍첩이 제대로 보관되지 않고 있는 것을 안타깝게 여겨, 서원의 벽

德川書院院任錄

院長 李之億 判書 居京

有司 趙輝晉 文然 癸卯 景仲 居丹城
       權必昇 己酉 居晉州
       己丑二月十四日

有司 都吉謨 乃敬 壬寅 居丹城
       崔震燮 仁和 甲辰 居晉州
       己丑三月初六日

有司

덕천서원 원임록

에 감실(龕室)을 만들어 원록(院錄)을 담은 궤짝과 함께 보관하였다.

1769년 새로 만든 『원임록』은 상권과 하권으로 되어 있다. 상권은 원지(院識)·제회록(齊會錄)·심원록(尋院錄) 등을 통해 자료를 수집하여 잃어버린 예전의 사실을 보충해 놓은 것이다. 하권은 1769년 이후 후임 원임들을 기록해 놓은 것이다. 이를 정리하면 다음과 같다.

### 상권

- 1576년(병자, 선조9) : 원장과 원임 알 수 없음.
- 1592년(임진, 선조25) : 원장 하항(河沆)
- 1610년(신축, 선조34) : 원장 진극경(陳克敬), 원임 정대순(鄭大淳)·손균(孫均)
- 1609년(기유, 광해 원년) : 원임 하공효(河公孝)·조겸(趙𤪡)
- 1611년(신해, 광해3) : 원장 알묘. 원장 이정(李瀞), 원임 유종일(柳宗日) 중수임(重修任) 유경일(柳慶一)
- 1614년(갑인, 광해6) : 3월 원장 알묘. 원장 하징(河憕)
- 1624년(갑자, 인조2) : 정월 원장 알묘. 원장 이대기(李大期)
- 1628년(무진, 인조6) : 8월 원장 알묘. 원장 권도(權濤)
- 1644년(갑신, 인조22) : 10월 원장 알묘. 원장 강대수(姜大遂)
- 1650년(경인, 효종 원년) : 4월 원장 알묘. 원장 하진(河溍)
- 1652년(임진, 효종3) : 8월 원장 알묘. 원장 윤승경(尹承慶)
- 1657년(정유, 효종8) : 3월 원장 알묘. 원장 조정립(曹挺立)

- 1659년(기해, 효종10) : 윤3월 원장 알묘. 원장 최홍서(崔弘緖)
- 1663년(계묘, 현종4) : 2월 원장 알묘. 원장 하홍도(河弘度)
- 1671년(신해, 현종12) : 3월 원장 알묘. 원장 권극유(權克有)
- 1689년(기사, 숙종15) : 11월 원장 알묘. 원장 권두망(權斗望)
- 1694년(갑술, 숙종20) : 9월 원장 권점(圈點)
- 1700년(경진, 속종27) : 정월 원장 알묘. 원장 불분명. 원임 권여형(權汝亨) · 김성함(金聖咸)
- 1704년(갑신, 숙종30) : 5월 도유사 권점, 성명 불분명
- 1705년(을유, 숙종31) : 원장 간청. 원장 진주목사 이익년(李翼年)
- 1706년(병술, 숙종32) : 4월 원장 처음 알묘
- 1707년(정해, 숙종33) : 원장 권계형(權繼亨), 원임 김상덕(金尙德)
- 1711년(신묘, 숙종37) : 원장 불분명
- 1714년(갑오, 숙종40) : 3월 원장 알묘. 원장 박숭규(朴崇圭)
- 1717년(정유, 숙종43) : 2월 원장 알묘. 원장 현감 박당(朴鏜)
- 1721년(신축, 경종 원년) : 원장 권점. 원장 알묘. 원장 이만부(李萬敷), 원임 하세귀(河世龜) · 권대일(權大一)
- 1722년(임인, 경종2) : 도유사 권점. 원장 간청. 원임 박수언(朴粹彦)
- 1723년(계묘, 경종3) : 원임 하세귀(河世龜) · 박수언(朴粹彦)
- 1724년(갑진, 경종4) : 4월 원장 이만부(李萬敷) 알묘. 8월 원임 하덕장(河德長)

- 1725년(을사, 영조 원년) : 원장 간청. 원임 박효언(朴孝彦)·하덕장(河德長)
- 1726년(병오, 영조2) : 6월 원장 권점. 원장 하형(河洞), 원임 유인년(柳仁年)·남익규(南益圭)
- 1727년(정미, 영조3) : 도유사 권점. 8월 원장 알묘. 원임 이필(李佖)·이윤기(李胤紀)·김수갑(金壽甲)
- 1728년(무신, 영조4) : 원임 권대복(權大復)·김수갑(金壽甲)
- 1730년(경술, 영조6) : 원임 권대복(權大復)·하윤후(河潤屋)
- 1731년(신해, 영조7) : 원임 이여주(李如珠)·하윤후(河潤屋). 9월 도유사 권점. 11월 원장 권점. 원장 불분명. 원임 하윤후(河潤屋)·권대전(權大銓). 12월 원장 간청
- 1733년(계축, 영조9) : 원장, 양도유사 권점. 10월 원장 알묘. 원장 권경(權鏡), 원임 하덕호(河德浩)·권필수(權必守)
- 1734년(갑인, 영조10) : 11월 원장 권점. 12월 원장 간청. 원장 불분명
- 1735년(을묘, 영조11) : 3월 원장 간청. 도유사 권망. 원임 하윤원(河潤遠)·권식형(權式亨). 5월 원장 권점. 7월 원장 알묘. 원장 신명구(申命耉)
- 1736년(병진, 영조12) : 3월 원장 권점, 양도유사 권점. 5월 원장 알묘. 원장 정언유(鄭彦儒), 원임 이덕항(李德恒)
- 1737년(정사, 영조13) : 원장, 도유사 권점. 원장 불분명. 원임 권중만(權重萬)·정세붕(鄭世鵬). 8월 원임 김상정(金尙精), 10월 원장 간청

- 1738년(무오, 영조14) : 원장, 도유사 권점. 2월 원장 간청. 11월 원장 권대적(權大勣)
- 1739년(기미, 영조15) : 정월 원장 간청. 4월 원장 권점. 5월 원장 간청. 도유사 권점. 7월 원장 간청. 8월 원장 알

院任錄上

此篇因院誌及齊會錄尋院錄而蒐輯之以補舊案之闕

扶旦以備院中故事

神宗皇帝萬曆四年丙子 我宣祖大王九年

院長任幷欠考

二十年壬辰 二十五年

院長河沇

二十九年辛丑 四十年

院長陳克敬

三十七年元年 光海

院任鄭大淳孫垍

院任河公孝趙璲

三十九年年三二月 院長來謁廟

院長李濟

덕천서원 원임록 상권

묘. 원장 윤동명(尹東鳴), 원임 하세전(河世傳). 8월 원임 하도석(河圖錫)·이윤적(李胤迪)

- 1740년(경신, 영조16) : 5월 원장 권점. 원장 불분명.
- 1741년(신유, 영조17) : 3월 원장, 도유사 권점. 원장 불분명, 원임 이태상(李台相)·이서우(李瑞雨)
- 1743년(계해, 영조19) : 7월 원장 알묘. 원장 진주목사 이제남(李齊耼). 11월 원장 간청.
- 1744년(갑자, 영조20) : 8월 원임 이태상(李台相)·김영(金泳)
- 1745년(을축, 영조21) : 정월 원장 권점. 10월 원장 알묘. 원장 현감 채응일(蔡膺一), 원임 이덕관(李德寬)·김영(金泳)
- 1746년(병인, 영조22) : 이 해부터 무자년(1768)까지 유실.

## 하권

- 1769년(기축, 영조45) : 3월 원장 판서 이지억(李之億), 원임 권필승(權必昇)·조휘진(趙輝晉). 3월 원임 도길모(都吉謨)·최진섭(崔震燮)
- 1770년(경인, 영조46) : 3월 도유사 권점. 4월 원임 하달성(河達聖)·하명해(河明海). 9월 원임 하일호(河一浩)·박정오(朴鼎吳)
- 1771년(신묘, 영조47) : 2월 원장 권식형(權式亨). 10월 원장 장지학(張趾學), 원임 조옹(趙瀜)·이명인(李命寅)
- 1772년(임진, 영조48) : 2월 원임 이기전(李基全)·권첨

(權燀)

- 1773년(계사, 영조49) : 2월 원임 권첨(權燀) · 김유상(金有商). 8월 원장 판서 홍명한(洪名漢)
- 1774년(갑오, 영조50) : 2월 원임 김유상(金有商) · 이계무(李啓茂). 9월 원임 이가군(李可羣)
- 1775년(을미, 영조51) : 2월 원임 강세준(姜世儁) · 심석보(沈錫輔), 원장 권위(權煒). 4월 원임 권필제(權必濟) · 하조해(河朝海)
- 1776년(병신, 영조52) : 2월 원임 허함(許涵) · 박주신(朴胄新). 10월 원장 하덕현(河悳玄)
- 1777년(정유, 정조 원년) : 2월 원임 양희연(梁希淵), 원장 진주목사 정치검(鄭致儉). 2월 28일 원장 승지 이만육(李萬育). 9월 원임 성대규(成大圭)
- 1779년(기해, 정조3) : 3월 원임 이윤길(李允吉). 12월 원임 손벽조(孫堛祖)
- 1780년(경자, 정조4) : 3월 원임 정필의(鄭必毅). 8월 원임 정진(鄭榗)
- 1782년(임인, 정조6) : 2월 원임 허리(許璃)
- 1783년(계묘, 정조7) : 2월 원임 남두추(南斗樞). 8월 원임 강은채(姜殷采)
- 1784년(갑진, 정조8) : 정월 원장 조정상(趙貞相), 원임 하원호(河源浩) · 유경(柳坰). 4월 원임 유형(柳瑩) · 유경필(柳景泌). 8월 원임 양희삼(梁希參)

- 1785년(을사, 정조9) : 2월 원장 판서 채제공(蔡濟恭), 원임 손여흠(孫汝欽). 8월 원임 이의(李曦)

- 1787년(정미, 정조11) : 2월 원임 이원복(李元福)·문사옥(文斯玉). 7월 원임 강주서(姜周瑞). 9월 원임 이재평(李再平). 11월 원임 김정련(金正鍊)

- 1788년(무신, 정조12) : 5월 원임 하정중(河正中)

- 1789년(기유, 정조13) : 9월 원임 권필충(權必忠)

- 1790년(경술, 정조14) : 4월 원임 하정중(河正中)·유상경(柳象經). 8월 원임 하달성(河達聖)·권필언(權必彦)

- 1791년(신해, 정조15) : 2월 원임 하응덕(河應德)·이원복(李元福)

- 1792년(임자, 정조16) : 8월 원임 유중탁(柳中鐸)

- 1795년(을묘, 정조19) : 2월 원임 하응덕(河應德). 8월 원임 이필무(李必茂)

- 1796년(병진, 정조20) : 6월 원장 영의정 채제공(蔡濟恭), 원임 김시혁(金始赫)·박문형(朴文衡)

- 1797년(정사, 정조21) : 2월 원임 하이태(河以泰). 8월 원임 박재검(朴在儉). 10월 원임 조득우(趙得愚)

- 1798년(무오, 정조22) : 4월 원임 이응룡(李應龍)·이의선(李宜璿)

- 1799년(기미, 정조23) : 4월 원임 허순(許洵). 11월 원임 권대치(權大采)·하석기(河錫夔)

- 1800년(경신, 정조24) : 3월 원장 진주목사 한대유(韓大

裕), 원임 성동좌(成東佐)

- 1801년(신유, 순조 원년) : 3월 원임 권정린(權正麟)
- 1802년(임술, 순조2) : 11월 원임 하우호(河禹浩)
- 1803년(계해, 순조3) : 7월 원임 이기중(李基中). 11월 원임 정두환(鄭斗煥)

덕천서원 원임록

- 1804년(갑자, 순조4) : 8월 원장 하진백(河鎭伯), 원임 정석일(鄭錫一)·김용한(金龍漢)
- 1805년(을축, 순조5) : 9월 원장 권정구(權正九), 원임 조사우(趙思愚)·김규성(金奎成)
- 1806년(병인, 순조6) : 2월 원임 하진락(河鎭洛). 3월 원임 박지열(朴旨說)·이수검(李守儉). 7월 원장 조득우(趙得愚)
- 1807년(정묘, 순조7) : 2월 원장 이원복(李元福), 원임 유효민(柳孝民)·하우태(河禹泰). 9월 원장 도백 윤광안(尹光顔), 원임 하우태(河禹泰)·권주한(權柱漢)
- 1808년(무진, 순조8) : 2월 원임 권형(權衡). 12월 원장 정종로(鄭宗魯), 원임 성사열(成師悅)
- 1809년(기사, 순조9) : 정월 원임 이기한(李基漢)
- 1810년(경오, 순조10) : 6월 원장 진주목사 윤광수(尹光垂), 원임 이준(李峻)·심일대(沈一大)
- 1811년(신미, 순조11) : 3월 원임 유정탁(柳正鐸). 6월 원임 하진엽(河鎭曄)
- 1812년(임신, 순조12) : 5월 원장 김정련(金正鍊), 원임 이덕렬(李悳烈)·하진엽(河鎭曄). 원장 진주목사 홍대연(洪大淵), 원임 조희영(趙熙榮). 7월 원임 하치호(河治浩)·권시추(權時樞)
- 1813년(계유, 순조13) : 3월 원임 권정시(權正時). 12월 원임 김규한(金奎漢)·하치호(河治浩)
- 1814년(갑술, 순조14) : 2월 원장 판서 이익운(李益運).

7월 원임 김규한(金奎漢) · 한광리(韓光履)

- 1815년(을해, 순조15) : 정월 원임 이경모(李敬謨). 4월 원임 권성(權煋) · 이우근(李佑根). 8월 원임 권경(權褧) · 이민렬(李敏烈)
- 1816년(병자, 순조16) : 3월 원임 심일헌(沈一憲) · 권윤(權炕). 5월 원임 최상항(崔尙恒). 7월 원임 조윤현(曺允賢). 8월 원임 성동신(成東臣). 10월 원임 박천건(朴天健) · 도필홍(都必弘). 11월 원임 이존렬(李存烈)
- 1817년(정축, 순조17) : 2월 원임 권저(權炷)
- 1818년(무인, 순조18) : 2월 원임 박민구(朴民耉). 3월 원장 정언 이지용(李志容), 원임 정효녕(郭孝寧). 4월 원임 정광로(鄭匡魯) · 조희재(趙熙載). 7월 원임 조윤영(曺允泳)
- 1819년(기묘, 순조19) : 10월 원장 판서 한치응(韓致應), 원임 권정룡(權正龍) · 박대순(朴大淳)
- 1820년(경진, 순조20) : 3월 원임 생원 유의한(柳宜漢). 4월 원임 정근(鄭槿). 8월 원임 이기성(李基性). 10월 원임 이방렬(李邦烈)
- 1822년(임오, 순조22) : 3월 원임 하대범(河大範) · 권호명(權顥明). 11월 원임 이익(李瀷)
- 1823년(계미. 순조23) : 2월 원임 정유선(鄭有善). 5월 원임 권성락(權成洛). 11월 원임 하치중(河致中) · 권상(權㦂)
- 1824년(갑신, 순조24) : 2월 원임 유점(柳岾) · 김낙한(金樂漢). 8월 원임 곽수익(郭守翊)

- 1825년(을유, 순조25) : 3월 원임 허흡(許潝). 8월 원임 권직(權㮨)

- 1826년(병술, 순조26) : 2월 원임 이위검(李緯儉). 12월 원장 참판 홍시제(洪時濟), 원임 이사묵(李師默)

- 1827년(정해, 순조27) : 6월 원임 이정렬(李廷烈). 10월 원임 이사묵(李師默) · 심성집(沈聖集)

- 1828년(무자, 순조28) : 10월 원임 이사묵(李師默) · 정형선(鄭馨善)

- 1829년(기축, 순조29) : 2월 원임 조윤완(曺允玩). 8월 원임 이시진(李始晉)

- 1830년(경인, 순조30) : 9월 원임 권직(權㮨) · 허술(許述). 12월 원임 심영한(沈永漢)

- 1831년(신묘, 순조31) : 2월 원임 정계윤(鄭啓贇). 3월 원장 참판 홍명주(洪命周), 원임 하언철(河彦哲) · 권렴(權㷡). 4월 원임 이원영(李元永)

- 1832년(임진, 순조32) : 5월 원임 허강(許杠)

- 1833년(계사, 순조33) : 2월 원임 권헌성(權憲成). 9월 원임 김재한(金在漢) · 강우환(姜宇煥)

- 1834년(갑오, 순조34) : 2월 원임 박치령(朴致靈). 7월 원임 이우모(李宇模) · 유병룡(柳秉龍). 8월 원임 이환묵(李煥默). 11월 원임 이익검(李益儉)

- 1835년(을미, 헌종 원년) : 7월 원임 이환묵(李煥默) · 유석원(柳錫元)

- 1836년(병신, 헌종2) : 4월 원임 조진효(趙進孝). 5월 원임 권덕명(權德明). 8월 원임 이우구(李佑九). 12월 원임 하봉운(河鳳運)
- 1838년(무술, 헌종4) : 2월 원임 김영기(金永耆) · 이관영(李觀榮)
- 1839년(기해, 헌종5) : 8월 원임 권정집(權正執)
- 1840년(경자, 헌종6) : 2월 원임 조맹진(曺孟振). 5월 원임 김언(金珍). 9월 원임 하범운(河範運) · 곽원조(郭源兆)
- 1841년(신축, 헌종7) : 3월 원임 하범운(河範運) · 박수린(朴受麟). 9월 원임 하제현(河濟賢)
- 1842년(임인, 헌종8) : 2월 원임 김종진(金宗鎭). 7월 원임 조처우(趙處愚) · 심양한(沈良漢)
- 1843년(癸卯, 헌종9) : 3월 원장 참판 정홍경(鄭鴻慶), 원임 구석주(具錫疇). 6월 원임 권해성(權海成). 12월 원임 정환성(鄭煥星)
- 1844년(갑진, 헌종10) : 정월 원임 박규서(朴奎書). 5월 원임 이정검(李丁儉)
- 1845년(을사, 헌종11) : 2월 원임 이우맹(李佑孟). 7월 원임 조정진(曺定振). 8월 원임 이진간(李鎭幹)
- 1846년(병오, 헌종12) : 8월 원임 하상범(河相範). 12월 원임 이헌병(李憲秉) · 권정선(權正善)
- 1847년(정미, 헌종13) : 8월 원임 이문영(李文永) · 이계간(李桂稈)

- 1848년(무신, 헌종14) : 12월 원임 권재성(權在成)
- 1849년(기유, 헌종15) : 2월 원임 하정현(河正賢) · 유재현(柳在賢)
- 1850년(경술, 철종 원년) : 4월 원임 권익추(權翼錘), 8월 원임 이상팔(李相八)
- 1851년(신해, 철종2) : 8월 원임 하진도(河鎭嶋) · 김형(金珩)
- 1852년(임자, 철종3) : 8월 원임 조정효(趙挺孝) · 이귀태(李龜泰)
- 1853년(계축, 철종4) : 정월 원임 김이진(金履鎭) · 이현만(李賢萬), 8월 원임 성한주(成翰周) · 이경환(李慶煥)
- 1854년(갑인, 철종5) : 2월 원장 감사 조석우(曺錫雨), 원임 김진호(金鎭滈)
- 1855년(을묘, 철종6) : 2월 원임 심양한(沈良漢), 6월 원장 판서 권대긍(權大肯), 원임 이방검(李邦儉)
- 1856년(병진, 철종7) : 2월 원임 하경조(河慶祚)
- 1857년(정사, 철종8) : 2월 원임 심약한(沈若漢), 6월 원임 곽동정(郭東楨)
- 1858년(무오, 철종9) : 2월 원임 이우호(李佑浩) · 유규현(柳圭賢), 8월 원임 이헌간(李憲榦)
- 1859년(기미, 철종10) : 2월 원임 하진로(河鎭櫓) · 박수경(朴受景), 7월 원임 곽순조(郭淳兆)
- 1860년(경신, 철종11) : 8월 원임 김태진(金泰鎭)
- 1861년(신유, 철종12) : 8월 원임 하성귀(河聖龜) · 권기형

(權基亨)

- 1862년(임술, 철종13) : 정월 원임 성봉주(成鳳周). 2월 원임 한성립(韓聖立)·김이균(金履杓). 9월 원임 정환오(鄭煥伍). 11월 원임 권익민(權翼民)

- 1863년(계해, 철종14) : 4월 원장 영상 정원용(鄭元容), 원임 박팔영(朴榮八). 5월 원임 권극추(權極樞)

- 1864년(갑자, 고종 원년) : 5월 원임 박상채(朴尙采). 6월 원임 박하모(李夏模). 9월 원임 유기영(柳起永)

- 1865년(을축, 고종2) : 3월 원임 허숙(許橚). 7월 원임 성흡(成洽). 8월 원임 권병성(權柄成)

- 1866년(병인, 고종3) : 5월 원임 하재후(河載厚)·심이삼(沈履三)

- 1867년(정묘, 고종4) : 이하 불분명.

- 1935년(을해) : 이상 모두 전하지 않음. 원임 민성호(閔成鎬)·권충용(權忠容)·조표(曺杓)

- 1937년(정축) : 정윤환(鄭允煥)·하재현(河載玄)·조표(曺杓)

- 1944년(갑신) : 도병규(都秉圭)·권재홍(權載弘)·조병형(曺秉炯)

- 1945년(을유) : 도병규(都秉圭)·이교영(李敎永)·조병형(曺秉炯)

- 1947년(정해) : 박도화(朴道和)·정연명(鄭然明)·조병형(曺秉炯)

- 1952년(임진) : 최규환(崔奎煥)·권창현(權昌鉉)·조병형

(曺秉炯)

- 1953년(계사) : 최규환(崔奎煥) · 권창현(權昌鉉) · 조상권 (曺相權)
- 1954년(갑오) : 이택수(李垞洙) · 손영석(孫永錫)
- 1955년(을미) : 이택수(李垞洙) · 손영석(孫永錫) · 조상권 (曺相權)
- 1956년(병신) : 하우선(河禹善) · 조철섭(曺哲燮)
- 1957년(정유) : 하우선(河禹善) · 이병석(李炳錫) · 조철섭 (曺哲燮)
- 1958년(무술) : 하우선(河禹善) · 이병석(李炳錫) · 조철섭 (曺哲燮)
- 1961년(신축) : 양희환(梁熹煥) · 이병석(李炳碩) · 조철섭 (曺哲燮)
- 1963년(계묘) : 양희환(梁熹煥) · 이병석(李炳碩) · 조석환 (曺碩煥)
- 1964년(갑진) : 이병석(李炳碩) · 이문해(李文海) · 조석환 (曺碩煥)
- 1965년(을사) : 이병석(李炳碩) · 이문해(李文海) · 조석환 (曺碩煥)
- 1967년(정미) : 민영복(閔泳馥) · 정직교(鄭直敎) · 조석환 (曺碩煥)
- 1968년(무신) : 박태곤(朴泰坤) · 정직교(鄭直敎) · 조병술 (曺秉述)

- 1968년(무신) : 8월 이장수(李璋洙)·정직교(鄭直敎)·조병술(曺秉述)
- 1970년(경술) : 이장수(李璋洙)·권동혁(權東赫)·조병술(曺秉述)
- 1970년(경술) : 가을 이장수(李璋洙)·권동혁(權東赫)·조병정(曺秉政)
- 1973년(계축) : 봄 정태홍(鄭泰泓)·김석희(金錫熙)·조병정(曺秉政)
- 1974년(갑인) : 봄 정태홍(鄭泰泓)·김석희(金錫熙)·조학환(曺學煥)
- 1974년(갑인) : 가을 김석희(金錫熙)·김연식(金然埴)·조학환(曺學煥)
- 1975년(을묘) : 가을 정도석(鄭道錫)·김석희(金錫熙)·조학환(曺學煥)
- 1977년(정사) : 봄 정도석(鄭道錫)·한영우(韓英愚)·조학환(曺學煥)
- 1978년(무오) : 봄 성환덕(成煥德)·심재선(沈在善)·조의생(曺義生)
- 1981년(신유) : 봄 원장 전상희(全相希)
- 1981년(신유) : 가을 전상희(全相希) 원장, 하동근(河東根)·이상학(李相學)·조의생(曺義生)
- 1986년(병인) : 봄 권진경(權震慶)·전맹환(全孟煥)·조의생(曺義生)

## 3. 『덕천서원청금록』 수록 유생

『덕천서원청금록(德川書院靑衿錄)』(이하 『청금록』으로 칭함)은 조상하(曺相夏, 1887-1925)가 덕천서원에서 발행한 것이다. 조상하는 자가 문경(文卿), 호는 석암(石菴), 본관은 창녕이다. 남명의 11세손으로, 남명의 셋째 아들 조차정(曺次矴)의 후손이다. 『청금록』은 조상하가 성명(姓名)과 자(字)만 기록해 놓은 『덕천서원원생록 (德川書院院生錄)』을 보완하여 만든 책이다. 『청금록』은 총 8권으로 되어 있는데, 각 권의 편찬 연도를 정리해 보면 아래와 같다.

| 권 | 편찬 연도 | 수록인원 |
|---|---|---|
| 1 | 1609년(기유, 광해 원년) 7월 12일 | 93명 |
| 2 | 1623년(계해, 인조 원년) 5월 | 185명 |
| 3 | 1629년(기사, 인조 7) 11월 | 172명 |
| 4 | 1634년(갑술, 인조 12) 4월 15일 | 212명 |
| 5 | 1642년(임오, 인조 20) 2월 17일 | 240명 |
| 6 | 1650년(경인, 효종 원년) 9월 6일 | 266명 |
| 7 | 1657년(정유, 효종 8) 3월 | 114명 |
| 8 | 1671년(신해, 현종 12) 12월 | 125명 |

이 자료를 보면, 17세기까지는 덕천서원을 중심으로 남명학파가 활발하게 활동한 것을 알 수 있다. 그러나 17세기 후반부터 원생수가 급격히 줄어든 것을 보면, 인

조반정 이후 남명학파가 침체되어가는 현상을 엿볼 수 있다. 또한 18세기에는 원생록이 만들어지지 않은 것을 보면, 덕천서원의 교육이 제대로 이루어지지 않은 것을 알 수 있다. 그것은 남명학파가 극도로 침체되어 서원에서 공부할 학생이 없었을 뿐만 아니라, 교육을 주도할 만한 학자들도 없었음을 의미한다. 18세기는 남명학파의 본거지인 경상우도 지역의 학술이 침체되어 퇴계학맥을 계승한 경상좌도 학자에게 나아가 배우거나 기호학맥을 계승한 학자에게 나아가 배우는 풍조가 조성되었다.

덕천서원 원생록

아래 도표는 『청금록』에 수록된 인물을 권별로 정리하되, 찾아보기 쉽도록 가나다순으로 정리하였다. 또한 『청금록』 기사 가운데 꼭 필요한 인적사항만 발췌하였고, 이상필 교수의 『남명학파의 형성과 전개』(와우, 2005)의 부록Ⅱ를 참고하여 보충하였다.

■ 德川書院靑衿錄 권1 : 1609년(기유, 광해 원년 7월 12일)

| 성명 | 자 | 호 | 본관 | 거주 | 비고 |
|---|---|---|---|---|---|
| 姜 縡(1568-1619) | 克紹 | 藫陰 | 晉陽 | 함양 | 홍문관교리 |
| 姜 遵( ? - ? ) | 順夫 | | | | |
| 姜 巘( ? - ? ) | 子仰 | | | | |
| 姜慶昇(1577- ? ) | 善進 | 紫巘 | 晉陽 | 의령 | |
| 姜克新( ? - ? ) | 敬甫 | | 晉陽 | 진주 | |
| 姜渭明(1558- ? ) | 景靜 | 晉陽 | 晉陽 | 함양 | 찰방 |
| 姜應璜(1559-1636) | 渭瑞 | 白川 | 晉陽 | 함양 | |
| 姜翼文(1568-1648) | 君遇 | 戇庵 | 晉陽 | 합천 | 문과, 예조판서 |
| 姜弘振( ? - ? ) | 子興 | | 晉陽 | | 진사 |
| 郭永禧(1560-1619) | 德修 | 晩翠堂 | 玄風 | 고령 | 문과, 현감 |
| 權 濤(1575-1644) | 靜甫 | 東溪 | 安東 | 단계 | 대사간 |
| 權 濬(1555-1618) | 景止 | 花陰 | 安東 | 삼가 | 목사 |
| 權 濟(1548-1612) | 致遠 | 源堂 | 安東 | 진주 | 권문현 아들 |
| 權 濬(1578-1642) | 道甫 | 霜巖 | 安東 | 단성 | 문과, 광주목사 |
| 權克亮(1584-1631) | 士任 | 東山 | 安東 | 단계 | |
| 金龍翼( ? - ? ) | 時擧 | | 蔚山 | 진주 | 통덕랑 |
| 金鳳翼(1570- ? ) | 德擧 | | 蔚山 | 진주 | 김운익 동생 |

| | | | | | |
|---|---|---|---|---|---|
| 金聲振(1577-？) | 而玉 | | 商山 | 진주 | |
| 金玉立(？-？) | 汝輝 | | 蔚山 | 산청 | 김운익 조카 |
| 金雲翼(1562-？) | 士擧 | 靜齋 | 蔚山 | 곤양 | 경릉참봉 |
| 金應成(1556-1614) | 仲時 | 凝軒 | 瑞興 | 밀양 | 승지 |
| 南應箕(？-？) | 說卿 | | 宜寧 | 진주 | 사헌분감찰 |
| 文 後(1574-1644) | 行先 | 練江齋 | 江城 | 하동 | |
| 文景晉(1576-1647) | 子昭 | 松溪 | 南平 | 합천 | |
| 文景虎(1556-1619) | 君變 | 嶧陽 | 南平 | 합천 | 정인홍 문인, 찰방 |
| 朴 基(？-？) | 而圓 | | | | |
| 朴乾甲(？-？) | 應茂 | 愚拙齋 | 密陽 | 삼가 | 생원 |
| 朴坤甲(1561-？) | 應辛 | 西庵 | 密陽 | 삼가 | 박건갑 동생 |
| 朴道元(1593-1648) | 一之 | 農隱 | 慶州 | 함안 | 박제인 손자 |
| 朴思齊(1555-1619) | 景賢 | 栢淵 | 竹山 | 삼가 | 정인홍 문인 |
| 朴壽宗(1565-？) | 裕後 | 釣溪 | 高靈 | 합천 | 사마 |
| 朴日就(？-？) | | | | | |
| 朴廷璠(1550-1611) | 君贐 | 嶌嶧 | 高靈 | 고령 | 좌승지 |
| 朴齊仁(1536-1618) | 仲思 | 篁嶧 | 慶州 | 함안 | 남명 문인 |
| 朴昌先(1578-1619) | 克述 | 梅軒 | 고령 | 고령 | 박장번 아들 |
| 裴應裒(？-？) | 仲輔 | | | | |
| 裴亨遠(1552-？) | 君吉 | 汀谷 | 盆城 | 합천 | 교수 |
| 成 攬(？-？) | 道甫 | | | | |
| 成 鎛(1571-1618) | 翁如 | 梅竹軒 | 昌寧 | 진주 | 성여신 아들 |
| 成 鏄(1590-1659) | 而振 | 川齋 | 昌寧 | 진주 | 성여신 아들 |
| 成景琛(1543-？) | 仲珍 | 鵲溪 | 昌寧 | 창녕 | 남명 문인 |
| 成辨奎(1556-？) | 賓如 | 寒沙 | 昌寧 | 성주 | |
| 成汝信(1546-1632) | 公實 | 浮查 | 昌寧 | 진주 | 남명 문인 |
| 成效奎(1577-？) | 景旭 | | 昌寧 | 안의 | |
| 孫 珏(？-？) | 而獻 | | 密陽 | 진주 | |
| 孫 均(？-？) | 克平 | | 密陽 | 곤양 | 진사 |
| 孫 縞(1577-？) | 井翁 | | 密陽 | 하동 | |

| | | | | | |
|---|---|---|---|---|---|
| 孫 繝( ? - ? ) | 輝甫 | | | | |
| 孫 坦( ? - ? ) | 克履 | | | | |
| 宋希昌(1539-1620) | 德淳 | 松軒 | 恩津 | 삼가 | 남명 문인 |
| 申 檣(1546- ? ) | 養仲 | 伊溪 | 高靈 | 진주 | 최영경 문인 |
| 愼友益( ? - ? ) | | | | | |
| 安 鵠( ? - ? ) | 逸擧 | | | | |
| 安 憙(1551-1613) | 彦優 | 竹溪 | 順興 | 함안 | |
| 安克家(1547- ? ) | 宜之 | 磊谷 | 耽津 | 초계 | 현감 |
| 梁世鴻(1567- ? ) | 可漸 | | | | |
| 吳 長(1565-1617) | 翼承 | 思湖 | 咸陽 | 산청 | 정언 |
| 吳汝穩(1561-1633) | 隆甫 | 洛厓 | 高敞 | 고령 | 문과, 보덕 |
| 柳 暢( ? - ? ) | 景達 | | | | |
| 柳慶一( ? - ? ) | 祥仲 | | | | |
| 柳關榮( ? - ? ) | 德茂 | | 文化 | 진주 | 柳宗智 아들, 봉사 |
| 柳德龍(1563-1644) | 時見 | 鷦鷯堂 | 文化 | 삼가 | 하항 문인 |
| 柳德麟(1563-1644) | 伯游 | 拙軒 | 文化 | 삼가 | |
| 柳德鳳( ? - ? ) | 時下 | | | | |
| 柳伊榮( ? - ? ) | 道茂 | | 文化 | 진주 | 柳宗智 아들, 훈도 |
| 柳宗日( ? - ? ) | 晦仲 | | | | |
| 柳仲龍(1558-1635) | 汝見 | 漁適 | 文化 | 합천 | 문과, 교리 |
| 柳震楨(1563-1631) | 任可 | 石軒 | 全州 | 합천 | 문과, 한림 |
| 柳弘樑( ? - ? ) | 任吉 | | | | |
| 尹 銑(1559-1639) | 澤遠 | 秋潭 | 坡平 | 삼가 | 문과, 우참찬 |
| 尹承慶(1582- ? ) | 善叔 | | 坡平 | 진주 | 진사 |
| 尹信男(1578- ? ) | 彦述 | | 坡平 | 거창 | 선무랑 |
| 尹英男(1582- ? ) | | | 坡平 | | 尹信男 동생, 생원 |
| 尹右辟(1585-1657) | 子翼 | | 坡平 | 삼가 | 尹銑 아들, 진사 |
| 尹左辟(1584- ? ) | 汝翼 | | 坡平 | 삼가 | 尹銑 아들, 진사 |
| 李 毅(1575-1631) | 遵晦 | 梅軒 | 星州 | 단성 | 이유함 아들 |
| 李 祄(1564- ? ) | 樂夫 | 潛翁 | 仁川 | 경산 | 진사 |

| | | | | | |
|---|---|---|---|---|---|
| 李坰(1586-?) | 士虛 | 道山 | 載寧 | 진주 | |
| 李尉(?-?) | 養龍 | | | | |
| 李城(?-?) | 汝義 | 友梅堂 | 鐵城 | | |
| 李瑛(1585-1635) | 而晦 | 紫圃 | 陜川 | 단성 | 이천경 아들 |
| 李增(1572-1637) | 士厚 | 心遠堂 | 完山 | 성주 | |
| 李瀞(1541-1613) | 汝涵 | 茅村 | 載寧 | 진주 | 남명 문인, 문과 |
| 李巑(?-?) | 學止 | | | | |
| 李泂(?-?) | 明源 | | | | |
| 李屹(1557-1627) | 山立 | 蘆坡 | 碧珍 | 삼가 | 정인홍 문인, 진사 |
| 李見龍(1580-1654) | 誠伯 | 竹圃 | 星山 | 고령 | 헌릉참봉 |
| 李光友(1528-1619) | 和甫 | 竹閣 | 陜川 | 단성 | 남명 문인, 왕자사부 |
| 李大期(1551-1628) | 任重 | 雪堅齋 | 全義 | 초계 | 정인홍 문인 |
| 李大約(1560-1614) | 善守 | 成皐 | 全義 | 초계 | 李大期 동생, 사마 |
| 李大一(1547-1595) | 守而 | 馬岩 | 星州 | 거창 | 정인홍 문인 |
| 李明慤(1572-?) | 子純 | | 星山 | 함안 | |
| 李明憝(1569-1637) | 一初 | 菊菴 | 星山 | 함안 | |
| 李明忢(1565-1624) | 養初 | 梅竹軒 | 星山 | 함안 | 진사 |
| 李山立(1572-?) | 靜容 | | 咸安 | 고성 | |
| 李尙訓(?-?) | 志甫 | | 全義 | | 진사 |
| 李惟說(1569-1626) | 汝賁 | 梧齋 | 星州 | 단성 | 이유함 동생, 생원 |
| 李惟誠(1557-1609) | 汝實 | 梧月堂 | 星州 | 단성 | 문과, 정랑 |
| 李而楑(?-?) | 馨甫 | | 載寧 | 함안 | |
| 李宗郁(?-?) | 希文 | 和軒 | 慶州 | 의령 | |
| 李邅訓(?-?) | 奉之 | | | | 李尙訓 동생, 진사 |
| 李天慶(1538-1610) | 祥甫 | 日新堂 | 陜川 | 단성 | 남명 문인 |
| 李賀生(1553-1619) | 克胤 | 梅月堂 | 星州 | 진주 | |
| 李賢佑(1548-1623) | 藎忠 | 兎川 | 仁川 | 삼가 | 남명內姪 |
| 李會一(1582-?) | 極甫 | 睡軒 | 碧珍 | | 李屹 아들, 진사 |
| 林承信(1557-1589) | 可立 | 西澗 | 恩津 | 안의 | 林芸 아들 |
| 林眞怤(1586-1657) | 樂翁 | 林谷 | 恩津 | 삼가 | 대군사부 |

| 이름 | | | | | |
|---|---|---|---|---|---|
| 張爾瞻( ? - ?) | 愼甫 | | | | |
| 張益奎(1595-1671) | 文哉 | 于房 | 昌寧 | | |
| 鄭 謇( ? - ?) | 直甫 | | | | |
| 鄭 逑(1543-1620) | 道可 | 寒岡 | 淸州 | 성주 | 남명 문인, 대사헌 |
| 鄭 澖( ? - ?) | 淸叟 | | 瑞山 | 합천 | 鄭澤 동생, 부사 |
| 鄭 澤( ? - ?) | 雲叟 | 琴月軒 | 瑞山 | 합천 | 정인함 종질 |
| 鄭 蘊(1569-1641) | 輝遠 | 桐溪 | 草溪 | 안의 | 문과, 참판 |
| 鄭 澔( ? - ?) | 深源 | | 晉陽 | 진주 | |
| 鄭 滌(1577-1638) | 新仲 | 西湖 | 瑞山 | 합천 | 정인준 아들 |
| 鄭 暄(1588-1647) | 彦昇 | 學圃 | 延日 | 진주 | 영산현감 |
| 鄭慶雲(1556- ?) | 德顒 | 孤臺 | 晉陽 | 함양 | 정인홍 문인, 진사 |
| 鄭大淳(1552- ?) | 熙叔 | 玉峰 | 延日 | 진주 | |
| 鄭麟祥(1544- ?) | 仁伯 | 龜溪 | 晉陽 | | |
| 鄭承尹(1541-1610) | 任仲 | 南溪 | 晉陽 | 진주 | 남명 문인, 진사 |
| 鄭承勳(1541-1610) | 善述 | 梅竹堂 | 晉陽 | 곤양 | 진사 |
| 鄭穎達(1577- ?) | 士立 | | 晉陽 | 진주 | 장사랑 |
| 鄭仁濬(1551-1625) | 德淵 | 龜潭 | 瑞山 | 합천 | 정인홍 재종제 |
| 鄭仁涵(1546-1613) | 德渾 | 琴月軒 | 瑞山 | 성주 | 정인홍 從弟 |
| 鄭悌生(1574- ?) | 順源 | 東湖 | 晉陽 | 진주 | 정승윤 아들, 진사 |
| 鄭昌緖(1560-1602) | 士孝 | 六友堂 | 晉陽 | 합천 | |
| 鄭昌世(1585-1611) | 希周 | | 草溪 | 안의 | 鄭蘊 조카 |
| 鄭孝生( ? - ?) | 聖源 | | | 하동 | 鄭承尹 조카 |
| 鄭喜新( ? - ?) | 慶夫 | | 晉陽 | 진주 | 통덕랑 |
| 趙 璱(1569-1652) | 瑩然 | 鳳岡 | 林川 | 진주 | 호군 |
| 曹 㬚(1625- ?) | 晦甫 | 松軒 | 昌寧 | | 曹慶洪 조카 |
| 趙 璐( ? - ?) | 瑩叔 | | | | |
| 曹 泉( ? - ?) | 以甫 | 明齋 | 昌寧 | | 曹慶洪 아들 |
| 曹慶泓(1554- ?) | 士吉 | 桐山 | 昌寧 | 진주 | 하항 문인 |
| 趙英沂(1583- ?) | 聖與 | | 咸安 | 함안 | |
| 趙英漢(1565- ?) | 太沆 | | 咸安 | | 사재감참봉 |

| | | | | | |
|---|---|---|---|---|---|
| 趙完璧(?-?) | 汝守 | | | | |
| 曺應仁(1556-1624) | 善伯 | 陶村 | 昌寧 | 합천 | 왕자사부 |
| 趙任道(1585-1664) | 季重 | 澗松 | 咸安 | 함안 | 대군사부 |
| 曺挺立(1583-1660) | 以正 | 梧溪 | 昌寧 | 합천 | 문과, 대사간 |
| 曺挺生(1585-1645) | 以寧 | 陶溪 | 昌寧 | 합천 | 조정립 동생 |
| 曺浚明(?-?) | 子深 | | 昌寧 | 개령 | 남명 후손 |
| 曺晉明(?-?) | 子昭 | | 昌寧 | 진주 | 남명 후손 |
| 趙徵杞(1590-?) | 獻甫 | | 咸安 | 진주 | |
| 陳 惇(1559-?) | 叔允 | 虛白堂 | 驪陽 | 함양 | |
| 陳 亮(?-?) | 汝明 | 竹橋 | 驪陽 | 고성 | |
| 崔夢龜(1582-?) | 瑞胤 | 畸翁 | 陽川 | 고령 | 최몽룡 동생 |
| 崔夢龍(1579-1655) | 祥胤 | 悔窩 | 陽川 | 고령 | 崔汝契 아들 |
| 崔汝契(1551-1611) | 舜輔 | 梅軒 | 陽川 | 고령 | 훈도 |
| 崔弘路(?-?) | 叔欽 | | | | |
| 崔興虎(1561-?) | 文仲 | | 全州 | 고성 | 통덕랑 |
| 河 瑄(?-?) | 士潤 | | 晉陽 | 진주 | 하수일 조카 |
| 河 惺(1571-1640) | 子敬 | 竹軒 | 晉陽 | 진주 | 진사, 현감 |
| 河 琬(1588-?) | 叔珍 | | 晉陽 | 진주 | 하수일 아들 |
| 河 璋(?-?) | 仲潤 | 樂溪 | 晉陽 | | 하수일 조카, 선교랑 |
| 河 憕(1563-1624) | 子平 | 滄洲 | 晉陽 | 진주 | 진사 |
| 河 悏(1583-1625) | 子幾 | 丹池 | 晉陽 | 진주 | 진사 |
| 河 渾(1548-1620) | 性源 | 暮軒 | 晉陽 | 합천 | 정인홍 문인 |
| 河鏡昭(1567-?) | 公極 | 東亭 | 晉陽 | 진주 | |
| 河景新(1584-?) | 子淑 | | 晉陽 | 진주 | 河渾 조카 |
| 河景涵(?-?) | 汝和 | | 晉陽 | | |
| 河公孝(1559-1637) | 希順 | 台村 | 晉陽 | 진주 | |
| 河奎衍(?-?) | 亨甫 | | | | |
| 河大中(?-?) | | | | | |
| 河龍瑞(?-?) | 文應 | | 晉陽 | 진주 | |
| 河受一(1553-1612) | 太易 | 松亭 | 晉陽 | 진주 | 문과 |

| | | | | | |
|---|---|---|---|---|---|
| 河應圖(1540-1617) | 元龍 | 寧無成 | 晉陽 | 진주 | 남명 문인, 진사 |
| 河仁尙(1571-1635) | 任夫 | 慕松齋 | 晉陽 | 진주 | 생원 |
| 河弘魯( ? - ? ) | 省吾 | | 晉陽 | 진주 | 하응도 아들 |
| 河弘晉( ? - ? ) | 錫汝 | | 晉陽 | | 하응도 아들 |
| 韓大立(1569- ? ) | 卓爾 | 丹巖 | 泗川 | 단성 | |
| 韓夢參(1589-1662) | 子變 | 釣隱 | 淸州 | 진주 | |
| 韓夢逸(1577- ? ) | 子眞 | 鳳岳 | 淸州 | 진주 | 사마 |
| 韓聲振(1559- ? ) | 可遠 | 松隱 | 淸州 | 합천 | 생원 |
| 許 燉(1586-1632) | 德輝 | 滄洲 | 金海 | 삼가 | 예조정랑 |
| 許景胤(1573-1646) | 士述 | 竹庵 | 金海 | 김해 | |
| 許宗茂(1591- ? ) | 景實 | | 金海 | 의령 | |
| 許從善(1563-1642) | 吉彦 | 草亭 | 河陽 | 합천 | 정인홍 문인 |
| 許洪器(1571-1640) | 大受 | 遯齋 | 金海 | 삼가 | 군자감판관 |
| 許洪材(1568-1629) | 大用 | 德庵 | 金海 | 삼가 | 찰방 |

■ **德川書院靑衿錄 권2 : 1623년(계해, 인조 원년 5월)**

| 성명 | 자 | 호 | 본관 | 거주 | 비고 |
|---|---|---|---|---|---|
| 姜 憻(1604- ? ) | 仲純 | | 晉陽 | 진주 | |
| 姜 邌( ? - ? ) | | | | | |
| 姜 穗(1584- ? ) | 材子 | 晩翠亭 | 晉陽 | 진주 | 부호군 |
| 姜 墥(1606- ? ) | 汝諧 | | 晉陽 | 의령 | |
| 姜克新 | | | | | 권1 |
| 姜大遂(1591-1658) | | | | | 권3 |
| 姜得胤(1589- ? ) | 彦述 | | 晉陽 | 진주 | |
| 姜敏孝( ? - ? ) | 士順 | | 晉陽 | 진주 | |
| 姜應璜 | | | | | 권1 |
| 姜翼文 | | | | | 권1 |

| | | | | | |
|---|---|---|---|---|---|
| 姜晉善( ? - ? ) | 士友 | | | | |
| 姜浩宗(1550- ? ) | 景會 | 文庵 | 晉陽 | 진주 | 誤記인 듯함 |
| 權 濤(1575-1644) | 靜甫 | 東溪 | 安東 | | 권1 |
| 權 濬 | | | | | 권1 |
| 權 濂(1569-1633) | 達甫 | 默翁 | 安東 | 단계 | |
| 權克亮 | | | | | 권1 |
| 權克履(1601- ? ) | 元吉 | 德庵 | 安東 | 단성 | |
| 權克重(1598-1636) | 學固 | 謹齋 | 安東 | 단성 | |
| 權克昌(1579- ? ) | 士長 | | 安東 | 단성 | 權濟 조카 |
| 金復文(1590-1629) | 克彬 | 遜齋 | 商山 | 단성 | |
| 金鳳翼 | | | | | 권1 |
| 金秀立( ? - ? ) | 汝實 | | 蔚山 | | 金鳳翼 아들 |
| 金玉立 | | | | | 권1 |
| 金義立( ? - ? ) | 汝方 | | | | |
| 金忠立( ? - ? ) | 汝誠 | | | | |
| 金卓立( ? - ? ) | 汝尙 | | | | |
| 南應箕 | | | | | 권1 |
| 盧亨復(1573- ? ) | 吉甫 | 月華堂 | 光州 | 초계 | 이조정랑 |
| 都聖兪(1581-1657) | 隣哉 | 葵軒 | 星州 | 단성 | |
| 文 後 | | | | | 권1 |
| 文景晉(1576-1647) | 子昭 | 松溪 | 南平 | 합천 | |
| 朴 楣(1588- ? ) | 彦仕 | 道庵 | 密陽 | 단성 | |
| 朴 網(1583-1640) | 伯和 | 无悶堂 | 高靈 | 합천 | |
| 朴 知( ? - ? ) | 明允 | | | | |
| 朴乾甲 | | | | | 권1 |
| 朴坤甲 | | | | | 권1 |
| 朴道元 | | | | | 권1 |
| 朴思齊(1555-1619) | | | | | 誤記 |
| 裴大維(1563-1632) | 子張 | 慕亭 | 盆城 | 영산 | 문과, 병조참지 |
| 裴弘祐(1580-1627) | 綏甫 | 養志齋 | 盆城 | 영산 | |

| | | | | | |
|---|---|---|---|---|---|
| 詐宗茂(1591- ?) | | | | | 권1 |
| 成 攬 | | | | | 권1 |
| 成 鋅(1590-1659) | 而振 | 泉齋 | 昌寧 | 진주 | 성여신 아들 |
| 成 鏔(1595-1665) | 而和 | 惺惺齋 | 昌寧 | 진주 | 성여신 아들 |
| 成 鐥(1588- ?) | 而廣 | 在川亭 | 昌寧 | 진주 | 성여신 아들 |
| 成辨奎 | | | | | 권1 |
| 成汝信 | | | | | 권1 |
| 成以道( ? - ?) | 景修 | | | | |
| 成瀚永(1592-1640) | 渾然 | 筠塢 | 昌寧 | 진주 | 성박 아들 |
| 成澣永( ? - ?) | 浩然 | | 昌寧 | 진주 | 성여신 손자 |
| 成好詢( ? - ?) | 詢之 | 性窩 | 昌寧 | | |
| 成好正(1589-1639) | 尙夫 | 彊齋 | 昌寧 | 함안 | |
| 成效奎(1577- ?) | 景旭 | | 昌寧 | 안의 | 성팽년 아들 |
| 孫 珏 | | | | | 권1 |
| 孫 繘 | | | | | 권1 |
| 孫 坦( ? - ?) | | | | | |
| 孫 赫( ? - ?) | 晦伯 | | 密陽 | | |
| 孫錫胤(1591- ?) | 汝善 | 松村 | | | |
| 孫錫祚( ? - ?) | 汝章 | | | | |
| 孫之順(1595- ?) | 順之 | | 密陽 | 단성 | |
| 安 鵠 | | | | | 권1 |
| 梁 桓( ? - ?) | 廷瑞 | | | | |
| 梁世鴻( ? - ?) | | | | | |
| 柳 暢( ? - ?) | | | | | 권1 |
| 柳慶一 | | | | | 권1 |
| 柳德龍 | | | | | 권1 |
| 柳復亨( ? - ?) | 元叔 | | 文化 | 진주 | |
| 柳映漢 | | | | | 권3 |
| 柳伊榮 | | | | | 권1 |
| 柳挺豪( ? - ?) | 應時 | | | | |

| | | | | | |
|---|---|---|---|---|---|
| 柳仲龍 | | | | | 권1 |
| 尹 銑 | | | | | 권1 |
| 尹承慶 | | | | | 권1 |
| 尹信男 | | | | | 권1 |
| 尹英男 | | | | | 권1 |
| 尹右辟 | | | | | 권1 |
| 尹正辟(1592-?) | 君翼 | | 坡平 | 삼가 | 尹銑 아들 |
| 尹左辟 | | | | | 권1 |
| 李 衎 | | | | | 권1 |
| 李 堈 | | | | | 권1 |
| 李 殼 | | | | | 권1 |
| 李 尌 | | | | | 권1 |
| 李 城 | | | | | 권1 |
| 李 燁(?-?) | 文孺 | | 載寧 | 김해 | 진사 |
| 李 瑛(1585-1635) | | | | | 권1 |
| 李 堉 | | | | | 권1 |
| 李 炯(1595-?) | 子晦 | 德翁 | 載寧 | 함안 | |
| 李見龍 | | | | | 권1 |
| 李大期 | | | | | 권1 |
| 李德明(?-?) | 景修 | 春雨堂 | 江陽 | | |
| 李明憝 | | | | | 권1 |
| 李明恁 | | | | | 권1 |
| 李明國(1601-?) | 汝顔 | | | | |
| 李培根(?-?) | 而發 | | 고성 | 진주 | 李城 아들 |
| 李山立 | | | | | 권1 |
| 李壽國(1599-1645) | 而賢 | | 星州 | 단성 | |
| 李如漢(?-?) | 應是 | | 載寧 | 진주 | |
| 李榮國(1598-?) | 汝龜 | 心雲齋 | 載寧 | 진주 | |
| 李英男(?-?) | 叔挺 | | | | |
| 李玉立(1575-?) | 粹容 | | 咸安 | 고성 | |

| | | | | | |
|---|---|---|---|---|---|
| 李惟說 | | | | | 권1 |
| 李而樸 | | | | | 권1 |
| 李廷賓(1599- ?) | 德讓 | 梅軒 | 陝川 | 단성 | |
| 李宗郁( ? - ?) | 希文 | 和軒 | 慶州 | 의령 | |
| 李遵訓 | | | | | 권1 |
| 李重光(1592-1685) | 景顯 | 號杏亭 | 載寧 | 진주 | |
| 李之馦(1588-1663) | 汝聞 | 雲牕 | 長水 | 청계 | |
| 李之馦(1577- ?) | 子聞 | 竹村 | 長水 | 칠원 | |
| 李賀生 | | | | | 권1 |
| 李行周( ? - ?) | 克欽 | | | | |
| 李 屹 | | | | | 권1 |
| 林眞怤 | | | | | 권1 |
| 張爾武(1587- ?) | 丕承 | | | | 장이문 동생 |
| 張爾文(1593- ?) | 丕顯 | | 丹陽 | 진주 | 진사 |
| 張益奎(1595-1617) | 文哉 | 于房 | 昌寧 | | |
| 全大器( ? - ?) | 敬賜 | | | | |
| 全雲翼 | | | | | 권1 |
| 鄭 寋 | | | | | 권1 |
| 鄭 溥( ? - ?) | 施遠 | | | | |
| 鄭 蘊 | | | | | 권1 |
| 鄭 頠(1599-1657) | 子儀 | 秋潭 | 延日 | 진주 | |
| 鄭 潘 | | | | | 권1 |
| 鄭 滌 | | | | | 권1 |
| 鄭 暄 | | | | | 권1 |
| 鄭慶雲 | | | | | 권1 |
| 鄭大新( ? - ?) | 克念 | | | | |
| 鄭麟祥(1544- ?) | 仁伯 | 龜溪 | 晉陽 | | 권1, 誤記 |
| 鄭承勳 | | | | | 권1 |
| 鄭穎達 | | | | | 권1 |
| 鄭惟達(1580- ?) | 士顯 | | 晉陽 | | |

**135**
3. 덕천서원 연혁과 유생

| | | | | | |
|---|---|---|---|---|---|
| 鄭以謙(1590-1643) | 愼和 | 慕軒 | 晉陽 | 사천 | |
| 鄭仁濬 | | | | | 권1 |
| 鄭悌生 | | | | | 권1 |
| 鄭周翼( ? - ? ) | | | | | |
| 鄭昌詩( ? - ? ) | 鳴周 | 絲川 | 草溪 | 안의 | 鄭蘊 아들 |
| 鄭弘振( ? - ? ) | 興伯 | | | | |
| 鄭孝生 | | | | | 권1 |
| 鄭喜漸( ? - ? ) | 進夫 | | | | |
| 趙 璙 | | | | | 권1 |
| 曹 昊 | | | | | 권1 |
| 趙 瑞 | | | | | 권1 |
| 曹 泉 | | | | | 권1 |
| 曹慶洪 | | | | | 권1 |
| 趙汝瑾( ? - ? ) | 德溫 | | | | |
| 趙英沂 | | | | | 권1 |
| 趙英漢 | | | | | 권1 |
| 趙英灝( ? - ? ) | 太浩 | 場巖 | 咸安 | 함안 | |
| 曹應仁 | | | | | 권1 |
| 趙任道 | | | | | 권1 |
| 曹挺立 | | | | | 권1 |
| 曹挺生 | | | | | 권1 |
| 曹浚明 | | | | | 권1 |
| 陳 亮 | | | | | 권1 |
| 陳 惇 | | | | | 권1 |
| 陳翊國( ? - ? ) | 仲輔 | 華軒 | | | |
| 崔 灒( ? - ? ) | 克深 | 大明處仁 | 全州 | 하동 | |
| 崔夢龜 | | | | | 권1 |
| 崔夢龍 | | | | | 권1 |
| 崔振虎(1573- ? ) | 炳叔 | | 全州 | 진주 | |
| 崔興虎 | | | | | 권1 |

| | | | | | |
|---|---|---|---|---|---|
| 河 湕( ? - ? ) | 明伯 | | | | |
| 河 忭(1581- ? ) | 子賀 | 丹洲 | 晉陽 | | |
| 河 璿(1583-165?) | 士潤 | 松臺 | 晉陽 | 진주 | |
| 河 性 | | | | | 권1 |
| 河 楷( ? - ? ) | 汝源 | | | | |
| 河 溍(1597-1658) | 晉伯 | 台溪 | 晉陽 | 진주 | 문과, 집의 |
| 河 憕 | | | | | 권1 |
| 河 鐸( ? - ? ) | 汝振 | | | | |
| 河 悏 | | | | | 권1 |
| 河景新 | | | | | 권1 |
| 河景中( ? - ? ) | 子由 | | | | |
| 河公孝 | | | | | 권1 |
| 河奎衍( ? - ? ) | | | | | |
| 河龍瑞 | | | | | 권1 |
| 河仁尙 | | | | | 권1 |
| 河智尙( ? - ? ) | 通夫 | | 晉陽 | 진주 | 하징 조카 |
| 河弘度(1593-1666) | 重遠 | 謙齋 | 晉陽 | 진주 | |
| 河弘魯 | | | | | |
| 河弘毅( ? - ? ) | 重吾 | | | | |
| 韓夢參(1589-1662) | 子變 | 釣隱 | 淸州 | 진주 | 권1 |
| 韓夢逸 | | | | | 권1 |
| 許 燉 | | | | | 권1 |
| 許景胤 | | | | | 권1 |
| 許以翰(1572- ? ) | 衛甫 | 慕省齋 | 金海 | 고성 | |
| 許洪器 | | | | | 권1 |
| 許洪材 | | | | | 권1 |
| 黃 瑠(1609- ? ) | | | | 진주 | |

# ■ 德川書院靑衿錄 권3 : 1629년(기사, 인조 7년 11월)

| 성명 | 자 | 호 | 본관 | 거주 | 비고 |
|---|---|---|---|---|---|
| 姜 懂 | | | | | 권2 |
| 姜 玧(? - ?) | 君瑞 | | 晉陽 | 사천 | |
| 姜 壎 | | | | | 권2 |
| 姜大遂(1591-1658) | 學顏 | 寒沙 | 晉陽 | 합천 | 권2 |
| 姜得胤 | | | | | 권2 |
| 姜敏孝 | | | | | 권2 |
| 姜渭達(? - ?) | 君輔 | | 晉陽 | 진주 | |
| 姜翼文 | | | | | 권2 |
| 姜晉善 | | | | | 권2 |
| 姜浩宗 | | | | | 권2 |
| 權 濤 | | | | | 권2 |
| 權 濬 | | | | | 권2 |
| 權 濈 | | | | | 권2 |
| 權克亮 | | | | | 권2 |
| 權克履 | | | | | 권2 |
| 權克臨(1608- ?) | 叔正 | 愚川 | 安東 | | 權濬 아들 |
| 權克重 | | | | | 권2 |
| 權克昌 | | | | | 권2 |
| 權斗慶(1604- ?) | 慶之 | | 安東 | | 權克亮 아들 |
| 權允中(? - ?) | 執甫 | | | | |
| 金玉立 | | | | | 권2 |
| 金復文 | | | | | 권2 |
| 金鳳翼 | | | | | 권2 |
| 金秀立 | | | | | 권2 |
| 金雲翼 | | | | | 권2 |
| 金義立 | | | | | 권2 |

| | | | | | |
|---|---|---|---|---|---|
| 金忠立 | | | | | 권2 |
| 金卓立 | | | | | 권2 |
| 都 顗( ? - ? ) | 子美 | 屏山齋 | 星州 | 단성 | 都聖兪 조카 |
| 盧克復 | | | | | 권2 |
| 都聖兪 | | | | | 권2 |
| 朴 絪 | | | | | 권2 |
| 朴 知 | | | | | 권2 |
| 朴坤甲 | | | | | 권2 |
| 朴道元 | | | | | 권2 |
| 裴大維 | | | | | 권2 |
| 成 錞 | | | | | 권2 |
| 成 鋧 | | | | | 권2 |
| 成 鑛 | | | | | 권2 |
| 成汝信 | | | | | 권2 |
| 成瀚永 | | | | | 권2 |
| 成瀏永 | | | | | 권2 |
| 成好詢 | | | | | 권2 |
| 成好正 | | | | | 권2 |
| 孫 玨 | | | | | 권2 |
| 孫 紀( ? - ? ) | 振卿 | | 密陽 | | |
| 孫 繙 | | | | | 권2 |
| 孫錫胤 | | | | | 권2 |
| 孫錫祚 | | | | | 권2 |
| 孫之復(1610- ? ) | 泰叔 | | 密陽 | | |
| 孫之順 | | | | | 권2 |
| 孫泰中( ? - ? ) | 享彦 | | | | |
| 愼 衍(1576- ? ) | 茂甫 | | 居昌 | 사천 | |
| 沈□穚( ? - ? ) | 叔章 | 石亭 | 青松 | 합천 | |
| 沈廷式( ? - ? ) | 公憲 | | 青松 | 단성 | |
| 安 鵠 | | | | | 권1,2에 보임, 誤記 |

**139**

| 성명 | 자 | 호 | 본관 | 거주 | 비고 |
|------|-----|------|------|------|------|
| 安夢禎(？-？) | 君協 | | | | |
| 梁 崙(？-？) | 景止 | | | | |
| 梁世鴻 | | | | | 권1,2에 보임, 誤記 |
| 吳國獻(1599-1672) | 仲賢 | 漁隱 | 海州 | 단성 | |
| 柳 暢 | | | | | 권1,2에 보임, 誤記 |
| 柳慶一 | | | | | 권2 |
| 柳德龍 | | | | | 권2 |
| 柳昔瑜(？-？) | 尙友 | 養眞齋 | 晉州 | 단성 | |
| 柳映漢 | | | | | 권2 |
| 柳再新(？-？) | 光叔 | | 晉州 | 사천 | |
| 柳再亨(？-？) | 時叔 | | 晉州 | 사천 | |
| 柳挺豪 | | | | | 권2 |
| 柳仲龍 | | | | | 권2 |
| 尹 銃 | | | | | 권2 |
| 尹承慶 | | | | | 권2 |
| 尹英男 | | | | | 권2 |
| 尹右辟 | | | | | 권2 |
| 尹正辟 | | | | | 권2 |
| 尹左辟 | | | | | 권2 |
| 尹 □(？-？) | | | | | |
| 李 穀 | | | | | 권2 |
| 李 塥 | | | | | 권2 |
| 李 對 | | | | | 권1,2에 보임, 誤記 |
| 李 城 | | | | | 권2 |
| 李 燁 | | | | | 권2 |
| 李 瑛 | | | | | 권2 |
| 李 堉 | | | | | 권2 |
| 李 堉 | | | | | 권2 |
| 李 垠 | | | | | 권2 |
| 李 材(？-？) | 大叔 | | | | |

**140**
덕천서원

| 李 垕 | | | | | 권2 |
|---|---|---|---|---|---|
| 李 炯 | | | | | 권2 |
| 李見龍 | | | | | 권2 |
| 李德明 | | | | | 권2 |
| 李明國 | | | | | 권2 |
| 李培根 | | | | | 권2 |
| 李壽國 | | | | | 권2 |
| 李時衍 ( ? - ? ) | 仲實 | | | | |
| 李時郁(1608- ? ) | 文哉 | | | | 李瑛 아들 |
| 李如漢 | | | | | 권2 |
| 李榮國 | | | | | 권2 |
| 李英男 | | | | | 권2 |
| 李玉立 | | | | | 권2 |
| 李廷實 | | | | | 권2 |
| 李之馣 | | | | | 권2 |
| 李賀生 | | | | | 권2 |
| 李行周 | | | | | 권2 |
| 李厚根 ( ? - ? ) | 而久 | | 固城 | | 李城 아들 |
| 林眞怤 | | | | | 권2 |
| 張爾武 | | | | | 권2 |
| 張爾文 | | | | | 권2 |
| 全大器 | | | | | |
| 鄭 枅 ( ? - ? ) | 任重 | 他石齋 | 延日 | 진주 | 鄭暄 아들 |
| 鄭 順 ( ? - ? ) | 子長 | | | | |
| 鄭 溥 | | | | | 권2 |
| 鄭 蘊 | | | | | 권2 |
| 鄭 穩 ( ? - ? ) | 而幹 | | | | |
| 鄭 頎 | | | | | 권2 |
| 鄭 潘 | | | | | 권2 |
| 鄭 暄 | | | | | 권2 |

| | | | | |
|---|---|---|---|---|
| 鄭德泓( ? - ? ) | 文遠 | | 晉陽 | |
| 鄭麟祥 | | | | 권1,2에 보임, 誤記 |
| 鄭順吉( ? - ? ) | 汝常 | | | |
| 鄭承勳 | | | | 권2 |
| 鄭穎達 | | | | 권2 |
| 鄭以諶 | | | | 권2 |
| 鄭悌生 | | | | 권2 |
| 鄭周翼 | | | | |
| 鄭昌詩 | | | | 권2 |
| 鄭孝生 | | | | 권2 |
| 趙 㻩 | | | | 권2 |
| 曹 昊 | | | | 권2 |
| 趙 球( ? - ? ) | 粹溫 | | | |
| 趙 瑞 | | | | 권1,2에 보임, 誤記 |
| 曹敬明( ? - ? ) | 子直 | | 昌寧 | 진주 | 曹次磨 아들 |
| 曹慶洪 | | | | 권2 |
| 趙汝瑾( ? - ? ) | | | | |
| 趙英沂 | | | | 권2 |
| 趙任道 | | | | 권2 |
| 曹挺立 | | | | 권2 |
| 曹挺生 | | | | 권2 |
| 曹浚明 | | | | 권2 |
| 曹晉明 | | | | 권1 |
| 曹次磨(1557-1639) | 二會 | 慕亭 | 昌寧 | 잔주 | 남명 아들 |
| 陳 惇 | | | | 권2 |
| 陳 亮 | | | | 권2 |
| 陳翊國 | | | | 권2 |
| 崔 綱(1608- ? ) | 尙之 | 慕學齋 | 慶州 | 단성 | 崔起宗 아들 |
| 崔 潩 | | | | 권2 |
| 河 湕 | | | | 권2 |

| | | | | | |
|---|---|---|---|---|---|
| 河 忭 | | | | | 권2 |
| 河 惺 | | | | | 권2 |
| 河 橿 | | | | | 권2 |
| 河 濬 | | | | | 권2 |
| 河 渓(1605- ?) | 淸伯 | 草亭 | 晉陽 | | 河溍 동생 |
| 河 溍 | | | | | 권2 |
| 河景中 | | | | | 권2 |
| 河公孝 | | | | | 권2 |
| 河奎衍 | | | | | 권1,2에 보임, 誤記 |
| 河達泳( ? - ?) | 大源 | | | | |
| 河達遠(1603- ?) | 伯源 | | 晉陽 | 진주 | 河憕 아들 |
| 河達悠(1608- ?) | 士源 | | 晉陽 | | 河憕 아들 |
| 河愼幾(1607- ?) | 汝敬 | | 晉陽 | | 河應圖 손자 |
| 河仁尙 | | | | | 권2 |
| 河自濯( ? - ?) | 學海 | | 晉陽 | 진주 | 河受一 손자 |
| 河弘達(1603-1651) | 致遠 | 樂窩 | 晉陽 | 진주 | 하홍도 동생 |
| 河弘度 | | | | | 권2 |
| 韓夢參 | | | | | 권1,2 |
| 韓夢逸 | | | | | 권2 |
| 韓時重(1608- ?) | 汝任 | 沙谷 | 淸州 | | 韓夢逸 아들 |
| 許 燉 | | | | | 권2 |
| 許宗茂 | | | | | 권1,2 |
| 許洪器 | | | | | 권2 |
| 洪 櫻( ? - ?) | 以行 | | | | |
| 黃 瑠 | | | | | 권2 |

## ■ 德川書院靑衿錄 권4 : 1634년(갑술, 인조 12년 4월 15일)

| 성명 | 자 | 호 | 본관 | 거주 | 비고 |
|---|---|---|---|---|---|
| 姜 憧 | | | | | 권3 |
| 姜 瑣( ? - ? ) | 君獻 | | 晉陽 | 사천 | |
| 姜 楣(1591- ? ) | 君直 | | 晉陽 | 진주 | |
| 姜 玩 | | | | | 권3 |
| 姜 壎 | | | | | 권3 |
| 姜國望( ? - ? ) | 眞是 | | | | |
| 姜大遒(1576- ? ) | 學漸 | | 晉陽 | 합천 | |
| 姜大逡 | | | | | 권3 |
| 姜大延(1606-1655) | 學平 | 鏡湖 | 晉陽 | 산청 | 姜翼文 아들 |
| 姜大適(1594-1678) | 學仲 | 鷗洲 | 晉陽 | 합천 | |
| 姜文弼( ? - ? ) | 聖老 | 松亭 | 晉陽 | 함양 | |
| 姜敏孝 | | | | | 권3 |
| 姜渭達 | | | | | 권3 |
| 姜翼文 | | | | | 권3 |
| 姜在文( ? - ? ) | 浩然 | | | | |
| 姜晉善 | | | | | 권2,3 |
| 姜浩宗 | | | | | 권3 |
| 孔 勖( ? - ? ) | 勖哉 | 深齋 | 曲阜 | 의령 | |
| 權 濤 | | | | | 권3 |
| 權 潗 | | | | | 권3 |
| 權克履 | | | | | 권3 |
| 權克臨 | | | | | 권3 |
| 權克頤( ? - ? ) | | | | | |
| 權克重 | | | | | 권3 |
| 權克昌 | | | | | 권3 |
| 權克斅(1608- ? ) | 學半 | | | | |

| | | | | | |
|---|---|---|---|---|---|
| 權斗慶 | | | | | 권3 |
| 權尙中( ? - ?) | 擇甫 | | | | |
| 權允中( ? - ?) | | | | | |
| 權泰男(1597- ?) | 仲進 | 白窩 | 安東 | 단성 | |
| 金鳳翼 | | | | | 권3 |
| 金秀立 | | | | | 권3 |
| 金粹文( ? - ?) | 潤伯 | | | | |
| 金玉立 | | | | | 권3 |
| 金雲翼 | | | | | 권3 |
| 金允兼( ? - ?) | | | | | |
| 金卓立 | | | | | 권3 |
| 盧克復 | | | | | 권3 |
| 盧 洹(1576- ?) | 亘古 | 樂分窩 | 光州 | | 盧克復 아들 |
| 盧亨運(1584-1650) | 時甫 | 素庵 | 豊川 | 함양 | |
| 盧亨弼(1605-1644) | 志行 | 雲堤 | 豊川 | 함양 | |
| 都 頎(1601- ?) | 大甫 | 慕齋 | | | |
| 都 顒 | | | | | 권3 |
| 都聖兪 | | | | | 권3 |
| 林眞怤 | | | | | 권3 |
| 朴 緯(1605- ?) | 仲密 | 愚村 | | | |
| 朴 絪 | | | | | 권3 |
| 朴 知( ? - ?) | | | | | |
| 朴慶光(1608- ?) | 祐甫 | | 泰安 | 진주 | |
| 朴道元 | | | | | 권3 |
| 朴以藎(1601- ?) | 德彦 | | 潘南 | 함양 | |
| 朴以爀(1602- ?) | 啓晦 | 省愆齋 | 潘南 | 산청 | |
| 裴一長(1613- ?) | 子禧 | 戒軒 | 盆城 | | |
| 成 錞 | | | | | 권3 |
| 成 錕 | | | | | 권3 |
| 成 鑛 | | | | | 권3 |

| | 字 | 號 | 本貫 | 거주 | 비고 |
|---|---|---|---|---|---|
| 成源永(1614-?) | 淵然 | | | | |
| 成瀚永 | | | | | 권3 |
| 成灝永 | | | | | 권3 |
| 成好詢 | | | | | 권3 |
| 成好正 | | | | | 권3 |
| 孫 珏 | | | | | 권3 |
| 孫 紀(?-?) | | | | | |
| 孫 緒 | | | | | 권3 |
| 孫尙謙(?-?) | 松村 | | 密陽 | | 孫錫胤 종제 |
| 孫之復 | | | | | 권3 |
| 孫之順 | | | | | 권3 |
| 孫之燕(1612-?) | 貽叔 | | | | |
| 孫泰中(?-?) | | | | | |
| 宋 翊(?-?) | 輔而 | | | | |
| 宋齊聖(?-?) | 君望 | | | | |
| 愼 衍 | | | | | 권3 |
| 申汝顔(1610-?) | 仁仲 | | 高靈 | | |
| 沈廷亮(1613-?) | 明允 | 茅軒 | 靑松 | | |
| 安 鵠 | | | | | 권1-3에 보임, 誤記 |
| 安世慶(?-?) | 善餘 | | | | |
| 梁 崙(?-?) | | | | | |
| 梁慶纘(?-?) | 丕承 | | 南原 | 단성 | |
| 梁世鴻 | | | | | 권1-3에 보임, 誤記 |
| 魚敬身(1606-?) | 省吾 | 竹軒 | 咸從 | | |
| 吳國獻 | | | | | 권3 |
| 禹汝懋(1591-?) | 大伯 | 凍川 | 丹陽 | 안의 | |
| 柳 琪(?-?) | | | | | |
| 柳 暢 | | | | | 권1-3에 보임, 誤記 |
| 柳慶一 | | | | | 권2,3에 보임 |
| 柳德龍 | | | | | 권3 |

| | | | | | |
|---|---|---|---|---|---|
| 柳昔瑜 | | | | | 권3 |
| 柳映漢 | | | | | 권3 |
| 柳再華( ? - ? ) | | | 晉州 | 사천 | |
| 柳挺豪 | | | | | 권3 |
| 柳希稷(1609- ? ) | 舜卿 | 林隱 | 晉陽 | | |
| 尹 □( ? - ? ) | | | | | |
| 尹 銑 | | | | | 권3 |
| 尹承慶 | | | | | 권3 |
| 尹英男 | | | | | 권3 |
| 尹右辟 | | | | | 권3 |
| 李 奎(1612- ? ) | 文瑞 | | 星山 | | |
| 李 梠( ? - ? ) | | | | | |
| 李 對 | | | | | 권1-3에 보임, 誤記 |
| 李 城 | | | | | 권3 |
| 李 燁 | | | | | 권3 |
| 李 瑛 | | | | | 권3 |
| 李 埥 | | | | | 권3 |
| 李 增 | | | | | 권3 |
| 李 垠 | | | | | 권3 |
| 李 材( ? - ? ) | | | | | |
| 李 檡( ? - ? ) | | | | | |
| 李 崔(1590- ? ) | 擎宇 | 梅竹軒 | 仁川 | 삼가 | |
| 李 垤 | | | | | 권3 |
| 李 炯 | | | | | 권3 |
| 李見龍 | | | | | 권3 |
| 李起源( ? - ? ) | 進夫 | | | | |
| 李德明 | | | | | 권3 |
| 李明國 | | | | | 권3 |
| 李培根 | | | | | 권3 |
| 李壽國 | | | | | 권3 |

| | | | | | |
|---|---|---|---|---|---|
| 李蓍國(1612- ? ) | 以靈 | 島谷 | 星州 | | |
| 李時郁 | | | | | 권3 |
| 李榮國 | | | | | 권3 |
| 李英男 | | | | | 권3 |
| 李廷賓 | | | | | 권3 |
| 李廷碩( ? - ? ) | 公輔 | | | | |
| 李重發( ? - ? ) | | | 全州 | | 李堉 아들 |
| 李之馥 | | | | | 권3 |
| 李賀生 | | | | | 권3 |
| 李弘道(1599- ? ) | 克文 | | 陜川 | 함양 | |
| 李厚根 | | | | | 권3 |
| 張爾武 | | | | | 권3 |
| 張爾文 | | | | | 권3 |
| 鄭 枏 | | | | | 권3 |
| 鄭 頩 | | | | | 권3 |
| 鄭 博( ? - ? ) | | | | | 鄭孝生 아들 |
| 鄭 蘊 | | | | | 권3 |
| 鄭 憚( ? - ? ) | | | | | |
| 鄭 頠 | | | | | 권3 |
| 鄭 檼( ? - ? ) | | | | | |
| 鄭 銓( ? - ? ) | | | | | |
| 鄭 潘 | | | | | 권3 |
| 鄭 積( ? - ? ) | | | | | |
| 鄭 暄 | | | | | 권3 |
| 鄭光淵(1600- ? ) | 止叔 | 滄洲 | 河東 | 함양 | |
| 鄭麟祥 | | | | | 권1-3에 보임, 誤記 |
| 鄭順吉( ? - ? ) | | | | | |
| 鄭順命(1599- ? ) | 克愛 | | 慶州 | 단성 | |
| 鄭時修(1601- ? ) | 敬叟 | 琴川 | 東萊 | 거창 | |
| 鄭延度(1614- ? ) | 叔憲 | 寒溪 | | | |

| | | | | | |
|---|---|---|---|---|---|
| 鄭延序(1610-？) | 仲節 | 宜齋 | | | |
| 鄭穎達 | | | | | 권3 |
| 鄭悌生 | | | | | 권3 |
| 鄭周翼(？-？) | | | | | |
| 鄭昌謨(1605-？) | 鳴夏 | 佩弦堂 | 草溪 | | 鄭蘊 아들 |
| 鄭昌詩 | | | | | 권3 |
| 鄭昌訓(1602-？) | 鳴殷 | | 草溪 | | 鄭蘊 아들 |
| 鄭孝生 | | | | | 권3 |
| 趙 璜 | | | | | 권3 |
| 曹 炅 | | | | | 권3 |
| 趙 球(？-？) | | | | | |
| 趙 瑞 | | | | | 권1-3에 보임, 誤記 |
| 趙 瑾(1612-？) | 舜瑞 | | | | |
| 趙 瑞 | | | | | 권1-3에 보임, 誤記 |
| 趙 瑾(1612-？) | 舜瑞 | | | | |
| 曹敬明 | | | | | 권3 |
| 曹時亮(1603-？) | 寅叔 | 雪洲 | 昌寧 | 합천 | 曹挺立 아들 |
| 曹時逸(1607-？) | 日休 | | 昌寧 | | 曹挺生 아들 |
| 趙汝瑾(？-？) | | | | | |
| 趙英沂 | | | | | 권3 |
| 趙任道 | | | | | 권3 |
| 曹挺立 | | | | | 권3 |
| 曹挺生 | | | | | 권3 |
| 曹浚明 | | | | | 권3 |
| 曹晉明 | | | | | 권3 |
| 趙徵商(1609-？) | 質甫 | | | | |
| 趙徵夏(？-？) | 敬甫 | | | | |
| 曹次磨 | | | | | 권3 |
| 陳 亮 | | | | | 권3 |
| 陳翊國 | | | | | 권3 |

| | | | | | |
|---|---|---|---|---|---|
| 崔 絅 | | | | | 권3 |
| 崔 潗 | | | | | 권3 |
| 河 漣 | | | | | 권3 |
| 河 瑾( ? - ? ) | 汝溫 | | | | |
| 河 忭 | | | | | 권3 |
| 河 璿 | | | | | 권3 |
| 河 性 | | | | | 권3 |
| 河 愃 | | | | | 권2,3 |
| 河 渼 | | | | | 권3 |
| 河 潛 | | | | | 권3 |
| 河見文( ? - ? ) | 君瑞 | 梅軒 | | | |
| 河景中 | | | | | 권3 |
| 河公孝 | | | | | 권3 |
| 河奎衍 | | | | | 권1-3에 보임, 誤記 |
| 河達道(1612- ? ) | 季源 | | | | |
| 河達泳( ? - ? ) | | | | | |
| 河達遠 | | | | | 권3 |
| 河達長(1614- ? ) | 以遠 | | | | |
| 河愼幾 | | | | | 권3 |
| 河愼行(1613- ? ) | 汝敏 | | | | |
| 河仁尙 | | | | | 권3 |
| 河自澂(1614- ? ) | 聖會 | | | | |
| 河自潢 | | | | | 권3 |
| 河弘達 | | | | | 권3 |
| 河弘度 | | | | | 권3 |
| 韓夢逸 | | | | | 권3 |
| 韓夢參 | | | | | 권3 |
| 韓時重 | | | | | 권3 |
| 許 瀨( ? - ? ) | 靜甫 | | | | |
| 許以乾( ? - ? ) | | | | | |

| 성명 | 자 | 호 | 본관 | 거주 | 비고 |
|------|----|----|------|------|------|
| 許宗茂 |  |  |  |  | 권1-3에 보임, 誤記 |
| 許洪器 |  |  |  |  | 권3 |
| 洪 楔 |  |  |  |  | 권3 |
| 黃 瑠 |  |  |  |  | 권3 |

■ 德川書院靑衿錄 권5 : 1642년(임오, 인조 20년 2월 17일)

| 성명 | 자 | 호 | 본관 | 거주 | 비고 |
|------|----|----|------|------|------|
| 姜 頊 |  |  |  |  | 권4 |
| 姜 榅 |  |  |  |  | 권4 |
| 姜 玩 |  |  |  |  | 권4 |
| 姜國望 |  |  |  |  | 권4 |
| 姜大達 |  |  |  |  | 권4 |
| 姜大遙 |  |  |  |  | 권4 |
| 姜大延 |  |  |  |  | 권4 |
| 姜大適 |  |  |  |  | 권4 |
| 姜文弼 |  |  |  |  | 권4 |
| 姜敏孝 |  |  |  |  | 권4 |
| 姜渭達 |  |  |  |  | 권4 |
| 姜翼文 |  |  |  |  | 권4 |
| 姜在文 |  |  |  |  |  |
| 姜振國(1618- ?) | 子由 |  | 晉陽 | 진주 |  |
| 姜晉善 |  |  |  |  | 권4 |
| 姜晉興( ? - ?) | 子述 |  |  |  |  |
| 姜浩宗 |  |  |  |  | 권4 |
| 孔 勖 |  |  |  |  | 권4 |
| 權 濤 |  |  |  |  | 권4 |

| | | | | | |
|---|---|---|---|---|---|
| 權 濟 | | | | | 권4 |
| 權克謙( ? - ?) | 益之 | | 安東 | | 權濟 아들 |
| 權克履 | | | | | 권4 |
| 權克臨 | | | | | 권4 |
| 權克斅 | | | | | 권4 |
| 權斗慶 | | | | | 권4 |
| 權斗極( ? - ?) | | | | | |
| 權斗望(1620- ?) | 子瞻 | 明庵 | | | |
| 權尙中( ? - ?) | | | | | |
| 權尤中( ? - ?) | | | | | |
| 權以中( ? - ?) | 時一 | | | | |
| 權泰男 | | | | | 권4 |
| 權必中( ? - ?) | 惟一 | | | | |
| 金 澳( ? - ?) | 源仲 | | | | |
| 金邦弼( ? - ?) | 元老 | | | | |
| 金尙鎰(1621-1686) | 瑀卿 | 槐亭 | 商山 | 단성 | |
| 金秀立 | | | | | 권4 |
| 金粹文( ? - ? ) | | | | | |
| 金玉立 | | | | | 권4 |
| 金卓立 | | | | | 권4 |
| 金溍泂( ? - ?) | 太精 | | | | |
| 盧 浻 | | | | | 권4 |
| 盧亨運 | | | | | 권4 |
| 盧亨弼 | | | | | 권4 |
| 都 瑱(1609- ?) | 士甫 | 葵軒 | | | |
| 都 頵(1614- ?) | 碩甫 | | 星州 | 단성 | 都聖兪 아들 |
| 文 鎣( ? - ?) | 明叔 | | | | |
| 閔邦翼( ? - ?) | 子卿 | | | | |
| 朴 緯 | | | | | 권4 |
| 朴 知 | | | | | 권4 |

| | | | | | |
|---|---|---|---|---|---|
| 朴慶光 | | | | | 권4 |
| 朴道元 | | | | | 권4 |
| 朴文淵(1615- ?) | 晦叔 | | | | |
| 朴文燁(1618- ?) | 明憲 | | | | |
| 朴承甲(1614- ?) | 而述 | | 密陽 | 단성 | |
| 朴以燾 | | | | | 권4 |
| 朴以燫 | | | | | 권4 |
| 朴以炯(1608- ?) | 用晦 | 松溪 | 潘南 | 산청 | |
| 裴一長 | | | | | 권4 |
| 卞三進( ? - ?) | 士溫 | | | | |
| 成 鐸 | | | | | 권4 |
| 成 鎤 | | | | | 권4 |
| 成 鑮 | | | | | 권4 |
| 成泗永(1617- ?) | 涵然 | | | | 성여신 손자 |
| 成源永 | | | | | 권4 |
| 成治永(1616- ?) | 煥然 | | 昌寧 | 진주 | 성여신 손자 |
| 成瀗永 | | | | | 권4 |
| 成好詢 | | | | | 권4 |
| 孫 玨 | | | | | 권4 |
| 孫 紀( ? - ?) | | | | | |
| 孫錫祚 | | | | | 권4 |
| 孫之復 | | | | | 권4 |
| 孫之燕 | | | | | 권4 |
| 孫之玧( ? - ?) | 汝溫 | | | | |
| 孫之後(1619- ?) | 可畏 | | | | |
| 孫晉中( ? - ?) | 以漸 | | 密陽 | 하동 | |
| 孫泰中( ? - ?) | | | | | |
| 宋 翊( ? - ?) | | | | | |
| 宋齊聖( ? - ?) | | | | | |
| 愼 衍 | | | | | 권4 |

| | | | | | |
|---|---|---|---|---|---|
| 愼龜壽(1599- ？) | 澤老 | | | | |
| 申汝顔 | | | | | 권4 |
| 沈廷亮 | | | | | 권4 |
| 安 鵠 | | | | | 권1-4에 보임, 誤記 |
| 安世慶( ？ - ？) | | | | | |
| 安一桂( ？ - ？) | | | | | |
| 梁慶纘 | | | | | 권4 |
| 梁世鴻 | | | | | 권1-4에 보임, 誤記 |
| 梁晉瞻( ？ - ？) | 景行 | | | | |
| 魚敬身 | | | | | 권4 |
| 吳國獻 | | | | | 권4 |
| 禹汝楙 | | | | | 권4 |
| 柳 奎( ？ - ？) | 文明 | | | | |
| 柳 㷨(1616- ？) | 輝仲 | | 晉陽 | 단성 | |
| 柳 烜(1634- ？) | 文晦 | 畏軒 | 全州 | 산청 | |
| 柳德龍 | | | | | 권4 |
| 柳昔璘( ？ - ？) | 季友 | | | | |
| 柳昔琳(1614- ？) | 淑友 | | 晉州 | 단성 | |
| 柳昔玭(1609- ？) | 淑淸 | | 晉州 | | |
| 柳昔瑜 | | | | | 권4 |
| 柳昔瑨( ？ - ？) | 獻哉 | | | | |
| 柳晟漢( ？ - ？) | 應晦 | | | | |
| 柳暎漢 | | | | | 권4 |
| 柳翼辰( ？ - ？) | 應慶 | | | | |
| 柳再明( ？ - ？) | 汝見 | | | | |
| 柳必亨( ？ - ？) | 欣甫 | | | | |
| 尹 昇(1597- ？) | 曦甫 | | 茂松 | | |
| 尹承慶 | | | | | 권4 |
| 尹右辟 | | | | | 권4 |
| 尹應運( ？ - ？) | 時甫 | | | | |

| | | | | | |
|---|---|---|---|---|---|
| 李 奎 | | | | | 권4 |
| 李 對 | | | | | 권1-4에 보임, 誤記 |
| 李 燁 | | | | | 권4 |
| 李 永( ? - ? ) | 子久 | | | | |
| 李 材( ? - ? ) | | | | | |
| 李 齊( ? - ? ) | 子正 | | | | |
| 李 崔 | | | | | 권4 |
| 李 垤 | | | | | 권4 |
| 李 炯 | | | | | 권4 |
| 李見龍 | | | | | 권4 |
| 李景茂( ? - ? ) | 汝實 | | | | |
| 李景煥( ? - ? ) | 汝文 | | | | |
| 李起源( ? - ? ) | | | | | |
| 李培根 | | | | | 권4 |
| 李尙仁(1614- ? ) | 子寬 | | | | |
| 李壽國 | | | | | 권4 |
| 李蓍國 | | | | | 권4 |
| 李時達(1619- ? ) | 叔兼 | | | | |
| 李時郁 | | | | | 권4 |
| 李如泌(1617- ? ) | 尙友 | 載寧 | 진주 | | |
| 李榮國 | | | | | 권4 |
| 李英男 | | | | | 권4 |
| 李偉男( ? - ? ) | 叔雄 | | | | |
| 李仁國( ? - ? ) | 汝眞 | | | | |
| 李廷賓 | | | | | 권4 |
| 李廷碩( ? - ? ) | | | | | |
| 李存曘( ? - ? ) | 德章 | | | | |
| 李重祿(1611- ? ) | 將甫 | | | | |
| 李重發( ? - ? ) | | | | | |
| 李重蕃( ? - ? ) | | | | | |

| | | | | |
|---|---|---|---|---|
| 李重禛(1613-？) | 休甫 | | | |
| 李重禛(1614-？) | 眞甫 | | | |
| 李之蘔 | | | | 권4 |
| 李玄栽(1620-？) | 培元 | 竹村 | | |
| 李馨國(1583-？) | 聞遠 | | 星州 | 단성 |
| 李弘道 | | | | |
| 李厚根 | | | | |
| 林眞怤 | | | | |
| 張　垣(1616-？) | 君翰 | | | |
| 張爾武 | | | | 권4 |
| 全　琦(？-？) | 子重 | | | |
| 田榮國(1594-？) | 翊甫 | 遯溪 | 潭陽 | 의령 |
| | | | | 권4 |
| 鄭　深(？-？) | 清叔 | | | |
| 鄭　濴(？-？) | 浩遠 | | | |
| 鄭　頎 | | | | 권4 |
| 鄭　銓(？-？) | | | | |
| 鄭　潘 | | | | 권4 |
| 鄭　積(？-？) | | | | |
| 鄭　海(？-？) | 大遠 | | | |
| 鄭　暄 | | | | 권4 |
| 鄭光淵 | | | | 권4 |
| 鄭德涵(1609-？) | 景遠 | 晉陽 | 산청 | |
| 鄭順吉(？-？) | | | | |
| 鄭時修 | | | | 권4 |
| 鄭延度 | | | | 권4 |
| 鄭延序 | | | | 권4 |
| 鄭穎達 | | | | 권4 |
| 鄭有祐(1615-？) | 吉叔 | 海州 | 단성 | |
| 鄭爾垣(？-？) | 德夫 | | | |

| | | | | | |
|---|---|---|---|---|---|
| 鄭日章( ? - ?) | 晦伯 | | | | |
| 鄭悌生 | | | | | 권4 |
| 鄭周翼( ? - ?) | | | | | |
| 鄭昌謨 | | | | | 권4 |
| 鄭昌詩 | | | | | 권4 |
| 鄭昌訓 | | | | | 권4 |
| 曹 □( ? - ?) | 伯昇 | | | | |
| 曹 □( ? - ?) | 晦之 | | | | |
| 趙 瑊 | | | | | 권4 |
| 曹 景(1623- ?) | 文叔 | | | | |
| 趙 球( ? - ?) | | | | | |
| 曹 昇( ? - ?) | 揚之 | | | | |
| 趙 瑞 | | | | | 권1-4에 보임, 誤記 |
| 曹 暑( ? - ?) | 遠之 | | | | |
| 曹 晟(1617- ?) | 晦叔 | | | | |
| 曹 曄(1617- ?) | 季晦 | | | | |
| 曹 晼(1619- ?) | 可晦 | 方隱 | | | |
| 趙 璪( ? - ?) | 文彦 | | | | |
| 曹 晶( ? - ?) | 晦夫 | | | | |
| 趙 瑾 | | | | | 권4 |
| 曹世翱( ? - ?) | 瑞伯 | | | | |
| 曹世勣(1604- ?) | 國老 | 雲溪 | | | |
| 曹時亮 | | | | | 권4 |
| 曹時逸 | | | | | 권4 |
| 趙汝瑾( ? - ?) | | | | | 권4 |
| 趙英沂 | | | | | 권4 |
| 趙任道 | | | | | 권4 |
| 曹挺立 | | | | | 권4 |
| 曹浚明 | | | | | 권4 |
| 曹晉明 | | | | | 권4 |

| | | | | | |
|---|---|---|---|---|---|
| 趙徵商 | | | | | 권4 |
| 趙徵夏 | | | | | 권4 |
| 陳翊國 | | | | | 권4 |
| 崔 綱 | | | | | 권4 |
| 崔起寧(1575- ?) | 昌叔 | 拙齋 | 慶州 | 단성 | |
| 崔起宗(1576- ?) | 孝甫 | 愁愁子 | 慶州 | 산청 | |
| 崔處厚(1623- ?) | 子緯 | | 全州 | 하동 | |
| 崔厚立( ?- ?) | 載而 | | 全州 | 하동 | |
| 河 湕 | | | | | 권4 |
| 河 瑾 | | | | | 권4 |
| 河 忭 | | | | | 권4 |
| 河 檣 | | | | | 권2-4에 보임 |
| 河 潘 | | | | | 권4 |
| 河 溉 | | | | | 권4 |
| 河 溍 | | | | | 권4 |
| 河見文 | | | | | 권4 |
| 河達永( ?- ?) | 混源 | 具邇堂 | 晉陽 | | |
| 河達長 | | | | | 권4 |
| 河達天( ?- ?) | 自源 | | | | |
| 河愼幾 | | | | | 권4 |
| 河愼言( ?- ?) | 汝訥 | | 晉陽 | | 하웅도 손자 |
| 河愼行 | | | | | 권4 |
| 河自濂(1620- ?) | 學源 | 正齋 | | | |
| 河自澂 | | | | | 권4 |
| 河自灝(1595- ?) | 汝遇 | | | | |
| 河自潢 | | | | | 권4 |
| 河必達( ?- ?) | 百里 | | | | |
| 河弘達 | | | | | 권4 |
| 河弘度 | | | | | 권4 |
| 河喜仁( ?- ?) | 安中 | | | | |

| 성명 | 자 | 호 | 본관 | 거주 | 비고 |
|---|---|---|---|---|---|
| 韓夢逸 | | | | | 권4 |
| 韓夢參 | | | | | 권4 |
| 韓時重 | | | | | 권4 |
| 韓時泰( ? - ? ) | 叔亨 | | | | |
| 許 瀨 | | | | | 권4 |
| 許 昊( ? - ? ) | | | | | |
| 洪 櫻 | | | | | 권4 |
| 黃 瑠 | | | | | 권4 |
| 黃 昅(1610- ? ) | 明遠 | | 長水 | 단성 | |
| 黃 晦( ? - ? ) | 叔顯 | | | | |

## ■ 德川書院靑衿錄 권6 : 1650년(경인, 효종 원년 9월 6일)

| 성명 | 자 | 호 | 본관 | 거주 | 비고 |
|---|---|---|---|---|---|
| 姜 㻋 | | | | | 권5 |
| 姜 榀 | | | | | 권5 |
| 姜 玩 | | | | | 권5 |
| 姜 埈(1617- ? ) | 平叔 | | | | |
| 姜大逵 | | | | | 권5 |
| 姜大遂 | | | | | 권5 |
| 姜大延 | | | | | 권5 |
| 姜大適 | | | | | 권5 |
| 姜東望( ? - ? ) | 汝眞 | | | | |
| 姜文弼 | | | | | 권5 |
| 姜渭達 | | | | | 권5 |
| 姜渭進( ? - ? ) | 汝眞 | | 晉陽 | 진주 | |
| 姜晉善 | | | | | 권5 |
| 姜晉興( ? - ? ) | 子述 | | | | |

| | | | | | |
|---|---|---|---|---|---|
| 姜徽衍( ? - ?) | 舜五 | 莘庵 | 晉陽 | | 姜大邃 아들 |
| 孔 勖 | | | | | 권5 |
| 權 鏣( ? - ?) | | | | | |
| 權 鈇(1627- ?) | 仲伯 | 取道軒 | | | |
| 權 欽(1623- ?) | 子昂 | | 安東 | 의령 | |
| 權克謙 | | | | | 권5 |
| 權克履 | | | | | 권5 |
| 權克臨 | | | | | 권5 |
| 權克斅 | | | | | 권5 |
| 權斗望 | | | | | 권5 |
| 權斗漢( ? - ?) | | | | | |
| 權得經( ? - ?) | 守甫 | | | | |
| 權尙中( ? - ?) | | | | | |
| 權泰男 | | | | | 권5 |
| 金 㻋(1602- ?) | 愼伯 | 沙月堂 | 義城 | 진주 | |
| 金聘壽(1570- ?) | 台叟 | 秋水 | 慶州 | | |
| 金邦弼( ? - ?) | | | | | |
| 金尙鋻 | | | | | 권5 |
| 金秀立 | | | | | 권5 |
| 金粹文( ? - ?) | | | | | |
| 金玉立 | | | | | 권5 |
| 金嶷立(1601- ?) | 重夫 | 遯齋 | 善山 | 함양 | |
| 金廷碩( ? - ?) | | | | | |
| 金卓立 | | | | | 권5 |
| 金渼泂( ? - ?) | | | | | |
| 盧 溥(1631- ?) | 天如 | 寓軒 | | | |
| 盧 渭( ? - ?) | 汝用 | | | | |
| 盧 洹 | | | | | 권5 |
| 盧 瀚(1627- ?) | 天卿 | 誠齋 | | | |
| 盧 灁( ? - ?) | 麗伯 | | | | |

| | | | | | |
|---|---|---|---|---|---|
| 都　項 | | | | | 권5 |
| 都　頙 | | | | | 권5 |
| 文　鎣 ( ? - ? ) | | | | | |
| 朴　曼(1610- ?) | 大卿 | 守拙齋 | 高靈 | | 朴絪 아들 |
| 朴　緯 | | | | | 권5 |
| 朴　叕(1619- ?) | 巨卿 | 養眞齋 | | | |
| 朴慶光 | | | | | 권5 |
| 朴鳴震 ( ? - ? ) | | | | | |
| 朴文淵 | | | | | 권5 |
| 朴文燁 | | | | | 권5 |
| 朴承甲 | | | | | 권5 |
| 朴以燾 | | | | | 권5 |
| 朴以爀 | | | | | 권5 |
| 朴以炯 | | | | | 권5 |
| 裵一長 | | | | | 권5 |
| 卞三遇 ( ? - ? ) | 時汝 | | | | |
| 卞三進 ( ? - ? ) | | | | | |
| 成　鐸 | | | | | 권5 |
| 成泗永 | | | | | 권5 |
| 成源永 | | | | | 권5 |
| 成治永 | | | | | 권5 |
| 成瀣永 | | | | | 권5 |
| 成灝永 ( ? - ? ) | 淳然 | | | | |
| 成好晉 ( ? - ? ) | | | | | |
| 孫　紀 | | | | | 권5 |
| 孫　莆 ( ? - ? ) | 馨仲 | | | | |
| 孫　芬 ( ? - ? ) | 馨伯 | | | | |
| 孫錫祚 | | | | | 권5 |
| 孫之復 | | | | | 권5 |
| 孫之璚(1624- ?) | 蕭夫 | | | | |

| 姓名 | | | | | 비고 |
|---|---|---|---|---|---|
| 孫之燕 | | | | | 권5 |
| 孫之玧 | | | | | 권5 |
| 孫之後 | | | | | 권5 |
| 宋挺濂(1612- ? ) | 繼道 | 雪窓 | 恩津 | 합천 | |
| 宋挺涑(1615- ? ) | 繼道 | 雪窓 | | | |
| 宋齊聖( ? - ? ) | | | | | |
| 愼 衍 | | | | | 권5 |
| 申汝顔 | | | | | 권5 |
| 愼台壽( ? - ? ) | 天老 | | | | |
| 沈廷亮 | | | | | 권4,5 |
| 安 鵠 | | | | | 권1-5에 보임, 誤記 |
| 安世慶( ? - ? ) | | | | | |
| 安時進( ? - ? ) | 彦漸 | | | | |
| 梁 㻩(1622- ? ) | 景望 | | 南原 | | |
| 梁世濟( ? - ? ) | | | | | |
| 梁世鴻 | | | | | 권1-5에 보임, 誤記 |
| 梁元鑌( ? - ? ) | 伯望 | | | | |
| 梁泰濟(1613- ? ) | 澤普 | 甖齋 | 南原 | 함양 | |
| 魚敬身 | | | | | 권5 |
| 吳國獻 | | | | | 권5 |
| 禹汝栿 | | | | | 권5 |
| 柳 奎 | | | | | 권5 |
| 柳 烜 | | | | | 권5 |
| 柳昔璘 | | | | | 권5 |
| 柳昔琳 | | | | | 권5 |
| 柳昔玼 | | | | | 권5 |
| 柳昔瑜 | | | | | 권5 |
| 柳昔瑁 | | | | | 권5 |
| 柳晟漢 | | | | | 권5 |
| 柳廷豪 | | | | | 권5 |

| | | | | |
|---|---|---|---|---|
| 柳必亨( ? - ? ) | | | | |
| 尹 証( ? - ? ) | 克裕 | | | |
| 尹 喜(1610- ? ) | 吉甫 | 坡平 | | 尹銑 손자 |
| 尹承慶 | | | | 권5 |
| 尹右辟 | | | | 권5 |
| 尹應運( ? - ? ) | | | | |
| 李 奎 | | | | 권5 |
| 李 榑( ? - ? ) | 伯昇 | | | |
| 李 燁 | | | | 권5 |
| 李 蕆(1628- ? ) | 君實 | 靜求軒 | 載寧 | |
| 李 烇( ? - ? ) | 文仲 | | | |
| 李 齊 | | | | 권5 |
| 李 崔 | | | | 권5 |
| 李 垤 | | | | 권5 |
| 李 集( ? - ? ) | 義仲 | | 載寧 | |
| 李見龍 | | | | 권5 |
| 李景茂( ? - ? ) | | | | |
| 李景煥( ? - ? ) | | | | |
| 李光彦(1620- ? ) | 士元 | 巍巖 | 光州 | 고령 |
| 李起源( ? - ? ) | | | | |
| 李培根 | | | | 권5 |
| 李尙仁 | | | | 권5 |
| 李尙直(1633- ? ) | 士溫 | | | |
| 李尙亨(1627- ? ) | 子長 | | | |
| 李壽檍(1613- ? ) | 德老 | 號梧潭 | 碧珍 | 李屹 손자 |
| 李蕃國 | | | | 권5 |
| 李時達 | | | | 권5 |
| 李時馥 | | | | 권5 |
| 李時郁 | | | | 권5 |
| 李蓋國(1627- ? ) | 士徵 | | 星州 | |

| | 字 | 號 | 本 | | 비고 |
|---|---|---|---|---|---|
| 李如泌 | | | | | 권5 |
| 李榮國 | | | | | 권5 |
| 李偉男( ? - ? ) | | | | | |
| 李惟碩(1604- ? ) | 大而 | 梅軒 | 星山 | | |
| 李仁國( ? - ? ) | | | | | |
| 李廷賓 | | | | | 권5 |
| 李廷楔(1611- ? ) | 公輔 | 菊軒 | 陜川 | | 李光友 손자 |
| 李存曔( ? - ? ) | | | | | |
| 李重祿 | | | | | 권5 |
| 李重蕃( ? - ? ) | | | | | |
| 李重祒(1623- ? ) | 誠甫 | 德所 | | | |
| 李重禎 | | | | | 권5 |
| 李重禩 | | | | | 권5 |
| 李重輝( ? - ? ) | 晦仲 | | | | |
| 李玄栽 | | | | | 권5 |
| 李弘道 | | | | | 권5 |
| 李厚根 | | | | | 권5 |
| 林眞悆 | | | | | 권5 |
| 張 墉(1627- ? ) | 君翼 | | | | |
| 張 垣 | | | | | 권5 |
| 張爾武 | | | | | 권5 |
| 全 琦( ? - ? ) | | | | | |
| 鄭 枡 | | | | | 권5 |
| 鄭 溽(1619- ? ) | 清叔 | | | | |
| 鄭 濴( ? - ? ) | | | | | |
| 鄭 頯 | | | | | 권5 |
| 鄭 銓( ? - ? ) | | | | | |
| 鄭 潘 | | | | | 권5 |
| 鄭 積( ? - ? ) | | | | | |
| 鄭 鐸( ? - ? ) | 晉望 | 樂齋 | 草溪 | 개성 | |

| | | | | |
|---|---|---|---|---|
| 鄭 海( ? - ? ) | | | | |
| 鄭光先( ? - ? ) | 述夫 | | | |
| 鄭光淵 | | | | 권5 |
| 鄭光元( ? - ? ) | 善夫 | | | |
| 鄭德涵 | | | | 권5 |
| 鄭順吉 | | | | 권5 |
| 鄭延康(1631- ? ) | 台叟 | | | |
| 鄭延度 | | | | 권5 |
| 鄭延序 | | | | 권5 |
| 鄭穎達 | | | | 권5 |
| 鄭惟燾( ? - ? ) | | | | |
| 鄭有祐 | | | | 권5 |
| 鄭爾垣( ? - ? ) | | | | |
| 鄭昌詩 | | | | 권5 |
| 鄭泰卿( ? - ? ) | 子亨 | | | |
| 曹 □ | | | | 권5 |
| 趙 璭 | | | | 권5 |
| 曹 景 | | | | 권5 |
| 趙 球( ? - ? ) | | | | |
| 趙 瑞 | | | | 권1-5에 보임, 誤記 |
| 曹 暑 | | | | 권5 |
| 曹 晏(1625- ? ) | 幼安山 | | | |
| 曹 曄 | | | | 권5 |
| 曹 晼 | | | | 권5 |
| 趙 琠( ? - ? ) | 公華 | | | |
| 曹 晶 | | | | 권5 |
| 趙命圭(1630- ? ) | 伯玄 | | | |
| 曹世彬( ? - ? ) | 瑞伯 | | | |
| 曹世雄(1638- ? ) | 敵萬 | | | |
| 曹時亮 | | | | 권5 |

| | | | | | |
|---|---|---|---|---|---|
| 趙汝瑾 | | | | | 권5 |
| 趙任道 | | | | | 권5 |
| 曹挺立 | | | | | 권5 |
| 曹浚明 | | | | | 권5 |
| 曹晉明 | | | | | 권5 |
| 趙徵商 | | | | | 권5 |
| 趙徵聖(1605- ?) | 忠甫 | 景淵亭 | 咸安 | 함안 | |
| 趙徵遠(1615- ?) | 士厚 | | 咸安 | 함안 | |
| 陳翊國 | | | | | 권5 |
| 崔 絅 | | | | | 권5 |
| 崔 誼( ? - ?) | 子正 | | | | |
| 崔起寧 | | | | | 권5 |
| 崔厚立 | | | | | 권5 |
| 河 漣 | | | | | 권5 |
| 河 瑾 | | | | | 권5 |
| 河 洺(1630- ?) | 大海 | | | | |
| 河 彬( ? - ?) | 成伯 | | | | |
| 河 璿 | | | | | 권5 |
| 河 沆(1628- ?) | 大仲 | 松坡 | | | |
| 河 㴠(1625- ?) | 武仲 | | | | |
| 河 橃 | | | | | 권2-5에 보임, 誤記 |
| 河 湕 | | | | | 권5 |
| 河 溍 | | | | | 권5 |
| 河 瀹( ? - ?) | 泰和 | | | | |
| 河見文 | | | | | 권5 |
| 河達永 | | | | | 권5 |
| 河達長 | | | | | 권5 |
| 河達天 | | | | | 권5 |
| 河達漢(1624- ?) | 通源 | | | | |
| 河愼幾 | | | | | 권5 |

| 성명 | 자 | 호 | 본관 | 거주 | 비고 |
|---|---|---|---|---|---|
| 河愼行 |  |  |  |  | 권5 |
| 河自濂 |  |  |  |  | 권5 |
| 河自灝 |  |  |  |  | 권5 |
| 河自渾(1631- ? ) | 源始 |  |  |  |  |
| 河必達( ? - ? ) |  |  |  |  |  |
| 河弘達 |  |  |  |  | 권5 |
| 河弘度 |  |  |  |  | 권5 |
| 韓夢參 |  |  |  |  | 권5 |
| 韓時重 |  |  |  |  | 권5 |
| 韓時泰 |  |  |  |  | 권5 |
| 韓時憲(1642- ? ) | 汝章 | 筠谷 |  |  |  |
| 許埛(1614- ? ) | 士正 | 晦溪 |  |  |  |
| 許瀨( ? - ? ) |  |  |  |  |  |
| 許暑( ? - ? ) | 南仲 |  |  |  |  |
| 洪 櫻 |  |  |  |  | 권5 |
| 黃 瑠 |  |  |  |  | 권5 |
| 黃 晥 |  |  |  |  | 권5 |
| 黃 晦 |  |  |  |  | 권5 |

## ■ 德川書院靑衿錄 권7 : 1657년(정유, 효종 8년 3월)

| 성명 | 자 | 호 | 본관 | 거주 | 비고 |
|---|---|---|---|---|---|
| 姜 埈 |  |  |  |  | 권6 |
| 姜大適 |  |  |  |  | 권6 |
| 姜渭進 |  |  |  |  | 권6 |
| 姜胤胄(1621- ? ) | 伯昌 |  | 晉陽 | 곤양 |  |
| 姜晉興 |  |  |  |  | 권6 |
| 姜徽衍 |  |  |  |  | 권6 |

| 성명 | 자 | 호 | 본관 | 거주 | 비고 |
|---|---|---|---|---|---|
| 孔 勖 | | | | | 권6 |
| 權 鍵 ( ? - ? ) | 子昭 | | 安東 | 단성 | |
| 權 鍼 (1639- ? ) | 美卿 | 筠軒 | 安東 | 단성 | |
| 權 鑐 (1628- ? ) | 孟堅 | 荷亭 | 安東 | 의령 | |
| 權 釴 | | | | | 권6 |
| 權 欽 | | | | | 권6 |
| 權克有 | | | | | 권6 |
| 權斗望 | | | | | 권6 |
| 權斗陽 (1630- ? ) | 子平 | | 安東 | 단성 | 權濤 손자 |
| 權得經 | | | | | 권6 |
| 金 碩 (1627- ? ) | 季晶 | 小山 | | | |
| 金 碻 (1615- ? ) | 太晶 | 幼淸 | 商山 | 단성 | |
| 金命鎰 (1635- ? ) | 景鎰 | 三緘齋 | | | |
| 金尙鎜 | | | | | 권5,6 |
| 金嶷立 | | | | | 권6 |
| 金以兼 ( ? - ? ) | 南實 | | | | |
| 盧 湝 ( ? - ? ) | | | | | |
| 盧 瀚 | | | | | 권6 |
| 盧 灝 | | | | | 권6 |
| 都 頊 | | | | | 권6 |
| 朴 曑 | | | | | 권6 |
| 朴文燁 | | | | | 권6 |
| 朴文益 ( ? - ? ) | 浩然 | | | | |
| 朴文爀 (1628- ? ) | 明叔 | | | | |
| 裵一長 | | | | | 권6 |
| 卞三達 ( ? - ? ) | 用汝 | | | | |
| 卞三遇 | | | | | 권6 |
| 卞三進 | | | | | 권6 |
| 成灝永 | | | | | 권6 |
| 孫 莆 | | | | | 권6 |

| | | | | | |
|---|---|---|---|---|---|
| 孫　芬 | | | | | 권6 |
| 孫之復 | | | | | 권6 |
| 孫之瓓 | | | | | 권6 |
| 孫之燕 | | | | | 권6 |
| 孫之後 | | | | | 권6 |
| 孫必三(1636- ？) | 德周 | | | | |
| 宋挺濂 | | | | | 권6 |
| 宋挺洓 | | | | | 권6 |
| 宋齊聖 | | | | | 권6 |
| 沈廷亮 | | | | | 권4-6 |
| 安時進 | | | | | 권6 |
| 梁世濟 | | | | | 권6 |
| 梁鎭南( ？ - ？) | 仲望 | | 南原 | | |
| 梁泰濟 | | | | | 권6 |
| 吳達後( ？ - ？) | 孝餘 | | | | |
| 柳　烜 | | | | | 권6 |
| 柳得培(1602- ？) | 茂伯 | | | | |
| 柳之遠(1634- ？) | 茂卿 | 陽村 | 晉州 | 단성 | |
| 柳之和(1638- ？) | 以漸 | 月澗 | 晉州 | 단성 | |
| 尹　譜( ？ - ？) | 克裕 | | | | |
| 李　煜( ？ - ？) | 彦明 | | | | |
| 李　楷( ？ - ？) | 濟卿 | | 全義 | 단성 | |
| 李　根(1632- ？) | 君涉 | | 全義 | 단성 | |
| 李　芯(1631- ？) | 君聞 | 謹齋 | | | |
| 李　楷(1634- ？) | 季膚 | | 全義 | 단성 | |
| 李光彦 | | | | | 권6 |
| 李光震(1634- ？) | 春長 | 艮齋 | 碧珍 | | 李屹 증손 |
| 李藩國(1629- ？) | 士聞 | | 星州 | 단성 | |
| 李尙直 | | | | | 권6 |
| 李尙亨 | | | | | 권6 |

**169**

3. 덕천서원 연혁과 유생

| | | | | | |
|---|---|---|---|---|---|
| 李著國 | | | | | 권6 |
| 李時達 | | | | | 권6 |
| 李藎國 | | | | | 권6 |
| 李如泌 | | | | | 권5,6 |
| 李義馦( ? - ?) | 聞伯 | | | | |
| 李晉敬( ? - ?) | | | | | |
| 李玄柱(1633- ?) | 直元 | | | | |
| 張 墠(1630- ?) | 君望 | | | | |
| 張 墉 | | | | | 권6 |
| 全 琦 | | | | | 권6 |
| 鄭 □( ? - ?) | 而瑞 | | | | |
| 鄭 淑( ? - ?) | 汝澄 | | | | |
| 鄭 潯 | | | | | 권6 |
| 鄭 銓 | | | | | 권6 |
| 鄭光元 | | | | | 권6 |
| 鄭斗炯( ? - ?) | | | | | |
| 鄭鳴珩( ? - ?) | 輝伯 | | | | |
| 鄭星履(1635- ?) | 君鳥 | 拙齋 | 延日 | 진주 | 鄭喧 손자 |
| 鄭爾垣 | | | | | 권6 |
| 曹 晬(1622- ?) | 汝仲 | | | | |
| 曹 𣊝 | | | | | 권6 |
| 趙東圭(1635- ?) | 信仲 | | | | |
| 趙命圭 | | | | | 권6 |
| 趙錫三( ? - ?) | 寵卿 | | | | |
| 曹世雄 | | | | | 권6 |
| 曹夏榮(1639- ?) | 實之 | | | | |
| 曹夏章(1639- ?) | 士彬 | | 昌寧 | 함양 | 조차마 증손 |
| 崔 絅 | | | | | 권6 |
| 崔 嶙(1632- ?) | 汝景 | | 全州 | | |
| 崔 綎( ? - ?) | 晃之 | | | | |

| 성명 | 자 | 호 | 본관 | 거주 | 비고 |
|---|---|---|---|---|---|
| 崔厚立 | | | | | 권6 |
| 河 瑾 | | | | | 권5,6 |
| 河 洺 | | | | | 권6 |
| 河 榲( ? - ? ) | 隆伯 | | | | |
| 河 澈(1635-1704) | 伯應 | 雪牕 | 晉陽 | 진주 | 하홍달 아들 |
| 河見文 | | | | | 권6 |
| 河達漢 | | | | | 권6 |
| 河道潤( ? - ? ) | 太始 | | | | |
| 河道一( ? - ? ) | 貫之 | | | | |
| 河自渾 | | | | | 권6 |
| 河必達 | | | | | 권6 |
| 河海寬(1634- ? ) | 漢卿 | 一軒 | 晉陽 | 진주 | 하진 아들 |
| 河海宇(1623- ? ) | 夏卿 | | | | |
| 韓時龜(1645- ? ) | 汝禛 | | 淸州 | 진주 | 한몽삼 아들 |
| 韓時重 | | | | | 권6 |
| 韓時憲 | | | | | 권6 |
| 許 晩(1621- ? ) | 太初 | | 金海 | | |
| 洪 櫻 | | | | | 권6 |

## ■ 德川書院靑衿錄 권8 : 1671년(신해, 현종 12년 12월)

| 성명 | 자 | 호 | 본관 | 거주 | 비고 |
|---|---|---|---|---|---|
| 姜命世(1632-1708) | 德秀 | 笑癡子 | 晉陽 | 함양 | 姜繗 증손 |
| 姜文翰(1640- ? ) | 聖用 | | 晉陽 | 진주 | |
| 姜瑞周(1640- ? ) | 叔璜 | | 晉陽 | | 姜得胤 손자 |
| 姜錫周(1623- ? ) | 尙輔 | | | | |
| 姜聖載(1648- ? ) | 汝望 | | 晉州 | 의령 | |
| 姜昌世(1634- ? ) | 德有 | 默容齋 | 晉陽 | 함양 | 姜繗 증손 |

| | | | | | |
|---|---|---|---|---|---|
| 姜憲世(1642- ？) | 德而 | 天默齋 | 晉陽 | | 姜繗 증손 |
| 姜獻之(1624- ？) | 子卿 | 退休齋 | 晉陽 | 의령 | |
| 姜顯世(1644- ？) | 德濟 | 竹塢 | 晉陽 | | 姜繗 증손 |
| 姜徽望(1626-1695) | 載叔 | 在澗堂 | 晉陽 | 합천 | |
| 姜徽鼎(1634-1674) | 汝九 | 竹峰 | 晉陽 | 산청 | 姜大延 아들 |
| 姜徽泰(1644- ？) | 汝初 | 月松齋 | 晉陽 | | 姜大延 아들 |
| 姜熙世(1637- ？) | 德明 | 玩逝軒 | 晉陽 | 함양 | 姜繗 증손 |
| 權德華(1635- ？) | 希伯 | | 安東 | | 權克昌 아들 |
| 權斗老(1648- ？) | 子壽 | | 安東 | | 權濤 손자 |
| 權斗瑞( ？- ？) | 子徵 | | 安東 | | 權濤 손자 |
| 權斗元( ？- ？) | 子善 | | 安東 | 단성 | 權濤 손자 |
| 權斗瞻(1641- ？) | 子望 | 南齋 | 安東 | 단성 | 權濤 손자 |
| 權斗興(1647- ？) | 子謙 | | 安東 | 단성 | 權濤 손자 |
| 權萬亨( ？- ？) | 德□ | | 安東 | | 權克亮 손자 |
| 權復亨( ？- ？) | 雷萬 | | 安東 | 의령 | 權濬 증손 |
| 權碩亨(1648- ？) | 汝果 | 松亭 | 安東 | | 權濮 증손 |
| 權汝亨(1649- ？) | 春長 | | 安東 | | 權濮 증손 |
| 權永亨( ？- ？) | 永叔 | | 安東 | | 權濮 증손 |
| 權宇亨(1640- ？) | 九萬 | 霜巖 | 安東 | 신반 | 權濬 증손 |
| 權再亨(1641- ？) | 而逢 | | 安東 | 단성 | 權克亮 손자 |
| 權處亨(1646- ？) | 而逢 | 雙淸軒 | 安東 | | 權濤 손자 |
| 權就亨( ？- ？) | 處安 | | 安東 | | 權濮 증손 |
| 權太亨( ？- ？) | | | 安東 | | 權濬 증손 |
| 金 葆(1629- ？) | 章卿 | 聽天齋 | 善山 | 함양 | 金嶷立 아들 |
| 金□□(1635- ？) | 一卿 | 牧齋 | 善山 | 함양 | 金嶷立 아들 |
| 金百鍊(1642- ？) | 子精 | | 商山 | | |
| 金善兼(1634- ？) | 達夫 | 南溪 | | | |
| 金聲振( ？- ？) | 汝鳴 | | | | |
| 金有兼( ？ - ？) | 南叔 | | | | |
| 南壽星(1639- ？) | 箕叔 | | | | |

| | | | | | |
|---|---|---|---|---|---|
| 盧 澤(1639- ? ) | 聖源 | | | | |
| 盧碩賓(1639- ? ) | 大觀 | 芳谷 | 光州 | 초계 | |
| 朴尙圭(1621-1683) | 商卿 | 鏡川 | 羅州 | 삼가 | |
| 朴世章(1645- ? ) | 士彬 | | 密陽 | 단성 | |
| 朴崇圭(1635- ? ) | 康候 | 追齋 | | | |
| 成 橃(1648- ? ) | 彦卿 | | 昌寧 | | 성여신 증손 |
| 孫必大(1644- ? ) | 君聖 | | | | |
| 宋挺泰(1628- ? ) | 泰叟 | 雙棟軒 | 恩津 | 삼가 | |
| 宋挺弼(1625- ? ) | 弼卿 | 川上齋 | 恩津 | 삼가 | |
| 宋挺漢(1621- ? ) | 成叔 | | 恩津 | 합천 | 宋挺濂 동생 |
| 宋挺華( ? - ? ) | 和正 | 四吾堂 | 恩津 | 삼가 | |
| 宋之栻(1636- ? ) | 敬修 | | 恩津 | 삼가 | 송정렴 아들 |
| 梁天翼(1638- ? ) | 天卿 | 春窩 | 南原 | | 梁泰濟 아들 |
| 梁漢禎( ? - ? ) | 必有 | | | | |
| 柳東耆( ? - ? ) | 太卿 | | | | |
| 柳堯卿( ? - ? ) | 聖輔 | | | | |
| 柳雲鱗(1639- ? ) | 君擧 | | 全州 | 진주 | |
| 尹商衡( ? - ? ) | 元老 | | 坡平 | 합천 | |
| 尹亨商(1638- ? ) | 聖遇 | | 坡平 | | 尹銑 증손 |
| 尹亨泰(1642- ? ) | 泰來 | | 坡平 | 삼가 | |
| 李 茂( ? - ? ) | | | | | |
| 李 𧭛(1636- ? ) | 以益 | | 載寧 | 진주 | 李堈 손자 |
| 李 𧭦(1640- ? ) | 以聞 | 霽軒 | 載寧 | 진주 | 李堈 손자 |
| 李莒萬( ? - ? ) | 子愼 | 四吾堂 | 全州 | 진주 | 李培 손자 |
| 李景胤( ? - ? ) | 具瞻 | | | | |
| 李東柱(1629- ? ) | 汝敬 | | 陜川 | 단성 | 李光友 종현손 |
| 李東弼(1633- ? ) | 精卿 | | 陜川 | | 李光友 현손 |
| 李苓國(1635- ? ) | 子壽 | | 星山 | 진주 | |
| 李思溫( ? - ? ) | 和叔 | | | | |
| 李尙絅(1647- ? ) | 晦之 | | | | 李尙道 동생 |

| | | | | | |
|---|---|---|---|---|---|
| 李相五(1653- ?) | 正甫 | | 載寧 | 영해 | |
| 李尙弼( ? - ?) | 泰卿 | | | | |
| 李錫生( ? - ?) | 德而 | | | | |
| 李時益( ? - ?) | 益來 | | | | |
| 李榮震(1640- ?) | 吉長 | 勿齋 | 碧珍 | | 李屹 증손 |
| 李玉堅(1627- ?) | 子精 | | 仁川 | 함안 | |
| 李胤老(1645- ?) | 仁翁 | | 星州 | | 李耆國 아들 |
| 李胤彭(1639- ?) | 仁叟 | | 星州 | 단성 | 李壽國 아들 |
| 李章奎(1642- ?) | 汝彬 | | 載寧 | | 李玄栽 아들 |
| 李楚柱( ? - ?) | | | | | |
| 李漢柱(1644- ?) | 擎仲 | | | | |
| 田　䵺(1624- ?) | 時潤 | | 潭陽 | 의령 | 田國榮 아들 |
| 全氣正(1633- ?) | 而正 | 洛陰 | 全州 | 초계 | |
| 鄭景履(1646- ?) | 善綏 | 無薰軒 | 延日 | 진주 | 鄭枡 아들 |
| 鄭東耉( ? - ?) | 春卿 | | | | |
| 鄭斗齡(1636- ?) | 壽卿 | 三吾堂 | | | |
| 鄭世和( ? - ?) | | | | | |
| 鄭有禧(1633- ?) | 景綏 | 玉峰 | 海州 | 진주 | |
| 鄭持世( ? - ?) | 任伯 | | | | |
| 鄭會世(1641- ?) | 子久 | | | | 鄭喜新 손자 |
| 趙　泅( ? - ?) | 汝瀋 | | | | |
| 趙達三( ? - ?) | 達卿 | | | | |
| 趙錫圭(1648- ?) | 信叔 | 默齋 | | | |
| 趙晉三( ? - ?) | 晉卿 | | | | |
| 曹夏一(1650- ?) | 以貫 | | 昌寧 | | 曹晏 아들 |
| 曹夏銓(1627- ?) | 元甫 | | 昌寧 | 합천 | 조정립 손자 |
| 曹夏賢(1633- ?) | 士希 | | 昌寧 | 합천 | 조정립 손자 |
| 曹漢相( ? - ?) | 巨卿 | | 昌寧 | | 曹慶洪 종증손 |
| 曹漢翼( ? - ?) | 舜汝 | 山陰齊 | 昌寧 | | 曹慶洪 증손 |
| 曹漢柱( ? - ?) | 敬宇 | | 昌寧 | | 曹慶洪 종증손 |

| | | | | | |
|---|---|---|---|---|---|
| 崔明翼( ? - ?) | 德顯 | | | | |
| 崔宇碩(1645- ?) | 頎叔 | | 慶州 | | 崔起宗 아들 |
| 崔宇昌( ? - ?) | 長卿 | | 慶州 | | 崔綱 아들 |
| 崔宇卓( ? - ?) | 立卿 | | 慶州 | | 崔綱 아들 |
| 河 楸(1747- ?) | 德彦 | 台軒 | 晉陽 | | 河受一 증손 |
| 河 涷( ? - ?) | 宗海 | | 晉陽 | | 河惺 손자 |
| 河 瀛( ? - ?) | 君海 | | | | |
| 河 泳(1649- ?) | 子涵 | | 晉陽 | | 河弘度 아들 |
| 河 楪(1651- ?) | 子貞 | | 晉陽 | | 河潛 손자 |
| 河 橧( ? - ?) | 夏仲 | | | | |
| 河 灝(1643- ?) | 汝海 | | 晉陽 | 진주 | 河㤄 손자 |
| 河 泂(1649- ?) | 景海 | | 晉陽 | | 河㤄 손자 |
| 河廣潤( ? - ?) | 泰升 | | | | |
| 河大潤(1649- ?) | 泰而 | | 晉陽 | | 河仁尙 손자 |
| 河 楪(1647- ?) | 子亨 | | 晉陽 | | 河潛 손자 |
| 河世潤(1640- ?) | 泰章 | | 晉陽 | | 河仁尙 손자 |
| 河世熙(1647- ?) | 嶧如 | 石溪 | 晉陽 | 진주 | 河受一 현손 |
| 河潤字(1648- ?) | 澤甫 | | 晉陽 | | 河憕 증손 |
| 河潤寅(1650- ?) | 澤乎 | | 晉陽 | | 河惺 증손 |
| 河自濚(1646- ?) | 叔長 | | 晉陽 | | 河璿 아들 |
| 河海量( ? - ?) | 斗卿 | | 晉陽 | | 河溰 아들 |
| 河海壽(1648- ?) | 成卿 | | 晉陽 | | 河鍵 아들 |
| 河海逸(1631- ?) | 安卿 | | | | |
| 韓德有( ? - ?) | 天與 | | | | 韓時泰 조카 |
| 許 鎬(1639- ?) | 尙遠 | 梅窩 | 金海 | | 許洪材 증손 |
| 許 鍼(1637- ?) | 成遠 | 遯巖 | 金海 | 의령 | 許洪材 증손 |
| 許 垠(1627- ?) | 和叔 | 道庵 | 金海 | 삼가 | 許燉 아들 |
| 許 熙(1629- ?) | 嶧如 | 爀臨齋 | 金海 | 의령 | 許洪器 아들 |
| 黃夏鼎( ? - ?) | 士重 | | | | |

# 4

## 문묘종사文廟從祀 청원

문묘(文廟)는 유학의 종사(宗師)인 공자(孔子) 및 그 후학들의 위패를 모시고 제사를 지내는 사당이다. 조선시대 국립학교인 성균관과 향교는 제향공간인 대성전(大成殿)과 강학공간인 명륜당(明倫堂)으로 구성되어 있다. 문묘는 바로 대성전을 일컫는 말이다.

조선시대 문묘는 1398년에 완공되었다. 공자를 중앙에 모시고, 그 앞에 안자(顔子) · 증자(曾子) · 자사(子思) · 맹자(孟子)를 모시고, 그 밑에 공자 문하 10철(哲) 및 송나라 때 6현(賢)을 모시고, 좌우 양무에 공자의 70대 제자, 중국 역대 현인, 우리나라 18현을 배향하고 있다. 우리나라 18현은 신라시대 최치원(崔致遠) · 설총(薛聰), 고려시대 안유(安裕) · 정몽주(鄭夢周), 조선시대 김굉필(金宏弼) · 정여창(鄭汝昌) · 조광조(趙光祖) · 이언적(李彦迪) · 이황(李滉) · 이이(李珥) · 성혼(成渾) · 김장생

(金長生)·송시열(宋時烈)·송준길(宋浚吉)·박세채(朴世
采)·조헌(趙憲)·김집(金集)·김인후(金麟厚) 등이다.

조선시대 문묘종사에 대한 청원은 사림정치가 시작된
선조 대에 일어났다. 1570년(선조 3) 성균관 유생들이
도학을 일으킨 김굉필·정여창·조광조·이언적 등 4현
을 문묘에 종사해 달라는 상소를 하면서 시작되었다. 그
리고 1570년 11월 이황이 별세하자, 이황을 포함하여
5현의 문묘종사를 청하면서 본격화되었다. 그러나 선조
가 결정을 내리지 않아 이루어지지 않았다. 광해군이 즉
위한 뒤 다시 공론이 일어났다. 1610년(광해2) 성균관 유
생들의 주도로 5현의 문묘종사 청원이 있자, 광해군이
이를 받아들여 대신들의 동의를 얻어서 그해 9월 5현을
문묘에 종사하게 하였다.

그러자 남명의 문인 정인홍(鄭仁弘)은, 남명을 정통 유
학자라고 보지 않았던 이황은 종사되고 남명은 빠진 것
에 대해 분개하여 이언적과 이황을 비판하는 이른바 「회
퇴변척소(晦退辨斥疏)」를 올렸다. 그 요지는 이언적과 이
황이 아니라, 조식과 성운이 문묘에 종사되어야 한다는
내용이었다.

남명이 문묘종사에서 제외되자, 1615년부터 각지에서
남명의 문묘종사를 청하는 상소가 이어졌다. 『조선왕조
실록』에 보이는 남명의 문묘종사 청원 기록을 간략히 정

리하면 다음과 같다. 1)

| 날짜 | 상소자 | 내용 |
|---|---|---|
| 1615년(광해 7) 3월 23일 | 河仁尚(경상도 생원) 등 | 문묘종사청원, 鄭逑가 首論 |
| 1615년(광해 7) 6월 23일 | 閔潔(성균관 유생) 등 | 문묘종사청원 |
| 1615년(광해 7) 윤8월 22일 | 李衎(공홍도 생원) 등 | 문묘종사청원 |
| 1615년(광해 7) 9월 9일 | 羅元吉(南平 생원) 등 | 문묘종사청원 |
| 1616년(광해 8) 8월 26일 | 沈之淸(성균관 유생) 등 | 문묘종사청원 |
| 1617년(광해 9) 7월 13일 | 승정원 | 문묘종사 마땅 |
| 1617년(광해 9) 7월 16일 | 부제학 李好信 등 | 문묘종사 마땅 |
| 1617년(광해 9) 7월 19일 | 사헌부 | 문묘종사 마땅 |
| 1617년(광해 9) 9월 4일 | 李德茂(생원) | 문묘종사청원 |
| 1617년(광해 9) 9월 10일 | 柳震楨(합천 생원) 등 | 문묘종사청원 |
| 1617년(광해 9) 9월 21일 | 사헌부 | 문묘종사청원 |
| 1617년(광해 9) 9월 25일 | 홍문관 | 문묘종사청원 |
| 1617년(광해 9) 10월 1일 | 楊時益(전라도 생원) 등 | 문묘종사청원 |
| 1617년(광해 9) 10월 1일 | 柳義男(성균관 유생) 등 | 문묘종사청원 |
| 1617년(광해 9) 10월 4일 | 한양 四學 유생 | 문묘종사청원 |
| 1617년(광해 9) 10월 25일 | 柳震楨(경상도 생원) 등 | 문묘종사청원 |
| 1617년(광해 9) 10월 27일 | 鄭瀾(전라도 유학) 등 | 문묘종사청원 |
| 1617년(광해 9) 10월 28일 | 柳馨春(공홍도 유생) 등 | 문묘종사청원 |
| 1617년(광해 9) 11월 17일 | 鄭晩(유학) | 문묘종사청원 |
| 1617년(광해 9) 12월 9일 | 申尚淵(전라도 유학) | 문묘종사청원 |
| 1620년(광해 12) 8월 20일 | 禹舫(성균관 유생) | 문묘종사청원 |
| 1620년(광해 12) 8월 21일 | 禹舫(성균관 유생) | 문묘종사청원 |
| 1883년(고종 20) 12월 8일 | 張祐遠(경상도 생원) 등 | 문묘종사청원 |

1) 최석기, 『조선왕조실록』에 보이는 남명 조식 2』, 경인문화사,
2009, 85~128쪽 참조.

『덕천서원지』에 실린 문묘종사청원 상소는 각지·각사 (各司)에서 올린 상소를 분류해 수록하고 있는데, 이를 다시 정리하면 다음과 같다.

| 날짜 | 상소자 | 내용 |
|---|---|---|
| 1614년(광해 6) 12월 | 李宗立(경상도 생원) 등 | 경상도 유생 一疏 |
| 1615년(광해 7) 3월 23일 | 河仁尙(진주 생원) 등 | 경상도 유생 二疏 |
| 1615년(광해 7) 3월 25일 | 河仁尙(생원) 등 | 경상도 유생 三疏(高靈疏) |
| 1615년(광해 7) | 李芨(생원) 등 | 경상도 유생 四疏 |
| 1615년(광해 7) | 하인상, 이종립 등인 듯함 | 경상도 유생 五疏 |
| 1615년(광해 7) | 개성부 유생 李隣 등 | 개성부 유생 상소 |
| 1615년(광해 7) 6월 23일 | 성균관 유생 閔潔 등 | 성균관 유생 一疏 |
| 1615년(광해 7) | 성균관 유생 | 성균관 유생 二疏 |
| 1615년(광해 7) | 성균관 유생 | 성균관 유생 三疏 |
| 1615년(광해 7) | 성균관 유생 | 성균관 유생 四疏 |
| 1615년(광해 7) | 성균관 유생 | 성균관 유생 五疏 |
| 1616년(광해 8) 8월 | 성균관 유생 | 성균관 유생 六疏 |
| 1616년(광해 8) 8월 26일 | 성균관 유생(沈之淸 등) | 성균관 유생 七疏 |
| 1616년(광해 8) 8월 | 공홍도 생원 李術 등 | 충청도 유생 상소 |
| 1617년(광해 9) 9월 20일 | 성균관 유생(禹惇·朴明胤 등) | 성균관 유생 一疏 |
| 1617년(광해 9) | 성균관 유생(柳昌吉 등) | 성균관 유생 二疏 |
| 1617년(광해 9) | 성균관 유생(鄭期造 등) | 성균관 유생 三疏 |
| 미상(1617년인 듯함) | 四學 유생 | 四學 유생 一疏 |
| 미상(1617년인 듯함) | 四學 유생 | 四學 유생 二疏 |
| 1617년(광해 9) 9월 4일 | 공홍도 생원 李德茂 등 | 충청도 유생 一疏 |
| 미상(1617년인 듯함) | 이덕무인 듯함 | 충청도 유생 二疏 |
| 1617년(광해 9) 10월 27일 | 부여 유생 柳馨春 등 | 충청도 유생 三疏 |
| 1617년(광해 9) 10월 | 裵輔德 | 擬疏 |
| 1617년(광해 9) 9월 | 전라도 생원 辛敬業 등 | 전라도 유생 一疏 |

| 미상(1617년인 듯함) | 전라도 유생 辛敬業 등 | 전라도 유생 二疏 |
|---|---|---|
| 1617년(광해 9) 11월 | 전라도 진사 丁駿 등 | 전라도 유생 상소 |
| 1617년(광해 9) 12월 9일 | 전라도 유생 申尙淵 등 | 전라도 유생 상소 |
| 1617년(광해 9) 9월 | 홍문관 | 箚子 |
| 1617년(광해 9) 10월 | 사헌부 | 啓請 |
| 1617년(광해 9) 10월 | 사간원 | 箚子 |
| 1618년(광해 10) | 전라도 나주 진사 朴文煥 등 | 전라도 유생 상소 |
| 1620년(광해 12) 8월 20일 | 성균관 생원 禹舫 등 | 성균관 유생 一疏 |
| 1620년(광해 12) 8월 23일 | 성균관 생원 禹舫 등 | 성균관 유생 二疏 |
| 1620년(광해 12) 8월 24일 | 성균관 생원 禹舫 등 | 성균관 유생 三疏 |
| 1620년(광해 12) | 성균관 생원 禹舫 등 | 성균관 유생 四疏 |
| 1629년(인조 7) 10월 27일 | 전라도 생원 楊時益 등 | 전라도 유생 상소 |

맨 뒤에 있는 1629년(己巳) 전라도 생원 양시익(楊時
益) 등의 상소는 1617년(丁巳)의 오기인 듯하다.

이상의 도표를 통해 볼 때 남명을 문묘에 종사시켜 달
라고 청원한 상소는 1615년부터 본격적으로 제기되어
1620년까지 6년 동안 지속된 것을 알 수 있다. 상소한 사
람은 경상도 유생은 물론, 전라도·충청도·한양·개성
부 유생 등 전국적인 현상을 보이고 있다. 또한 조정의
이른바 삼사(三司)라고 하는 홍문관·사간원·사헌부 및
승정원에서도 문묘종사를 청원하고 있다. 광해군 대에는
남명학파 인사들이 속한 북인(北人)이 정권을 잡고 있었
기 때문에 조정의 젊은 관료들도 이런 논의를 한 것으로
보인다.

이 가운데 1615년 경상도 진주 생원 하인상(河仁尙) 등

남명선생 문묘종사 청원 상소문

南冥先生請廡躋疏本抄 一

生貟臣河仁尙等誠惶誠恐頓首頓首謹沐百拜上書于

伏以國以道而尊道以學而殺爲國

而不尙乎斯則國不國而道不道矣然而國不可

以虛行學不可以自明必有命世真儒作爲道學之主宰作

斯文之準的然後道斯經而學斯明紀綱以之而不墜邦國賴之

而不夷人爲人爲國爲眞儒之於國家其重且大乎是故

古之明君尊尙之無間存歿亨而與之同時則師之而不臣焉

有議則咨之而言則受之不幸而沒則不得與之同堂則退慕而欽

想之以祟祀事之以明禋大其意豈徒然我盖以爲不如是

無以盡吾樂道尊賢之心而示後學矜式之方矣是以聖門七十

이 올린 상소문 가운데 남명의 학문에 대해 언급한 대목을 인용해 본다.

조식의 학문은 반드시 육경과 사서로 근본을 삼고 주자(周子)·정자(程子)·장자(張子)·주자(朱子)로 법도로 삼아 자신에 돌이켜 몸으로 징험하여 실지(實地)에서 실천하였습니다. 마음을 붙잡고 보존하는 것이 조금이라도 소홀히 할까 두려워한 점에 있어서는 성현의 초상을 그려 방안의 벽에 걸어놓았고, 성찰을 혹시라도 게을리 할까 염려한 점에 있어서는 방안의 벽에다 경의(敬義) 두 자를 써 붙였습니다. 부지런히 이를 보고 마음을 살펴 시종일관 조금도 틈이 없었습니다. 앎이 이미 정밀했는데도 더욱 정밀하기를 구했고, 실천을 이미 힘쓰면서도 더욱 그 힘을 극진히 했습니다. 문을 닫고 책을 보면서 정신을 모으고 마음으로 융회관통하였습니다. 『학기유편』에 그 글이 있고, 「신명사도」에 그 명(銘)이 있습니다. 천도(天道)·천명(天命)·조도(造道)·입덕(入德)의 도표에 있어서도 사람을 가르치고 학문을 하는 방도 아닌 것이 없습니다. 그러니 그가 사문에 공이 있는 것은

**182**
덕천서원

실로 옛날의 진유(眞儒)에 부끄러움이 없습니다.

 하인상 등의 상소문을 보면, 남명을 김굉필·정여창
·조광조·이언적·이황 등 5현과 함께 나란히 도학을
전한 인물로 보아 '6현'이라고 일컫고 있다.
 남명의 문묘종사를 청한 상소문 가운데 1883년 경상

남명선생 문묘종사 청원 상소문

도 생원 장우원(張祐遠) 등이 올린 상소는 그 내용이 매우 충실하다. 이 상소문은 남명의 도학자적 학덕을 거론한 뒤, 선조와 정조의 사제문, 이황·성운·이이·김성일·김우옹·정구·정온·송시열 등이 남명의 학덕을 논평한 것을 모두 거론하며 문묘종사의 합당성을 주장하고 있다.

남명의 문묘종사는 남명학파 인물이 조정에 출사해 있던 광해군 대에 이루어졌어야 했다. 그런데 정인홍이 이언적과 이황을 비판함으로써 다른 학파의 지지를 받지 못하여 안타깝게도 성사되지 못하였다. 1623년 인조반정으로 북인정권이 무너지고 남명학파도 권력에서 배제됨으로써 문묘종사 청원도 일어나지 못하였다. 18세기 이후로는 남명학파가 극도로 침체되어 문묘종사를 청원할 만한 구심점이 없었다.

## 덕천서원에서 느낀 선인들의 감회

## 1. 임진왜란으로 소실된 서원 터에서

덕천서원은 1576년 창건된 뒤 불과 15년 만인 1592년 왜구에 의해 소실되는 비운을 맞이하였다. 이때 사우(祠宇)·주사(廚舍)만 남고 모두 불에 탔는데, 그것마저도 1597년 정유재란 때 소실되었다. 덕천서원이 잿더미로 변한 것은 이 지역 남명학파에게는 커다란 충격이 아닐 수 없었다. 당시의 이 비참한 모습을 남명의 재전 문인 하수일(河受一, 1553-1612)은 아래와 같이 노래하였다.

임진왜란 뒤 처음 덕천서원을 찾았는데,
시냇가에는 오직 정자만 덩그렇게 남았네.
서직이 새로 무성히 난 것을 보고 놀라고,
발길은 옛날 서원 뜰이 어디인지 모르겠네.

여러 유생들이 글을 읽던 소리 생각나고,

중정일에 제사를 지내던 일이 떠오르네.

천왕봉은 오히려 미동도 않고 서 있는데,

구름 밖으로 몇몇 봉우리가 푸르기만 하네.

| | |
|---|---|
| 亂後初尋院 | 溪頭獨有亭 |
| 眼驚新黍稷 | 行失舊明庭 |
| 絃誦思多士 | 蘋蘩憶仲丁 |
| 天王猶不動 | 雲外數峰靑[1] |

  하수일(河受一)은 남명의 문인 하항(河沆)의 조카로 진주 수곡에 살았다. 그는 1589년 생원시에 합격하고, 1591년 문과에 합격하여 형조 정랑 등을 지냈으며, 문장으로 당대에 이름이 난 학자였다. 「덕천서원을 지나며 서원이 모두 불에 타고 유독 세심정만 남아 있는 것을 보고서 감회가 있어」라는 이 시의 제목에서 알 수 있듯이, 작자는 불에 타 폐허가 된 덕천서원 터에서 비감에 젖어 푸른 산봉우리만 바라보며 한탄을 하고 있다. 이 시를 보면, 1592년 덕천서원이 소실될 때 세심정은 남아 있었던 것을 알 수 있다. 그런데 『덕천서원지』에 1611년 사우를 다시 중수하고 그 목재를 가져다 세심정 터에다 취성정을 지었다고 한 기록을 보면, 세심정은 정유재란 때 사

---

1) 河受一, 『松亭集』 권1, 「過德山書院 院盡灰 獨洗心亭在 仍有感」.

우·주사와 함께 불에 탄 듯하다.


## 2. 덕천서원을 복원하며

   임진왜란이 끝나자 곧바로 지역 유림들은 덕천서원 복
원에 힘을 모았다. 1601년 진주목사 윤열(尹說)이 지역
유림들과 의논해 복원하기로 결의하였다. 그리하여 이정
(李瀞)·진극경(陳克敬)·하징(河憕) 등이 적극적으로 주
선하여 사우부터 중건하여 위패를 봉안하였고, 차례로
강당·동서재 등을 완공하였으며, 1611년 사우를 다시
증축하고 문루와 취성정까지 복구하였다. 당시 이 복원
사업을 주도한 인물 중 한 사람인 진극경(陳克敬, 1546-
1617)은 아래와 같은 시를 남겼다.


   덕산 산 아래는 선생이 소요하시던 곳,

   병화를 겪은 뒤에 사당을 새로 중건했네.

   춘추의 향사 때 제사지내는 예를 밝히면,

   사석에 임하신 듯하여 공경히 예를 올리리.

   德山山下杖屨所　　祠屋重新劫火餘

   春秋俎豆明禋禮　　如復函筵敬揖裾[2]

------

2) 陳克敬, 『栢谷實記』 권1, 「重修德川書院」.

덕천서원

　진극경은 1568년부터 남명의 문하에 출입한 문인으로 덕천서원을 복원하는 데 앞장섰으며, 1610년 덕천서원 원장을 역임하였다. 덕천서원 복원에 주도적 역할을 한 인물 중 한 사람이었으니, 그의 감회는 남달랐을 것이다. 그는 남명에게 직접 배우며 그 풍모를 눈으로 본 사람이니, 제사를 지낼 적에 선생이 다시 살아계신 듯한 느낌을 받았을 것이다.

　진극경 등이 덕천서원을 복원하는 일을 처음 시작할 때, 그 소식을 접한 함안에 살고 있던 박제인(朴齊仁, 1536-1618)은 감격하여 아래와 같은 시를 읊었다.

　따비와 수레로 재를 퍼내고 깨진 기와 정돈하여,
　서원을 중수하니 완연한 옛 모습 거의 되찾으리.

정신이 성대하여 하늘을 오르고 내리는 듯하며,

제기는 잘 진설되어 공손하고 경건함 엄숙하리.

천왕봉의 푸른빛은 옛 모습 그대로 푸를 테고,

밝고 텅 빈 못의 물도 근원 있는 옛 모습이리.

오직 바라건대 천추의 세월에 항상 변함없어,

청결한 술과 정성스런 제물 예에 허물없기를.

| | |
|---|---|
| 畬灰輩爐整頹甎 | 棟宇重新尙宛然 |
| 精爽洋洋如陟降 | 豆籩秩秩儼恭虔 |
| 天王蒼翠昔顏面 | 潭水澄虛舊源泉 |
| 惟願千秋恒勿替 | 潔尊肥俎禮無愆[3] |

---

3) 朴齊仁, 『篁嵒集』 권1, 「德川書院 被兵 十年 陳君景直 慨然厲志幹
事重建 千里遙想 感歎不已 遂吟一律 遠寄慰懷 -景直 名克敬 號柏
谷 晉州人-」

박제인은 복원하는 현장을 상상하면서 서원을 복원한 뒤 도학의 연원이 있는 곳으로 제 모습을 되찾고 영원히 향사가 그치지 않기를 기원하고 있다.


## 3. 덕천서원을 찾아와서

1611년 완전히 옛 모습을 되찾은 덕천서원은 그 뒤 1690년 중수를 하고, 1796년 다시 중수를 하여 온전히 보존되었다. 덕천서원은 남명학파 학자들의 정신적 귀의 처로서 한번쯤 찾아와 배알을 하던 곳이었다. 또한 남명 학파가 아니더라도 지리산 천왕봉 아래 산수가 빼어난 곳에 위치하여, 지리산을 유람하거나 지나가는 과객들이 찾아왔던 곳이다. 더구나 이곳은 점점 도학의 성지로 인식되어 도가 무너져가는 시대의 지식인들은 덕천서원에 찾아와 남명에게 배알을 하고 도를 부지할 수 있는 방도를 묻기도 하였다. 여기서는 덕천서원이 1870년 훼철되기 전까지 유자들이 찾아와 느낀 감회를 노래한 시를 통해 그들의 지향을 살펴보고자 한다.

1611년 덕천서원이 완전히 복원되고 사액이 내려진 뒤, 함안에 살던 조임도(趙任道, 1585-1664)는 덕천서원을 찾아와 아래와 같이 읊었다.

남쪽 고을의 두 분 징사,

산해 선생과 수우당 선생일세.

세상에 은둔해도 근심이 없었지만,

시대를 걱정함은 또 잊지 않으셨네.

완악한 자도 청렴하게 한 풍도 아득해지고,

격렬하고 혼탁한 길만이 깊고도 길구나.

그 고상함이 인륜의 명교를 부지했으니,

어찌 굳이 제왕을 섬길 필요가 있으리.

南州兩徵士　　山海與愚堂

遯世雖無悶　　憂時亦不忘

廉頑風緬邈　　激濁道深長

高尙扶名敎　　何須事帝王[4]


　조임도는 함안 출신으로 장현광(張顯光)에게 수학하였
다. 그는 남명학파의 일원이 아니었지만, 남명학의 영향
을 다분히 받았다. 조임도는 남명을 세상에 은둔해도 시
대를 걱정한 학자로 보며, 인륜의 명교를 부지한 청렴한
풍도를 추앙하고 있다. 무도한 시대에 현실정치권에 나
아가지 않았지만 현실을 등지지 않고 늘 걱정했다는 점,
그리고 그런 암울한 시대에 명교를 부지하여 청렴한 삶
의 의미를 세상에 전파했다는 점을 높이 여기고 있다.

---

4) 趙任道, 『澗松集』 권1, 「尋德川書院」.

덕산에서 바라본 천왕봉 위용

　　17세기 초 문후(文後, 1574-1644)는 덕천서원에 찾아와
배알하고서 아래와 같이 감회를 노래했다.

　　방장산 비로봉은 하늘 끝에 꽂힌 듯한데,
　　연꽃 같은 수려한 모습 응축한 듯 빼어나네.
　　낮은 봉우리 언덕 굽어보니 수많은 나무들이,
　　높은 경지 배우지 못해 절로 앞에 둘러선 듯.

　　方丈毗盧揷震躔　　　芙蓉秀色獨凝然
　　俯視岡巒千幹葉　　　學高不得自環前[5]

　　문후는 정구(鄭逑) 등에게 수학한 남명학파 인물이다.
이 시의 비로봉은 천왕봉을 가리키는 듯하다. 문후는 천

5) 文後,『練江齋集』권1,「謁德川院 有感」.

왕봉을 남명의 도덕과 정신에 비유하여 위와 같이 노래한 것으로 보인다.

하홍도(河弘度, 1593-1666)는 경상우도 지역에서 남명 이후 제일인자로 일컬어진 대학자이다. 그는 현 하동군 옥종면 안계에서 살았으며, 하수일(河受一)에게 수학하여 남명의 삼전문인에 해당한다. 그는 덕천서원에 찾아와 아래와 같이 노래했다.

선생 돌아가신 뒤 옛날에 서원을 세워서,
해마다 춘추로 중정일<sup>6)</sup>에 제사를 올렸네.
경의학은 예로부터 전한 것을 인한 것이고,
진덕과 수업 여러 경전에서 고찰한 것이네.
예의는 실질을 행하여 성실을 말미암고,
서속밥 오직 향기로워 덕향이 남아 있네.
동서 재실의 계단은 가지런한 줄 알겠고,
세심정 눈에 환하니 영령이 살아계신 듯.

山頹昔日立宮庭　　歲歲春秋薦仲丁
敬義學仍傳自古　　進修模是考諸經
禮儀爲實由誠實　　黍稷惟馨在德馨
齋室階梯知井井　　洗心明眼賴英靈<sup>7)</sup>

---

6) 중정일(仲丁日) : 음력 2월과 8월의 두 번째 정일(丁日)을 말함.
7) 河弘度,『謙齋集』권1,「德川書院」.

진덕(進德)과 수업(修業)은 『주역』 건괘 문언(文言)의 "군자는 덕에 나아가고 학업을 닦는다. 충신(忠信)은 덕에 나아가는 방법이고, 글을 지으면서 진정한 말을 하는 것이 학업에 거처하는 방법이다."라고 한 데서 연유한 것으로, 남명이 그린 「역서학용어맹일도도(易書學庸語孟一道圖)」에 학문의 두 축으로 제시한 것이다. 마음가짐을 진실하고 신의 있게 하는 것이 덕으로 나아가는 길이고, 마음속의 생각을 표현하고 실천할 적에 진실을 드러내는 것이 학업을 닦는 길이다. 덕천서원 동서재는 처음에 경재(敬齋)·의재(義齋)라고 명명했다가, 경의당의 강당 이름과 중복되는 데다 남명이 평소 즐겨 말한 진덕과 수업이 학자의 공부에 합당하기 때문에 진덕재·수업재로 바꾼 듯하다.

하홍도는 경·의로 집약된 남명학과 공부 방법으로 제시한 진덕·수업의 의미를 되새기며, 성심(誠心)을 가득 채우고 예의를 실천하는 덕천서원의 학풍을 노래하였다. 아마도 이 시는 향사를 지낼 때 제관들의 정성어린 마음가짐과 거동을 보고서 노래한 듯하다. 그는 1644년 덕천서원 추향(秋享) 때 조겸(趙㻩, 1569-1652)이 지은 시에 차운하여 또 아래와 같이 읊었다.

큰 산 기슭의 천년토록 전해진 곳에서,
취했다가 깨어나 사흘 동안 머물렀네.

의지해 귀의하니 분수 있음 알겠고,

묘하게 합하니 어찌 말미암지 않으리.

거의 안연처럼 되기를 생각했으니,

국량과 재주는 염구를 비웃었네.

어르신이 이런 도덕을 마련해 놓으시어,

미천한 사람들 거두어주심 다행히 입네.

| 嶽麓千年地 | 醉醒三日留 |
|---|---|
| 依歸知有數 | 妙契豈無由 |
| 殆庶思顔氏 | 局才笑冉求 |
| 丈人能辦此 | 賤子幸蒙收[8] |

---

8) 河弘度, 『謙齋集』권2, 「次趙鳳岡德川秋享韻」.

이 시의 '큰 산'은 남명을 의미하는 뜻일 것이다. 하홍
도는 덕천서원에서 사흘 동안 머물며 마음속으로 큰 깨
달음을 얻은 듯하다. '묘하게 합했다'는 시어가 이를 암시
해주고 있다. 그리고 남명이 안연처럼 되기를 꿈꾸며 부
단히 극기복례하여 도덕을 부지하는 정신문화를 건설해
놓은 점에 대해 매우 감격스러워하고 있다.

이 시에 보이는 '취성(醉醒)'이라는 말은 굴원(屈原)의
「어부사(漁父詞)」에 "온 세상 사람들이 모두 혼탁한데 나
만 유독 깨끗하고, 대중들이 모두 취하여 있는데 나만 유
독 깨어 있었네. 이 때문에 나는 추방된 것이네."라고 한
데서 취한 것으로, 온 세상 사람들이 혼몽한 상태로 취
해 있는 것처럼 정신이 흐리멍덩하더라도 나의 정신은
또렷이 깨어 있겠다는 뜻이다.

이 취성이라는 말은 남명의 문인 최영경이 세심정을
취성정으로 바꾸면서 널리 쓰인 듯하다. 남명의 「신명사
도」를 보면 현실에 대한 인식과 분별이 없는 상태를 귀
(鬼)·몽(夢)으로 표현하고 있다. 이는 『대학』을 해석할
적에 '격물치지(格物致知)는 혼몽(昏夢)과 각성(覺醒)이 나
누어지는 관문이고, 성의(誠意)는 인간(人間)과 귀신(鬼
神)이 구별되는 관문이다.'라고 한 데에서 취한 것이다.
즉 이런 남명의 학문정신과 현실대응을 최영경이 남명정
신의 중요한 특징으로 부각시켜 취성이라고 한 것이다.

18세기는 경상우도 남명학파의 학문이 극도로 침체되

었던 시기이다. 18세기 초 단성 사월리에 살았던 권중도 (權重道, 1680-1722)는 권규(權逵)의 6세손으로, 이현일(李玄逸)의 문하에 나아가 수학한 남인계 학자이다. 그는 덕천서원에서 감회를 다음과 같이 노래하였다.

인산(仁山)은 빼어나고 지수(智水)는 맑은데,
이 유학의 도 천년토록 후생을 흥기시키네.
입덕문이 열려 있어 정로를 찾을 수 있고,
세심정 예스러워 높은 명성 우러를 수 있네.
산수가 완연히 선현의 자취를 간직하고 있어,
글 읽는 소리 학덕 높은 분 소리처럼 은미하네.
한 정맥의 연원이 오늘날 추락하려고 하니,
솔바람과 오동나무의 달 모두 감정을 띠었네.

仁山智水秀而淸　　　斯道千年起後生
入德門開尋正路　　　洗心亭古仰高名
林泉宛帶先賢躅　　　絃誦微茫大雅聲
一脉淵源今欲墜　　　松風梧月摠含情[9]

작자는 덕산의 산수를 통해 공맹의 도를 떠올리면서, 남명의 도학을 공맹의 도가 전한 맥락으로 인식하고, 남명의 도학이 있는 덕산으로 들어가는 길을 정로(正路)로 보고

---

9) 權重道, 『退庵集』권1, 「德川書院 次申上舍-命耆-韻」.

있다. 그리하여 그는 덕산을 공맹의 도를 전한 도학의 연원으로 인식하고 있다. 그러나 시인의 눈에 비친 당대의 분위기는 쓸쓸하기만 하다. 시인은 남명의 도학이 추락하는 현실을 슬퍼하여 오동나무에 걸린 밝은 달과 소나무에서 부는 청량한 바람조차 침울한 모습으로 그려내고 있다.

18세기는 남명학파가 몰락하여 경상우도 사림들이 매우 위축되었던 시기이다. 18세기 초 남도를 유람하며 덕천서원을 찾아온 기호학파의 김창흡(金昌翕, 1653-1722)은 덕천서원을 처음 보고서 "아름답구나 산수가 잘 어우러진 자리, 진실로 은자가 선택한 땅으로 알맞네."라고 노래하고서 "서원 앞을 지나는데 글 읽는 소리 들리지 않고, 떨어지는 해가 대문을 쓸쓸히 비추고 있네."라고 노래하였다. 이를 통해서도 18세기 초 덕천서원에서 글 읽는 소리가 끊어진 것을 짐작할 수 있다.

德川師友淵源錄

凡例

一本錄係先德川院史儒門一典故世自南冥老先生
師友門人至私淑諸賢為一統載錄故總以目之曰
德川師友淵源錄

一老先生淵源舊有无悶堂先生朴公絪所纂本而
河謙齋弘度趙松任 道林林谷真德三先生亦嘗
叅校寫三元問菴謫齋有殘本
英廟甲申道人士叢金上
舍整出上舍朴新晏加修正然仍舊板塗改而止不
及改刊寫有阪文本 蓋其為書依伊洛淵源錄例各位

『덕천사우연원록』

김창흡은 남명을 떠올리며 아래와 같이 노래를 이어
나갔다.

이러한 충만한 생각을 가져다가,
서원에 모셔진 선생에게 올리기를 원하네.
방심을 구하는 데는 혹 느리고 급함이 있고,
물을 건너는 방도에는 깊고 얕음이 있네.
성성자라는 방울은 혼몽함을 깨뜨리는 것,
번쩍이는 경의검은 시퍼런 섬광을 드러내네.
번뇌를 떨쳐버리고 잠시 귀를 기울여,
깊이 나아가 참된 견해를 기다리네.
끊임없이 흘러내리는 무이산의 물결이여,
흘러가며 적시는 것 어찌 두루 미치지 않으리.

| | |
|---|---|
| 持玆沖瀜意 | 願爲院師薦 |
| 求心或緩急 | 涉道有深淺 |
| 惺惺鈴破夢 | 閃閃劍露電 |
| 抖擻亦暫耳 | 深造待眞見 |
| 源源武夷波 | 游泳豈未遍[10] |

김창흡은 영의정을 지낸 김수항(金壽恒)의 아들이며 김
창협(金昌協)의 아우로서 이단상(李端相)에게 수학한 인

---

10) 金昌翕, 『三淵集』 권8, 「晉州曹南冥書院」.

물이다. 그는 진사시에 합격한 뒤 은거하여 학문에 전념하는 한편 전국을 유람하며 수많은 시를 남긴 인물이다. 그는 남명이 심성수양의 도구로 쓴 성성자와 경의검을 떠올리며 그 가르침을 듣고자 하는 마음을 드러내고 있다. 그리고 남명의 학문을 주자가 은거했던 무이산에서 연원한 것으로 보아, 그 영향이 끊임없이 미치고 있는 점을 추앙하고 있다.

신명구(申命耉, 1666-1742)는 경북 인동(仁同) 약목(若木) 출신이다. 장현광(張顯光)의 문인인 신후덕(申厚德)의 손자로 1619년 생원시와 진사시에 모두 합격하였으나 문과에는 급제하지 못하였다. 그는 부친이 당한 억울한 사건으로 인해 1716년부터 지리산 덕산에 와 10여 년 동안 우거하였으며, 1735년에는 덕천서원 원장을 지냈다. 그가 지은 아래의 시는 아마도 덕천서원 원장으로 있을 때 지은 듯하다.

날아갈 듯한 사당이 푸른 시냇가에 있으니,
징사의 밝은 풍도 백대에 걸쳐 전해지리.
경의를 종지로 한 옛날 공부 정맥을 부지했고,
은거하여 수양한 남은 교화 유생들에게 남겼네.
태산 같은 추상열일의 기상을 다투어 추앙하니,
활발한 물의 참된 근원을 세상에 누가 없애리.
신음하는 병으로 여러분들 뒤를 따르지 못하니,

나그네의 회포 오늘 또 다시 기쁨이 없습니다.

翼然祠宇碧溪灣　　徵士淸風百代間

敬義舊功扶正脉　　藏修餘化屬儒冠

泰山秋氣人爭仰　　活水眞源世執拚

吟病莫趂衿珮後　　客懷今日更無歡[11]

'징사(徵士)'는 남명을 가리킨다. 신명구는 경의로 대표되는 남명의 학문을 유학의 정맥(正脈)을 부지한 것으로 높이 평가하고 있다. 그리고 태산처럼 우뚝한 천인벽립의 기상과 추상열일 같은 엄격한 기상을 후인들이 다투어 추앙하기 때문에 그 도가 영원히 전해질 것이라고 감탄하고 있다.

남명학이 극도로 침체되었던 18세기에 의령 출신 안덕문(安德文, 1747-1811)은 덕천서원을 도산서원·옥산서원과 함께 영남의 도학이 발원한 삼산서원(三山書院)으로 그 위상을 정립한 남인계 학자이다. 그는 덕천서원에 찾아가서 아래와 같이 노래했다.

분양의 백리 길에 또 다시 이번 걸음,

수석이 맑은 곳을 유람하기 위함 아니네.

방장산은 남쪽 고을의 이름난 명승지,

---

11) 申命耇, 『南溪集』 권2, 「贈德川書院入齋諸君子」.

남명 선생은 우리나라의 위대한 스승.

마음을 논한 벗들 중 세상 뜬 이 많으니,

안면 있는 원숭이와 새들이 환영할 뿐이네.

천고의 명철한 이들 모두 덕으로 들어갔으니,

바위 문이 이로부터 후인의 길을 열어주리라.

汾陽百里又斯行　　非爲遊觀水石淸

方丈南州名勝地　　冥翁東國大先生

論心士友多存沒　　識面猿禽但送迎

千古哲人皆入德　　巖門從此啓來程[12]

안덕문은 의령에서 진주를 거쳐 덕산으로 들어간 듯한데, 산수를 유람하기 위함보다는 남명을 만나러 덕산으로 간 것을 알 수 있다. 그는 남명을 우리나라의 위대한 스승으로 평하면서 입덕문이 영원히 후인들에게 길을 알려줄 것이라고 믿어 의심치 않고 있다. 입덕문은 이처럼 도학의 성지로 들어가는 상징적인 의미를 가진 곳이다.

19세기 초 박명직(朴命稷, 1781-1852)은 덕천서원에 찾아와 현판의 시를 보고 아래와 같이 차운하였다.

분명하고 분명하게 곧장 길을 가리키니,

도덕의 동네로 들어가는 문 열려 있네.

---

12) 安德文, 『宜庵集』 권2, 「德山書院」

성성자 방울소리의 남은 메아리 들리는 듯,

은빛 물결은 활발한 연원으로 거슬러 오르네.

높은 기절은 날씨가 추워진 뒤에 드러나고,

심성수양은 마음 움직이기 전 존양에 있었네.

다시 선생이 사시던 산천재 정사에 오르니,

흉금을 활짝 열어 쌓인 번뇌를 씻어주네.

| 明明直指路 | 入德洞開門 |
| 鈴珮聞遺響 | 銀波溯活源 |
| 節高寒後見 | 心養靜時存 |
| 更上山天榭 | 披衿滌累煩[13] |

박명직은 남명의 유적이 있는 덕천서원에 이르러 자신이 남명을 찾아온 길에서 느낀 감회를 주로 묘사하고 있다. 그는 입덕문에서 도덕의 세계로 들어가는 길을 분명하게 일러주고 있음을 느끼고, 흘러가는 시냇물소리를 남명이 차고 다녔던 성성자 방울소리로 연상하고 있다. 그리고 흘러내리는 냇물을 보며 그 물이

三山院記第二卷

三山院序

天地之間爲物最鉅者山也其氣浩之其像磊之如人之扶綱常植大倫特立不動者亘萬古麻靑而翹碧而詠於詩書入於畫圖名以著焉者爲五千三百七十山就其中名以著焉者或曰帝王之堂秩封彈而名焉或曰逸隱之考無棲息而名焉或有仙觀梵宇叢祠而名若其他鳳凰之所止鷔鶴之所棲銀璞銅鐵之所岀松栢花卉之兩產各得其名而爲人之所仰止者不目山之高而高也必因人之高而高是以聖賢之一登一

13) 朴命稷, 『篛湖集』 권1, 「次德山院板上韻」

**203**
5. 덕천서원에서 느낀 선인들의 감회

도학의 연원에서 흘러내리는 것으로 느끼고 있다.

19세기 말에 활동한 김기주(金基周, 1844-1882)는 중추일에 덕천서원을 찾아가 아래와 같이 읊조렸다.

십 년 만에 다시 덕천강 가에 찾아오니,
전처럼 풍경과 연무가 눈에 가득 새롭네.
남명선생을 흠모하지 않으면 어찌 이 걸음 하리,
세심정 위에서 맑고 참된 경지를 맛보네.

十年重到德江濱　　依舊風煙滿目新
不爲冥翁寧有此　　洗心亭上抱淸眞**14)**

작자는 10년 만에 덕천서원으로 발걸음을 하였는데, 그 이유를 남명선생을 알현하기 위한 것이라고 술회하고 있다. 시인의 감회가 남달랐음을 느낄 수 있다. 남명을 흠모하여 10년 만에 찾아온 여행은 한 마디로 구도여행이라고 할 수 있다. 그는 그런 마음으로 덕천서원 앞 세심정에 올라 흘러가는 시냇물을 보면서 맑고 참된 정신적 경지를 맛보고 있다.

---

14) 金基周,『梅下集』권1,「仲秋日 到德川書院」

## 4. 사당에서 선생을 배알하고

16세기 말에 활동한 민백기(閔百祺)는 덕천서원 숭덕사에 참배를 하고 다음과 같이 노래했다.

방장산 안에서 덕천서원을 물었더니,
고인이 은거하시던 백운 가에 있다 하네.
백대를 전해질 고풍 흘러 다하지 않으며,
세심정 아래의 시냇물은 끊임없이 흐르네.

方丈山中問德川　　古人棲息白雲邊
百代高風流不盡　　洗心亭下水涓涓[15]

시인은 덕천서원을 찾아 백세토록 영원히 전해질 남명의 고풍이 마르지 않고 흘러내리는 시냇물처럼 이곳에 면면이 전해지는 것을 느끼며 감격해 하고 있다.

17세기 전반 진주에 살던 조겸(趙瑊, 1569-1652)은 남명을 우러르며 다음과 같이 노래했다.

만종과 천사[16]를 한 터럭처럼 경시하고,
공명과 부귀의 영화를 초개처럼 보았네.

---

15) 閔百祺,『德林詩稿』(『東湖集』부록),「謁德川祠」
16) 만종과 천사 : 매우 많은 녹봉과 부유함을 말함.

숭덕사로 참배하러 가는 모습

일찍부터 공부는 오직 경의에 두었고,

만년의 봉사는 단지 충성을 드러낼 뿐.

유림들은 후세에 모범을 알게 되었고,

천한 사람들도 당시 선생 성명 말했네.

방장산은 지금까지 우뚝 솟아 푸르니,

늠름하여 천년토록 선생 모습 상상하네.

| | |
|---|---|
| 萬鍾千駟一毫輕 | 芥視功名富貴榮 |
| 早歲工夫惟敬義 | 晚年封事只忠誠 |
| 儒林後世知模範 | 走卒當時誦姓名 |
| 方丈至今靑壁立 | 凜然千載想儀形[17] |

17) 趙璥, 『鳳岡集』 권2, 「曺南冥」

시인은 남명을 통해 후인들이 모범을 알게 되었다는 점을 거론하면서, 남명을 천왕봉처럼 영원히 후인들의 사표가 될 것이라 노래하고 있다. 학문을 하지 않는 미천한 사람들도 남명의 이름을 입에 올린다는 것은 대중들 입에 오르내린다는 것이니, 후인들이 본받고 따를 백세의 스승으로 인식하고 있음을 알 수 있다. 이 시에서도 남명은 우뚝하여 변치 않는 천왕봉의 기상으로 묘사되어 있다.

18세기 중반에 활동한 문정유(文正儒)는 덕천서원을 찾아 사당에 참배하고서 다음과 같이 노래했다.

맑은 기운이 남방의 두류산에 모여,
세상에 보기 드문 남명선생을 낳았네.
천인벽립의 우뚝하고 높은 기상은,
거의 우리 맹자의 경지에 이르렀네.
한 칼에 선악을 분명히 절단하니,
고경이 바로 선생의 스승이었네.
큰 도는 진실로 멀리 있지 않으니,
성신과 명선 참으로 나에게 달린 것.
두려운 마음으로 방울 소리에 경동하고,
늠름하게 물 담긴 잔을 받들고 정진했네.
요순의 도를 만나지 않은 것이 없었지만,
기꺼이 소부 · 허유처럼 은거하여 지냈네.

은자를 부르는 곡조를 웃으면서 들었고,

암벽의 계수나무[18] 만년 향기 붉게 풍겼네.

맑은 풍도는 제택에 은거한 엄광을 본받았고,

본래 즐거움은 유신씨 들에서 농사짓는 것.[19]

성대한 덕이 방장산과 가지런하여,

천년토록 사람들이 우러러보네.

옛 거문고에 남은 소리 끊어졌으니,

나의 거문고줄 누가 높이 다스리리.

| | |
|---|---|
| 淑氣鍾南紀 | 間世生夫子 |
| 壁立千仞像 | 庶幾我孟氏 |
| 一刀截兩段 | 古經卽南指 |
| 大道諒未遠 | 誠明亶在己 |
| 惕惕警囊鈴 | 凜凜奉杯水 |
| 匪無堯舜遇 | 甘與巢由似 |
| 笑聽招隱操 | 巖桂晚香紫 |
| 清風齊澤救 | ○樂莘郊耟 |
| 盛德齊方丈 | 千載景仰止 |

18) 암벽의 계수나무 : 「초은사(招隱士)」에 "계수나무 가지를 부여잡고 올라 거기에 머무네.[攀援桂枝兮聊淹留]"라는 시구에서 따온 것으로, 은거를 지향하는 의미를 갖는다.

19) 본래……것 : 상(商)나라 초 탕(湯)임금을 도와 태평지치를 이룩한 이윤(伊尹)의 포부를 두고 한 말이다. 『맹자』「만장 상」에 "이윤이 유신씨의 들녘에서 농사를 지으면서 요임금과 순임금의 도를 즐겼다."라고 하였다.

古桐絶遺音　　我絲誰危理[20]

　문정유는 남명의 성대한 도덕이 천왕봉과 같다고 하면
서 맹자의 경지에 비유하고 있다. 또한 남명의 도는『중
용』의 명선(明善)과 성신(誠身)에서 나온 것임을 천명하고
있다. 남명은 사서(四書)를 모두 중시했지만, 심성수양에
학문의 목표를 두어 인도를 닦아 천도에 합하는『중용』을
특별히 더 중시했다. 또한 삼경 중에서는『주역』과『서경』
의 심성수양에 관한 문구를 주목하여 심성을 수양하는
준칙으로 삼았다.
　19세기 말에 활동한 박후대(朴厚大)는 덕천서원을 찾아
배알하고서 다음과 같이 노래했다.

　덕으로 산 이름 삼고 덕으로 시내 이름 삼았으니,
　선생이 머물러 사시며 이 동천을 즐기셨구나.
　천추토록 그 높은 발자취 계승한 사람 없어서,
　부질없이 밝은 냇물과 높은 산만 남아 있네.
　德以爲山德以川　　先生止止樂夫天
　千秋高躅無人繼　　空有澄然與崒然[21]

---

20) 文正儒,『東泉集』권1,「謁德川書院-南冥曺先生」
21) 朴厚大,『安敬窩遺稿』권1,「謁德川書院」

작자는 덕천서원이 있는 곳의 산천이 덕산(德山)·덕천(德川)인 점을 부각시키며, 이곳이 도덕군자가 살던 곳임을 드러내었다. 그러나 자기 시대에 그 도를 계승하는 사람이 없어 덕산과 덕천만이 남아 있는 것을 안타까워하고 있다.

19세기 전반에 활동한 문상해(文尙海, 1765-1835)는 극도로 침체된 이 지역의 학풍을 우려하면서 덕천서원을 찾아 사당에 참배하고서 다음과 같이 읊었다.

> 입덕문 앞으로 나그네들 찾아오지 않으니,
> 선생이 다니시던 길 푸른 이끼에 묻혔네.
> 가련타 요순시대 군민으로 만들고자 한 계책,
> 산간의 달만 황량하게 높은 대를 비추누나.
> 入德門前客不來　　先生行路鎖靑苔
> 可憐堯舜君民計　　山月荒凉照古臺[22]

작자는 입덕문으로 들어오는 학자들이 없어 남명이 다니던 길이 이끼에 묻힌 것을 탄식하면서 남명이 추구하던 왕도정치의 이상이 구현되지 못한 것을 못내 슬퍼하고 있다. 그러면서도 인적이 없는 산중에 뜬 명월처럼 남명의 도가 세상을 비추고 있음을 다행스럽게 여기고 있

---

22) 文尙海, 『南平文氏嘉湖世稿』 권2, 『滄海集』 「謁南冥書院」

덕천서원 앞 덕천(시천)

다. 이런 정서가 조선 후기 덕천서원에서 느끼는 남명학
파 후학들의 마음이었다.

20세기 초에 활동한 하종락(河鍾洛, 1895-1969)은 덕천
서원에 참배한 뒤 다음과 같이 노래하였다.

예로부터 떳떳한 본성은 치의[23]를 칭송하지,

숭덕사 앞에는 잡초가 절로 드물구나.

남기신 실마리 이어져 끝내 없어지지 않아,

길이 후학들로 하여금 귀의함이 있게 하네.

23) 치의(緇衣) : 『시경』정풍(鄭風)의 편명. 치의는 검은색 조복(朝服)
을 의미하는데, 국왕이 현자를 좋아하는 것을 말한다. 『예기』「치
의」에도 "현인을 좋아하기를 치의처럼 한다."라는 공자의 말씀이
있다. 여기서는 남명을 가리킨다.

古來彝性頌緇衣　　崇德祠前草自稀
遺緒綿綿終不墜　　長教後學有依歸[24]

　작자는 남명을 모신 서원에서 떳떳한 본성을 잃지 않
고 보전하여 도덕을 확립한 현인이 이 세상에 얼마나 의
미 있는지를 새삼 느끼며, 남명의 도학이 끊어지지 않고
전하여 후학들이 본받고 따르며 귀의할 곳을 알게 한 점
을 무척 다행으로 여기고 있다.


## 5. 경의당에서의 감회

　덕천서원 강당인 경의당은 남명학의 요체인 경의(敬
義)를 밝히는 곳이다. 그러므로 덕천서원을 찾은 사람들
이 경의당에서 느끼는 감회는 경의를 되새기며 그 정신
을 본받고 음미하는 데 초점이 모아져 있다.
　17세기 초 남명학파의 중심인물이었던 하징(河憕,
1563-1624)은 경의당에서 다음과 같이 노래했다.

　높은 곳에 오르려면 낮은 데를 말미암아야 하고,
　방안에 들어가려면 스스로 마루에 올라야 하리.

---

24) 河鍾洛, 『小溪遺稿』 권1, 「謁德川書院」

덕천서원 경의당

나아가고 나아가는 데 차례를 따라야 하니,
부지런히 노력하여 경계해 잊지 말아야 하네.

登高必由下　　入室自升堂
進進宜循序　　孜孜戒勿忘[25]

　　제1구는 『중용』에 보이는 말로, 하학상달(下學上達)의
공부를 말한다. 이는 남명이 특별히 강조한 것으로, 일상
생활에서 알기 쉬운 것부터 배워 차근차근 실천해나가는
것을 중시하는 사고이다. 남명은 당대 학자들이 성리학
의 형이상학에만 치중하는 풍도를 걱정하여 물 뿌리고

---

25) 河憕, 『滄洲集』권1, 「德川書院 敬義堂」.

비질하는 일상의 하학을 강조하였는데, 이런 정신을 시인은 잘 체득하여 강조하며 경계하고 있다.

19세기 초에 활동한 고령의 박경가(朴慶家, 1779-1841)는 경의당에서 다음과 같이 노래했다.

곤괘의 뜻 체득하여 묘한 관건 열어주셨고,
경의검의 명문에 참된 공부를 보이셨네.
역대 성인들께서 심법을 전한 지결이,
이 당의 현판에 걸린 경의 두 자이네.

體坤開妙鑰　　銘釖示眞筌
千聖傳心旨　　堂楣二字扁<sup>26)</sup>

'곤괘의 뜻'은 『주역』 곤괘에 보이는 '경이직내 의이방외(敬以直內 義以方外)'를 가리킨다. 남명은 이 구절을 통해서 자신의 경의학을 정립하였다. 남명이 지니고 다닌 경의검에 "내면을 밝히는 것은 경이고, 밖으로 일을 처단할 적에는 의로 한다.[內明者敬 外斷者義]"라고 하여, 자신의 경의학을 간명하게 드러냈다. 작자는 남명의 이런 경의학이 역대 성인들이 전한 심법의 지결을 체득한 것으로 보고 있다.

19세기 말부터 20세기 초까지 살았던 신병조(愼炳朝,

---

26) 朴慶家, 『鶴陽集』 권2, 「敬義堂」

1846-1924)는 경의당에서 아래와 같이 읊조렸다.

영남의 도학의 정맥 삼산서원에 있는데,
산해선생의 유풍은 이 경의 사이에 있네.
풀 무성한 서원 안에는 옛날 현판 걸려 있고,
유림의 자제로서 새로운 얼굴이 와 있구나.
천 길 위로 날아간 봉황새 어디로 갔는지,
만년토록 밝을 일월이 이 안에 돌아오네.
글을 읽는 소리가 길이 끊어지지 않아서,
사계절 아름답게 일어나 이 당 무사하리.

嶠南道脈有三山　　山海遺風在此間

茂草宮墻懸舊額　　儒林子弟進新顔

千仞鳳凰那裏去　　萬年日月箇中還

絃誦之聲長不絕　　四時佳興一堂開[27]

삼산서원은 19세기 말에 활동한 안덕문(安德文)으로부
터 그 개념과 위상이 정립되었다. 그것은 경상우도 학자
들이 극도로 침체된 학풍을 되살리며, 학파 안에 갇힌 시
각을 극복하고 통합적 관점에서 영남 학풍을 새롭게 일
신하고자 한 일종의 문화운동이었다. 이런 분위기는 주
로 경상우도 남인계 학자들이 주도하였는데, 신병조 역

---

27) 愼炳朝, 『士笑遺藁』 권3, 「敬義堂唱酬」.

윤효석 작가 작품 「경의검」

시 그런 영향을 받아 이언적을 제향하는 경주의 옥산서
원, 이황을 제향하는 안동의 도산서원, 그리고 남명을 제
향하는 진주의 덕천서원을 영남 도학의 정맥으로 말하고
있다.

조선 후기 남명의 학문에 대해 고풍(高風)으로, 퇴계의
학문에 대해 정맥(正脈)으로 논평하는 것에 대해 시비가
일어났는데, 작자는 이런 인식을 불식시키고자 삼산서원
에 제향된 세 선생의 학문을 모두 도학의 정맥으로 언급
하고 있다. 그러면서 남명의 학문은 경의에 그 특성이 있
음을 드러내고 있다.

역시 19세기 말부터 20세기 초까지 활동한 안유상(安

有商, 1857-1929)은 경의당에서 제생들에게 다음과 같이
시를 지어 보였다.

방장산 안에 있는 경의당 높다랗구나,
남명선생 유적이 이 경의당 안에 있네.
가지런한 담장 해 기울자 소나무 푸른빛 머금고,
먼 절벽에 구름 떠나자 바위가 얼굴을 드러내네.
태평 시대 예의법식 어디에서 이을 수 있을까,
남쪽 고을 젊은 유생들 서로 회복하기가 좋구나.
연회 자리에서 제군들의 학업을 면려하노니,
모름지기 청년시절에 잠시도 허송하지 말기를.

敬義堂高方丈山　　冥翁遺躅在斯間
方坤日晚松含翠　　迢壁雲歸石露顏
昭代儀文從可續　　南州衿佩好相還
中筵爲勉諸君業　　須趁靑年莫暫閒[28]

　안유상은 남명이 남긴 정신이 경의당에 있음을 강조하
고 있다. 그리고 이곳에서 부지런히 공부하여 남명의 도
학을 이어가길 권면하고 있다.

―――――――
28) 安有商, 『陶川集』 권2, 「敬義堂 示諸生」

# 6. 덕천서원에서 강회를 베풀며

18세기는 남명학파가 와해되고 학문이 침체되어 덕천서원에서도 강학이 제대로 이루어지지 못한 듯하다. 이 시기에는 원장을 구하지 못할 정도로 중망이 있는 학자가 배출되지 못하여 구심점이 없었다. 19세기 들어 이런 침체된 학풍을 일으키기 위해 지방관들도 관심을 기울였던 듯하다. 신석우(申錫愚, 1805-1865)는 1855년 경상도 관찰사로 부임하여 진주목사 박현규(朴顯奎)로 하여금 덕천서원에 유생들을 모아『심경』을 강의하게 하였다. 이때 남명학을 부지하는 데 심혈을 기울였던 진주의 하범운(河範運, 1792-1858)은 다음과 같이 읊었다.

향사에 참여한 나의 걸음 마침 강회를 할 때,
온 고을 많은 선비들 성대하게 모두 모였네.
명산의 맑은 기상 선생이 사시던 집에 모이고,
성현이 남긴 말씀 학문을 논하는 자리에 있네.
오리 타고 가는[29] 선유하는 곳에 지주를 오게 하고,
역말로 전한 문교 교화를 두루 베푸심 우러르네.
관원을 보내 설강하니 완연히 백록동서원 같고,

---

29) 오리 타고 가는 : 후한 때 섭현(葉縣) 수령을 지낸 왕교(王喬)는 수도로 갈 적에 도술을 부려 자신의 신발을 오리로 변하게 하여 타고 다녔다고 한다.

맑게 갠 달밤 바람에 빛나는 별천지 세상이로세.

參享吳行際講會　　全鄕多士集紛然

名山淑氣先生宅　　前聖遺謨問學筵

鳧鳥仙遊來地主　　馹傳文敎仰旬宣

宛如鹿洞登冠佩　　霽月光風別界天[30]


　하범운은 향사에 참여했다가 진주목사가 베푼 강회에
참석하게 되었던 듯하다. 그는 당시의 강회를 벅찬 가슴
으로 지켜보며 주자가 복원하고 강의한 백록동서원의 예
와 같다고 하면서 그 정경을 광풍제월로 묘사하고 있다.
서원에서 도학을 강론한 뒤 마음이 청풍명월처럼 밝아진
경지를 느끼게 한다.

　하범운보다 조금 뒷시대 하달홍(河達弘, 1809-1877)도
쇠락한 남명학을 전하는 데 공헌한 진주 사람이다. 그는
덕천서원 강회에 참석하여 아래와 같이 노래했다.


　한번 남명 선생이 태어난 뒤로,

　우리 고을에 군자들이 많아졌지.

　벽에는 일월 같은 경의를 써 붙이고,

　마루 위에서는 글 읽는 소리 들었네.


---

30) 河範運, 『竹塢集』 권1, 「按使申公-錫愚- 使州牧朴侯-顯奎- 設講
　　心經于德川」

덕천서원 강회

나를 징창하길 수레 뒤집힌 듯해야 하니,

또한 그대들은 옥처럼 자신을 갈고 닦게.

게다가 어진 고을 수령을 만났으니,

소 잡는 칼을 어찌 닭 잡는 데 쓰리.

一自先生後　　吳鄕君子多

壁間懸日月　　堂上聽絃歌

懲我爲車覆　　且君如玉磨

況逢賢太守　　牛刃割鷄加[31]

────────────

31) 河達弘, 『月村集』 권1, 「德川書院 講會」

남명은 '경의(敬義)는 우리 유가의 해·달과 같다.'고
비유하여 도학의 핵심으로 경의를 강조하였다. 덕천서원
경의당에서 강회를 하는 유생들에게 하달홍은 남명의 경
의학을 잘 되새겨 자신을 옥처럼 갈고 다듬기를 권면하
고 있다. 수레가 뒤집힌 듯이 한다는 말은 『대대례(大戴
禮)』「보부(保傅)」에 "앞에 가던 수레가 전복되면 뒤에 가
던 수레가 경계한다."고 한 데서 따온 것으로, 역사를 통
해 경계를 해야 한다는 말이다. 이 강회 역시 진주목사
가 개설한 듯하다.

하경칠(河慶七, 1825-1898)도 고을 수령이 개설한 강회
에 참석하여 아래와 같이 노래했다.

손님과 주인이 한 강당에 모였는데,
지주에게 읍하고 양보하는 이 많네.
선생의 유풍인 경의를 우러러 보고,
백성을 교화하며 글 읽는 소리 듣네.
행실은 반드시 충효를 먼저 해야 하니,
옥은 쪼고 다듬기를 기다려야 하는 듯.
어진 수령이 강회를 개설한 마음,
영광스런 빛이 사림에 더해지네.

| | |
|---|---|
| 賓主一堂會 | 冠紳揖讓多 |
| 遺風瞻敬義 | 治化聽絃歌 |
| 行必先忠孝 | 玉將待琢磨 |

　　이처럼 19세기에는 진주목사가 지역 유생들을 모아 학문을 강론하는 강회가 자주 열렸던 듯하다. 그때 지역의 원로들이 참석하여 남명의 학문을 계승하려는 의지를 새롭게 다짐하며, 젊은 유생들에게 권면한 것을 알 수 있다.

　　구한말로 접어들면 진주목사가 주선하는 강회조차 열리지 않았던 듯하다. 대신 19세기 말에 이르면 경상우도에 퇴계학파의 한주(寒洲) 이진상(李震相)이 새로운 성리설을 주장하여 경상우도에 한주학단이 형성되었고, 노사(蘆沙) 기정진(奇正鎭)의 설을 계승한 사람들이 노사학단을 형성하였으며, 성재(性齋) 허전(許傳)의 설을 계승한 문인들이 성재학단을 형성하여 다양한 성향을 가진 학자들이 활발하게 학술활동을 하였다. 이때에는 유림들이 자체적으로 덕천서원에 모여 강회를 열기도 하였는데, 20세기 전반에 활동한 권재규(權在奎, 1870-1952)는 다음과 같이 노래하였다.

　　　남명 조 선생 보이지 않아,
　　　문에 들어서니 아련한 느낌 많아지네.
　　　행단은 정맥을 전한 자리이고,

---

32) 河慶七, 『農隱遺集』 권1, 「鄭侯顯奭 設講會于德川書院 講畢拈韻」

복사꽃 뜬 냇물엔 남긴 노래가 있네.

문명이 융성한 운수 지금 막 만났는데,

좋은 벗들 다행히 함께 모여 연마하네.

선생의 지결 경의 두 자에 분명하니,

이 참된 지결에 다시 무엇을 덧붙이랴.

不見曹夫子　　入門曠感多

杏亶傳正脈　　桃水有遺歌

奎運今纏値　　良朋幸共磨

分明敬義字　　眞訣更無加[33]

　권재규는 단성에 살던 정재규(鄭載圭)·최숙민(崔琡民)에게 수학한 노사학단에 속한 인물이다. 권재규는 남명의 학문을 정맥으로 보고 있으며, 그 핵심이 경·의 두 글자에 있다고 노래하고 있다. 이 시는 아마도 1927년 덕천서원을 다시 복원한 뒤 강회를 열 적에 지은 듯하다.


## 7. 서원철폐령으로 훼철된 뒤의 슬픔

　조선후기 서원의 남설(濫設)로 폐단이 발생하자 조정에서는 서원의 신설을 금하였고, 급기야 고종 대에 이르

---

33) 權在奎, 『直菴集』 권1, 「德川書院 講會」

러 대원군의 서원철폐령이 내려졌다. 덕천서원도 그에 포함되어 1870년 훼철되는 비운을 맞이하였다. 덕천서원은 남명 도학의 본거지로서 남명학파 및 경상우도 학자들에게는 정신적 귀의처였다. 그런데 하루아침에 서원이 훼철되자, 이 지역 학자들은 허탈하고 슬픈 마음을 금할 수 없었다. 정신적 공황 상태를 맞이하였을 것이다.

이런 비참한 시대에 의령 출신 안익제(安益濟, 1850-1909)는 헐려버린 덕천서원 터를 바라보고 개탄하며 한없이 슬픈 감회를 아래와 같이 노래하였다.

봄풀은 무성하고 옛 서원은 폐허가 되었는데,
석양녘에 나도 모르게 눈물이 소매를 적시네.
남은 향기 아름다운 자취 이제 어디서 보리,
오직 맑은 풍도 있어 은행나무에서 불어오네.

春草離離古院墟　　斜陽不覺淚盈裾
餘芬美躅今何覩　　惟有淸風杏樹噓[34]

안익제는 석양녘 폐허가 된 서원 터에서 줄줄 눈물을 흘리고 있다. 전왕조의 왕궁 터가 무너져 잡초가 무성한 폐허가 되었듯이, 찬란한 정신문화가 깃든 서원이 하루아침에 헐려 잡초가 무성한 모습을 보는 유학자들의 심

---

34) 安益濟,『西崗遺稿』권1,「見德川書院 已爲廢撤 慨賦一絶」

경이 얼마나 쓰라렸을까. 경상우도의 정신적 지주였던 남명의 정신이 깃든 덕천서원이 헐렸으니, 남명의 도학은 그 자취를 찾을 수 없다. 그러나 시인은 폐허가 된 서원 터 앞에 남아 있는 은행나무를 보며 맑은 풍도를 잃지 않으려 다짐하고 있다.

안익제는 훼철된 덕천서원 터에서 슬픈 마음을 가누지 못하고 다시 아래와 같은 시를 지었다.

삼십 년 동안 이미 상전벽해의 변화를 겪어,
근래에는 서원의 모습이 배나 황량해졌구나.
강상을 부지하던 서원 토끼가 풀 뜯는 들판이 되었고,
선현에게 향사하던 터 사슴이 뛰어노는 마당이 되었다.
선생이 손수 심으신 은행나무는 예전처럼 파랗고,
두류산의 산색도 지금까지 변함없이 검푸르네.
선조 의암공[35]께서 덕천서원 그려다 집에 걸어두셨으니,
청컨대 그대들 우리 집 마루에 가서 서원을 완미하세.

三十年間已海桑　　伊來物色倍荒涼
綱常垣作兎葵野　　俎豆墟爲鹿睡場
手植杏亭依舊翠　　頭流山色抵今蒼
先祖宜菴移畫揭　　請君歸玩我家堂[36]

---

35) 의암공(宜菴公) : 안덕문(安德文)을 말함.
36) 安益濟, 『西崗遺稿』권1,「德山書院遺墟」.

덕천서원 앞 전경

작자는 앞의 시에서처럼 사우와 강당은 없어졌지만, 서원 앞의 은행나무가 전처럼 푸른 데서, 또한 지리산 산색이 변함없이 푸른 데서 남명의 도가 없어지지 않을 희망을 찾고 있다. 그리고 삼산서원을 표장한 자신의 선조 안덕문(安德文)이 집안의 대청에 그려 걸어놓은 덕천서원도가 남아 있으니, 그 그림이라도 가서 보자고 하고 있다. 한숨이 절로 나오는 절망의 현장에서 희망을 찾기란 쉽지 않다. 그러나 변치 않고 서 있는 은행나무를 통해서라도 희망의 끈을 찾지 않고서 어떻게 그 험난한 세상을 살 수 있겠는가. 이것이 지식인이 살아가는 방식이다. 그래서 다시 도가 밝아지는 시대를 만들어야 할 책임감을 느끼고, 절망에서 벗어나 도를 보존하고 지키는 일을 하는 것이다.

박태형(朴泰亨, 1864-1925)도 헐려버린 덕천서원 터를 지나며 슬픈 마음을 아래와 같이 노래했다.

고상한 현인을 사모하기에 덕천을 향했는데,

서원의 건물 매몰된 지 이미 오래 되었구나.

요순의 태평성대 세대 오래되어 회복할 사람 없고,

백이와 유하혜의 풍도 남았지만 전할 이 뉘 있으리.

단지 이끼 낀 비석 한 편에 쌓아둔 것만 보일 뿐,

안타깝게도 숲속의 나무들만 천년토록 서 있구나.

우리들 함께 집으로 돌아가서 삼가,

남기신 책 가지고 전후로 강론하는 것만 못하리.

| | |
|---|---|
| 爲慕高賢向德川 | 門墻埋沒已先天 |
| 勛華世古無人復 | 夷惠風餘有孰傳 |
| 秪見苔碑封一片 | 堪憐林木立千年 |
| 吳儕莫若同歸去 | 謹抱遺書講後前[37] |

　　박태형은 아픈 마음을 달래며 천년 동안 푸른 나무들
처럼 남명의 도는 변치 않을 것이라는 믿음을 보이며, 정
신적인 귀의처가 없어졌지만 남명이 남긴 책은 남아 있
으니 집에 가서 책을 통해 그 도를 강론하자고 다짐하고
있다. 박태형은 책 속에는 도가 남아 있으니, 그 문자를
통해 도를 지키고자 한 것이다.

　　안종창(安鍾彰, 1865-1918)은 폐허가 된 덕천서원 터를
지나며 아래와 같이 읊었다.

---

37) 朴泰亨,『艮嵒集』권1,「過德川院舊基」.

비바람이 처량하게 내려 고목도 비탄에 잠긴 듯,

큰 종소리 한번 끊어진 뒤 밤이 어찌 그리 더딘지.

의로운 초석과 강상의 담장은 하늘이 보호할 것이니,

자애로운 후손이 어찌 차마 띠풀을 엮어서 지으리.

風雨蕭蕭古木悲　　洪鍾一斷夜何遲

義礎綱垣天所護　　慈孫那忍結茅爲[38]

　　안종창의 눈에는 비바람도 처량하게 보이고 고목도 비탄에 잠긴 듯이 보이고 있다. 그러면서도 남명의 도는 하늘이 보호할 것이라는 희망을 버리지 않고 있다.

　　외세의 침입으로 나라가 망하거나 무도한 자들의 전횡으로 도가 무너지는 시대에 하늘을 보고 탄식을 하기도 한다. 그러나 맹자는 하늘이 보는 것은 민중들이 보는 것을 말미암고, 하늘이 듣는 것은 민중들이 듣는 것을 말미암는다고 하였다. 하늘은 눈과 귀가 없어 사람들의 말을 보고 들을 수 없지만, 하늘의 마음은 민중의 마음에 있기 때문에 난세에 지식인은 하늘을 우러러 민심을 보면서 그것을 통해 희망을 찾는다. 희망이란 늘 절망 속에서 생겨나는 것이기에 우리는 어떤 절망 속에서도 하늘을 우러르며 믿음을 가져야 한다.

　　강태수(姜台秀, 1872-1949)도 덕천서원 터를 지나며 다

---

38) 安鍾彰, 『希齋集』 권1, 「過德川院墟」

음과 같이 노래했다.

지는 해에 마음이 상한 옛 덕천서원의 터,
끝없이 난 봄풀의 파란 빛이 하늘에 닿았네.
태산 같은 천인벽립의 기상 어디서 우러르며,
연못에 비친 가을 달 같은 명덕 누가 전할까.
말 매었던 비석과 두 개의 현판만 남아 있고,
은행나무는 유풍을 간직한 채 몇 년이나 늙었나.
내 물결 거슬러 오르고 싶지만 말미암을 길 없고,
은하수 같은 십리의 냇물만 세심정 앞을 흐르네.

落日傷心古德川　　無邊春草碧連天
壁立泰山何處仰　　潭心秋月爲誰傳
碑留御蹟扁雙額　　杏帶遺風老幾年
我欲溯洄末由己　　銀河十里洗亭前[39]

　작자는 남명의 도학을 통해 주자와 공자의 연원까지
거슬러 오르고 싶지만 말미암을 길이 없음을 한탄하고
있다. 그래서 남명이 노래한 은하수 같은 십리의 시천(矢
川)만 바라보고, 하늘에까지 닿을 듯한 파란 봄철의 푸른
빛에만 눈길을 주고 있다. 이 역시 도를 간직하던 곳이
없었지만, 온 세상에 그 도가 전파되어 있기 때문에 그

───────────
39) 姜台秀, 『愚齋集』권1, 「過德川院舊基 有感」.

산과 물을 통해서 다시 그 도를 전하고자 한 것이다.


## 8. 다시 서원을 복원하고서

조선이 망하고 일제침략시기가 되자, 나라는 망하고 도는 무너지게 되었다. 이 시기 유학자들 가운데는 나라를 구하기 위해 무력으로 독립을 쟁취하기 위해 헌신한 분도 있지만, 대부분의 유학자들은 자정(自靖)을 하며 도를 보존하고 지키는 데 마음을 쏟았다. 나라는 망했더라도 도가 망하지 않으면 다시 희망을 찾을 수 있다는 생각에서였다.

현대인들의 생각으로는 이러한 태도가 비겁한 변명으로 들릴지 모르지만, 전통시대 유학자들에게는 도를 지키는 것이 무엇보다 중요했다. 그리고 그 도를 전하고 지키기 위해 저술을 하고, 선현의 서적을 출판하고, 선현의 유적지를 복원하고, 뜻 있는 사람들이 모여 강학을 하고, 지역의 자제를 불러 모아 교육을 하였다.

이와 같은 노력 가운데 하나가 선현의 유적을 복원하는 일이었다. 덕천서원도 지역의 뜻있는 인사들의 그런 마음에 의해 1916년 중건을 논의하여 1921년 경의당을 준공하여 낙성하였고, 1927년 사우를 완공하여 위판을 봉안하였다. 실로 덕천서원이 훼철되고 난 뒤 57년째 되는 해였다. 그러니 남명을 추앙하는 마음이 강렬했던 이 지역 유림들의 감회가 얼마나 컸겠는가. 이런 벅찬 감격을 김극영(金克永, 1863-1941)은 다음과 같이 노래했다.

선사가 남기신 향기로운 덕 몇 해나 되었던가,
수많은 선비들이 의관을 갖추고서 덕천을 향하네.
성성자 방울소리 끊어진 지 삼백 년이나 되었으니,
누가 우리들로 하여금 참된 지결을 듣게 할까.

先師剩馥幾何年　　濟濟衣冠向德川
響輟惺鈴三百載　　誰敎吾輩聞眞詮[40]

이 시에서 보이는 것처럼 수많은 선비들이 의관을 정제하고서 덕천서원으로 향하고 있다. 50여 년 동안 없어졌던 서원을 다시 복원하였으니, 그 누군들 그 모습을 보고 싶지 않았겠는가. 김극영은 그런 자리에 참석하러 가면서 남명이 지결을 전한 지 3백여 년이 지났으니 그 지결을 전해 줄 사람이 과연 있을까를 걱정하고 있다. 남명의 도를 듣고 싶어 하는 강렬한 바람을 드러낸 것이다.

한우석(韓禹錫, 1872-1947)도 경의당을 중건하여 낙성한 날 어떤 사람이 지은 시에 차운하여 다음과 같이 노래하였다.

---

40) 金克永, 『信古堂遺輯』 권7, 「德川敬義堂 重建落成 往赴道中作」.

오래도록 황무지 되었다 찬란하게 다시 완공되니,

이제 다시 봄과 여름에 글 읽는 소리 들리겠네.

다행히 옛 터에다 전의 모습을 회복하게 되었구나,

선현을 우러러 흠모하니 이런 새날이 오게 되었네.

도동의 청풍에 사람들은 나태한 생각을 각성하고,

덕천의 맑은 기상에 선비들 애틋한 심정 토로하네.

이에 경의는 끝내 비색함이 없다는 것을 알겠으니,

우리 유가의 일월이 거의 다시 밝아질 것이네.

蕪沒經年煥復成　　更聞春夏誦絃聲

幸因故址回前觀　　仰想前賢降此庚

윤효석 작가 작품 「경이직내 의이방외」

道洞淸風人立懶　　德川淑氣士輪情

從知敬義無終否　　日月吳家庶復明[41]

　한우석은 감격에 벅차 글 읽는 소리가 들리는 경의당
의 풍경을 떠올리고, 새로운 날이 밝아 오리라는 희망을
노래하고 있다. 그러면서 남명학의 요체인 경의는 유가
의 일월과 같기 때문에 다시 밝아질 것이라는 기대를 하
고 있다. 제5구의 '도동의 청풍'은 도가 전하는 동네라는
의미로 쓰인 듯하다. 즉 도동은 덕산동을 가리키는 말이
며, 도동의 청풍은 남명의 풍도를 의미한다. 덕천의 맑은
물을 보며 남명의 도를 떠올리는 작자의 마음이 간절하
게 다가온다.

　이용수(李瑢秀, 1875-1943)도 다음과 같이 노래했다.

　드높은 경의당을 찬란하게 다시 완공하니,
　유교 풍화가 크게 진작되는 소리 서서 듣네.
　몸은 임금의 은총을 입어 세 번이나 부름 받았고,
　세월은 오래되어 태어난 해 몇 번이나 돌아왔던가.
　덕천서원 안에서 글을 읽는 모임 개최하니,
　방장산 안의 문화 인정이 속되지 않구나.
　수많은 유생들이 모여 석채례를 행하니,

---

41) 韓禹錫, 『元谷集』 권1, 「次敬義堂重建韻」.

주자의 옛날 예법이 이곳에서 분명하네.

高堂敬義煥重成　　佇見儒風大振聲

身被天恩三聘巷　　歲深星史幾回庚

德川院裏開文會　　方丈山中不俗情

濟濟衣冠行釋釆　　滄洲舊禮此分明[42]


　시인은 경의당을 준공하고 강회를 개최하게 되어 다시 유교의 교화가 밝혀질 것을 기약하며, 주자의 예법에 따라 사당에서 향사하는 예가 거행됨을 감격해 하고 있다.
　최긍민(崔兢敏, 1883-1970)도 다음과 같이 노래했다.


　오랫동안 폐허 되었다 강당 건물 비로소 완공하니,

　유림의 많은 선비들이 모두 같은 소리로 호응하네.

　제도는 높고도 아름다우니 능히 으뜸이라 칭하겠고,

　때는 길일에 속한데 다시 선생 탄신일을 만났네.

　활발한 냇물 근원이 깊으니 선생 당시를 생각하고,

　높은 풍도 태산처럼 우러르니 후생의 심정이로세.

　정연한 예의법도가 향사를 지내는 자리에 있으니,

　남쪽 지방에는 천추토록 경의가 영원히 밝으리라.

積歲丘墟棟始成　　儒林濟濟共應聲

制能輪奐堪稱甲　　時屬吉辰復值庚

────────

42) 李瑢秀, 『性菴集』 권1, 「敬義堂落成韻」

윤효석 작가 작품 「경의」

活水源深當日思　　高風山仰後生情
儀文井井樽籩地　　南國千秋敬義明[43]

남명은 음력 6월 26일 출생했는데, 낙성일이 마침 그
날이었으니 감격이 더한 듯하다. 최긍민은 이제 덕천서
원이 다시 중건되어 남방에 남명학의 요체인 경의사상이
영원히 밝게 전해지게 된 것을 다행스럽게 여기고 있다.
　하용환(河龍煥, 1892-1961)은 경의당을 준공하자, 다음
과 같이 노래했다.

---

43) 崔兢敏, 『愼庵集』 권1, 「次敬義堂落成韻」.

옛 서원 터에 경의당을 다시 준공하니,

남쪽 고을 많은 선비들 다 같이 모였네.

선생의 유풍 나약한 자도 능히 일이키니,

방장산은 만 길이나 푸르게 높이 솟았네.

古院重成敬義堂　　南州多士共趨蹌

遺風能使懦夫立　　方丈山高萬丈蒼[44]


하용환은 경의당을 준공하여 많은 선비들이 참석한 자
리에서 남명의 도학이 다시 천왕봉처럼 우뚝하게 드러날
것을 노래하였다.

성환혁(成煥赫, 1908-1966)은 그 감회를 다음과 같이 읊
었다.


선생은 천년 동안 이 당을 소유하시니,

우리 유가의 경의가 일월처럼 빛이 나네.

수많은 후생들이 추모하는 마음을 가지니,

덕산의 도 산처럼 높고 물처럼 영원하리.

先生千載有斯堂　　敬義吳家日月光

多少後人追慕意　　德山山水與高長[45]


---

44) 河龍煥, 『雲石遺稿』 권1, 「敬義堂」

45) 成煥赫, 『于亭集』 권1, 「敬義堂」

성환혁도 경의당이 중건되어 남명의 경의사상이 다시 일월처럼 빛나게 되었으니, 이제는 영원히 변치 않고 이어지기를 기원하고 있다. 남명이 '경의는 우리 유가의 일월이다.'라고 한 말은 경상우도 후학들의 마음에 오래도록 새겨진 듯하다. 어두운 세상을 밝혀주는 해와 달, 그것은 곧 인간사회의 도덕과 인륜을 부지하는 도덕적 양심과 사회적 정의이다. 그러므로 지식인들에게 있어서는 이를 아무리 강조해도 지나치지 않는다.

경의당을 준공하자, 지역 유림에서는 다시 학문을 강론하는 일을 도모하였다. 하봉수(河鳳壽, 1867-1939)는 그 일을 다음과 같이 기록해 놓았다.

경의당을 중건한 뒤 영남의 인사들이 모두 '유교를 일으키지 않아서는 안 된다.'라고 하여 이에 유생을 널리 모집했다. 한 고을의 사표가 되기에 충분한 분들이 모두 자제와 문생을 거느리고서 함께 경의당에 모였다. 함안에서 온 이는 안유상(安有商)이고, 삼가에서 온 이는 송호곤(宋鎬坤)이고, 하동에서 온 이는 이수안(李壽安)이고, 산청에서 온 이는 김극영(金克永)이고, 밀양에서 온 이는 노상직(盧相稷)이고, 진주에서 온 이는 하겸진(河謙鎭)이고, 대구에서 온 이는 조긍섭(曺兢燮)이었다. 나는 변변찮은 학문으로 일찍이 말석에 낀 적이 있어서 이 일을 도왔다. 이윽고 어떤 분은 오고, 어떤 분은 오지 않고, 어떤 분은 와서 반달을 머물기도 하고 한 달을 머물기도 하고 열흘을 머물기도 하고 닷새를 머물기도 하였다. 보내고 맞이하는 일이 매우 많았고, 출입이 매우 번다하였다. 그러나 학규가 잘 정비되고 경의당의 위용이 엄숙하여 이 창수한 시에서 무너진 풍도를 한번 일으킬 수 있었다. 창수한 시를 한 권으로 묶으니, 나라 사람들이 모두 말하기를 '이 세상에 다시 할 수 없는 성대한 일이었다.'라고 하였다. 경의당 학규는 장회당(張晦堂)[46]의 손으로 정한 것인데, 나와 여러 선비들이 대략 논의하여 정한 것이다.[47]

이를 보면, 경의당 낙성식에 진주 · 산청 · 삼가 · 하동 · 함안의 유학자는 물론, 멀리 대구 · 밀양 등지에서도 많은 유생들이 참석한 것을 알 수 있다. 이들은 당시 각지의 대표적인 유학자들로서 유교를 부흥시키기 위해 유생들을 거느리고 참석하였다. 하봉수는 당시 여러 학자들이 수창한 시를 모아 『경의당창수록』을 엮으면서 위와 같이 서문을 곁들여 놓았다. 그리고 그는 자신의 감회를 아래와 같이 노래했다.

---

46) 장회당(張晦堂) : 장석영(張錫英, 1851-1929)을 말함. 회당은 그의 호이다. 경북 칠곡 출신으로, 1905년 을사오적의 처형을 요청하는 소를 올렸고, 파리평화회의에 보낼 독립청원서를 곽종석 등과 함께 작성하였다. 독립만세운동을 전개하다가 붙잡혀 2년 동안 옥에 갇혀 있었으며, 1925년 제2차 유림단운동 때 영남대표로 활동하였다.
47) 河鳳壽,『柏村集』권3,「敬義堂唱酬-幷小序-」

높은 경의당과 큰 현판 태산처럼 무거운데,

즐거이 여러 훌륭한 분들과 이 안에 있네.

어깨에 천균의 짐 짊어지니 바야흐로 임무는 큰 데,

흉중에는 한 장 글도 없으니 이미 뻔뻔한 얼굴일세.

애초 백지 상태에서 허장성세하려는 것 아니었는데,

이에 푸른 하늘에서 좋은 보답이 있게 되었다네.

다시 천왕봉이 우리 좌우에 임한 것을 사랑하니,

백운이 한가로이 드리우고 흩어짐을 앉아서 보네.

| | |
|---|---|
| 高堂巨榜重如山 | 樂與群英住此間 |
| 肩夯千鈞方大擘 | 胸無一紙已强顔 |
| 初非白地張空勢 | 曾是靑天有好還 |
| 更愛天王臨左右 | 白雲坐對卷舒閑[48] |

　하봉수는 '덕천서원'이라는 현판이 걸린 높다란 경의당
을 태산처럼 무겁게 느끼고 있으며, 그 안에 유학자들이
가득 모인 것에 감격해 하고 있다. 그리고 천왕봉에서 산
줄기가 흘러 내려 좌우에 둘러 있고 흰 구름이 한가로이
떠가는 광경을 새롭게 보고 있다. 그것은 경의당이 중건
되어 산천에 빛을 더하였기 때문에 느끼는 감회이다. 제
7구에 '다시 천왕봉이 우리 좌우에 임한 것을 사랑한다'
고 한 것은, 남명의 도학이 다시 세상에 빛을 뿌리게 되

---

48) 河鳳壽, 『柏村集』 권3, 「敬義堂唱酬-幷小序-」

덕산에서 바라본 천왕봉

었음을 노래한 것이다.

　권재규(權載奎, 1870-1952)는 경의당이 준공된 뒤 그곳
에서 하룻밤을 묵으며 아래와 같이 노래했다.


　　단정히 앉으니 잠을 이룰 수 없는데,

　　마치 성성자 소리가 들리는 듯하네.

　　어찌 해야 대도를 온 세상에 펼쳐서,

　　성성자 소리를 사방에서 울리게 할까.

　　端坐不能寐　　如聞惺子聲

　　那當恢大道　　襟佩四來鳴[49]

─────────────

49) 權載奎,『而堂集』권4,「宿敬義堂」.

　권재규는 경의당에서 잠을 못 이루고 상념에 사로잡혀 남명이 차고 다니던 성성자 소리를 듣는 듯한 기분을 느끼고 있다. 권재규는 정재규로부터 노사학을 전해 받은 학자였는데, 서원을 복원한 것으로 만족하지 않고 남명의 성성자 소리를 온 세상에 전파할 임무를 느끼고 있다.

　성환부(成煥孚, 1870-1947)는 당시의 감회를 아래와 같이 노래했다.

　　선사 남긴 발자취 높은 산을 우러르는 듯,

　　세월이 지났어도 사모하는 마음 여기에 있네.

　　읍하고 겸양하며 의리 전하니 속인을 놀라게 하고,

경이직내 의이방외의 요체는 당명으로 걸려 있네.

신령한 근원에서 흐르는 한 줄기 시내 물소리 이어지고,

강의하던 천 길 은행나무에는 달그림자 돌아오네.

나는 바라노니 여러 영재들이 생각을 밝게 가지고,

겨를 없이 도를 도모하며 한가함 도모하지 않기를.

先師遺躅仰高山　　閟世羹墻尙此間

揖讓傳儀驚俗眼　　直方留諦揭堂顔

靈源一帶泉聲繼　　講樹千尋月影還

我願群英明著意　　遑遑謀道不謀閒[50]


　　작자는 서원이 복원되어 다시 남명의 도학이 세상에
전해지게 되었으니, 이제는 이 경의당에서 영재들이 모
여 의지를 갖고 도를 밝히는 일에 전념하기를 염원하고
있다. 이 당시까지만 해도 남명의 도학을 전해고자 하는
의지가 이처럼 강렬했는데, 지금은 그런 마음을 갖고 있
는 사람들이 거의 없어 안타까움을 느끼게 한다.


## 9. 세심정에서의 감회

　　세심정은 1582년 창건하였다. 『덕천서원지』에는 1592

---

50) 成煥孚, 『正谷遺稿』 권2, 「敬義堂興學時 和群彦」.

년 왜적에 의해 덕천서원이 소실될 적에 사우(祠宇)와 주사(廚舍)는 남아있었다고 기록되어 있는데, 아래 하수일(河受一, 1553-1612)의 시를 보면 세심정도 불에 타지 않은 듯하다. 그러나 1597년 정유재란 때 사우마저도 불에 탔다고 한다. 1603년 사우를 다시 짓고 위판을 봉안하였는데, 규모가 작고 협소해서 1611년 사우를 다시 증축하였다. 그리고 전에 사용한 목재를 가져다 세심정 터에 정자를 새로 지었다고 한다. 이러한 사실에 입각해 보면, 세심정도 정유재란 때 불에 탄 듯하다.

임진왜란 뒤 처음 서원 중수 경영하는데,
시냇가에 유독 세심정 정자만 남아 있네.
옛 서원 터에 새로 난 기장 보고 놀라고,
길을 가다 옛날 서원 문도 찾지 못했네.
글 읽는 소리 많은 선비들 그리워하고,
사당에 제사지내는 중정일을 기억하네.
천왕봉은 오히려 미동조차 하지 않는데,
구름 밖으로 몇몇 봉우리 푸르구나.

| | |
|---|---|
| 亂後初經院 | 溪頭獨有亭 |
| 眼驚新黍稷 | 行失舊門庭 |
| 絃誦思多士 | 蘋蘩憶仲丁 |

天王猶不動　　雲外數峯靑[51]

　　하수일은 불에 타 잿더미가 된 덕천서원과 그 앞에 덩
그렇게 남아 있는 세심정을 보며 감정이 솟구쳤던 듯하
다. 그러나 미동조차 하지 않고 의연히 서 있는 천왕봉
을 통해 다시 남명의 정신을 떠올리며 변치 않는 도를 생
각하고 있다. 천왕봉은 남명이 만년에 도반(道伴)으로 삼
은 하늘까지 닿은 산이다. 또한 천왕봉은 남명이 「제덕산

「제덕산계정주」 시판

---

51) 河受一, 『松亭集』 권1, 「過德山書院 院盡灰 獨洗心亭在 仍有感」

계정주(題德山溪亭柱)」에서 천석종(千石鍾)에 비유하여 하늘이 울어도 울지 않는 드높은 정신을 비유한 봉우리이다. 그러니 후인들은 천왕봉을 바라보면 남명을 기억하였을 것이며, 천왕봉은 남명의 모습으로 다가와 그 감회는 한 층 더하였을 것이다.

아래의 시도 하수일이 당시에 지은 듯하다.

> 소나무 계수나무의 맑은 그늘 옛 산에 가득한데,
> 은거하던 군자 보이지 않아 눈물이 줄줄 흐르네.
> 그 전범이 단지 방장산에 남아 있을 뿐인데,
> 만고 변치 않을 푸른 모습으로 참되게 서 있네.
>
> 松桂淸陰滿舊山　　幽人不見涕潸潸
> 儀刑只有餘方丈　　眞立蒼蒼萬古顔[52]

시의 의경(意境)은 위의 시와 유사하다. 특히 남명의 법도가 방장산에 남아 있어 만고에 변치 않고 푸르다고 한 대목은 시인의 정신이 깃든 곳이다. 이 시는 제목에서 알 수 있듯이, 숙부이자 스승인 각재(覺齋) 하항(河沆)의 시에 차운한 것이다. 하항은 1582년 세심정을 창건할 때 정자에 이름을 붙인 인물이다. 하수일은 뒤에「세심정기」를 지어 그 의미를 드러내 밝혔으니, 시냇가에 홀로

---

52) 河受一,『松亭集』권2,「洗心亭有感 次覺齋叔父韻」

남아 있는 세심정에서 감회가 교차했을 것으로 보인다.

박인(朴絪, 1583-1640)은 1628년 세심정에서 아래와 같은 시를 지었다.

사당 모습 우뚝해 엄연히 앞에 계신 듯,
천왕봉 밑에 구름 낀 숲이 옹립해 있네.
제군들 산수 찾아 물결처럼 떠나지 말고,
곧장 세심정 앞에 이르러 마음을 씻게나.

廟貌巍然儼若臨　　天王峰下擁雲林
諸君莫浪尋山水　　直到亭前要洗心[53]

박인은 정인홍의 문인으로 1636년 『산해사우연원록(山海師友淵源錄)』을 편찬한 남명학파의 주요 인물이다. 그는 다시 복원된 세심정에서 그 의미를 되새기며 심성을 수양해 덕성을 기를 것을 노래하였다.

하진(河溍, 1597-1658)은 성여신(成汝信)의 문인으로 다음과 같이 읊었다.

일월이 송나라 때 다시 밝아져서,
문질 겸비한 이락[54]의 군자들 성대했네.

---

53) 朴絪, 『無悶堂集』 권1, 「題洗心亭」.
54) 이락(伊洛) : 이수(伊水)와 낙수(洛水)를 뜻하는 말로, 이 물가에 살았던 송나라 학자 정호(程顥)와 정이(程頤) 형제를 가리킨다.

천년 뒤 바다 밖 삼한 땅 방장산 아래서,

위대한 우리 선생 전하지 않던 것 이으셨네.

日月重明大宋天　彬彬伊洛蔚群賢

千年方丈三韓外　偉我先生繼不傳[55]

　이 시는 남명이 송나라 때 성리학자들이 밝힌 도학을
다시 우리나라에 전하였다는 도통의식을 반영하고 있다.
하진은 송대 도학자들의 도를 우리나라에 비로소 전한
분이 남명이라고 하여, 남명의 도학을 우리나라 도학의
정통으로 거론하고 있다.

　세심정은 정유재란 때 소실된 것으로 추정된다. 1611
년 덕천서원을 복원한 뒤 다시 중건하였는데, 정자의 이
름을 취성정(醉醒亭)으로 하였다. 세심정은 1582년 창건
된 후 하항이 세심정이라고 하였다가, 최영경이 취성정
으로 바꾸었다. 그런데 1611년 중건한 뒤 취성정이란 현
판을 게시함으로써 취성정으로 알려지게 되었다. 그러나
이 정자는 취성정으로 불리면서도 그 전의 세심정이라는
이름을 그대로 부르는 경우도 있었다. 원래 이름이 세심
정이었고, 또 취성정보다는 세심정이라는 이름을 더 선
호하는 사람들은 세심정이라는 명칭을 그대로 사용했다.

---

55) 河潽, 河世應의 『知命堂遺集』상, 「德川書院洗心亭韻 逸 附河執義
　　潽次韻」.

세심정

아래의 시는 경북 상주로 이거하여 살던 이만부(李萬
敷, 1664-1732)가 지은 것인데, 세심정이라는 이름을 취하
여 쓰고 있다.

만물을 포용하는 천지에 두 다리로 걸어서,
북쪽으로 장백산에 올랐다 또 남쪽으로 왔네.
남명 선생 도덕은 백년 뒤에도 변치 않고,
방장산의 바람과 운무 온갖 골짜기서 불어오네.
하늘은 빼어난 봉우리에 가까워 머리 위 한 자,
땅은 창해에 닿아서 바다가 술잔처럼 보이네.
세심정 위에서 처량한 마음에 아무 말도 없는데,
고요한 데서 그윽한 마음 얻어 자재할 수 있구나.

納納乾坤兩脚媒　　北臨長白又南廻

冥翁道德百年後　　方丈風煙萬壑來

天近秀峰頭上尺　　地窮滄海眼中盃

洗心亭上悄無語　　靜得幽悰可自裁[56]

　이만부는 1724년 덕천서원 원장을 지냈는데, 이 당시 진주로 내려와 이 지역의 하세응(河世應, 1671-1727) 등과 교유하였다. 이만부는 남명의 도덕이 백년이 지난 뒤에도 변치 않고 전해지고 있음을 찬탄하면서 세심정에서 마음을 씻으며 자유로운 정신을 느낀 듯하다.

　하세응은 하수일의 현손으로 18세기 남명학파가 극도로 침체되는 시기에 남명학을 부지하는 데 안간힘을 쓴 인물이다. 그는 29세 때 진사시에 합격하였으나, 남인정권이 무너진 뒤인지라 출사를 포기하였다. 그는 장희빈을 신원하는 상소를 올리려고 글을 지었고, 삼장사(三壯士)를 진주성에 제향하는 사당을 세워달라는 상소를 올리기도 하였다. 그의 사상은 「낙천지명설(樂天知命說)」을 통해 알 수 있다. 낙천지명은 『주역』 「계사상전」에 보이는 말로, 천리를 즐기고 또 천명을 알기 때문에 근심하지 않고 처한 환경에 따라 편안히 산다는 뜻이다. 즉 자신은 세상에 나아가 뜻을 펼 수 없는 환경 속에 있기 때

---

56) 李萬敷, 河世應의 『知命堂遺集』 상, 「次李息山洗心亭韻 附元韻」

문에 벼슬에 연연하지 않고 천명에 순응하는 삶을 살겠다는 의지를 드러낸 것이다. 아래 시는 그가 동시대 덕산에 은거한 정식(鄭栻)의 세심정시에 차운한 것이다.

달이 앞의 못을 비추어 가을 물이 맑은데,
심지도 마찬가지로 허령하고 밝음을 느끼네.
고요히 은거해 사니 원래 얽매임이 없지만,
생각에 집착할 때에는 또한 편안하지 않네.

月照前塘秋水淸    一般心地覺虛明
寂然藏處元無累    念著中時亦不寧[57]

이 시의 의경이 바로 그가 지향하는 낙천지명의 삶을 드러낸 것이다. 특히 세심정은 그의 고조 하수일이 기문을 지어 그 의미를 밝힌 장소이니, 그의 감회는 다른 사람에 비해 특별했을 것이다. 그러나 마지막 구에서 보듯이, 그가 처한 정치사회적 환경은 그가 천명에 순응하여 즐기며 살기에는 너무 험난하였다. 그리하여 얽매임 없이 허령하고 밝은 심지를 유지하고자 하지만, 때로는 편치 못한 심사가 일어날 때도 있음을 암시하고 있다. 사람은 죽을 때까지 마음에서 희로애락의 감정이 일어난다. 성현도 마찬가지이다. 다만 성현들은 그런 인욕의 마

---

57) 河世應, 『知命堂遺集』 상, 「次鄭敬甫-栻- 洗心亭韻」.

음이 일어날 적에 그에 치우치지 않고 그것을 주시하고
성찰하여 통제하고 절제해서 중도에 맞게 한다. 일반인
들은 심성수양이 깊지 못해 자신의 감정을 통제하지 못
하여 인욕에 이끌려서 절제를 하지 못하기 때문에 악으
로 빠지는 것이다.

아래 시는 다음 시대 김돈(金墩, 1702-1770)이 세심정을
노래한 것이다.

만약 선생의 위대한 점을 묻는다면,

모름지기 경의문을 보아야 하리라.

선생은 곧장 이락(伊洛)의 정맥을 탐구했고,

곁으로는 회재와 퇴도의 연원에 접하였네.

산해정에는 은미한 말씀 사라졌지만,

이 세상에는 호연지기가 남아 있네.

어두운 거리 향해 사람들은 달려가는데,

선생이 남긴 실마리에 번민만 더해가네.

| 若問先生大 | 須看敬義門 |
| 直探伊洛脉 | 傍接晦陶源 |
| 山海微言喪 | 乾坤浩氣存 |
| 昏衢人向走 | 遺緒劇愁煩[58] |

---

58) 金墩, 『默齋集』 권1, 「八月 以師友錄事 留連德院 次洗心亭韻」.

김돈은 단성 법물리(法勿里)에 세거하던 상산 김씨이다. 그는 남명의 위대한 점을 경의사상으로 보고, 그 사상이 정자(程子)의 정맥을 탐구한 것이라고 평하였다. 그리고 남명사상이 이언적·이황의 도학과 다르지 않다는 점을 강조하고 있다. 작자는 남명정신을 따라 도덕적 수양을 추구한다. 그러나 세상사람들은 그와는 정반대의 길로 달려가고 있다. 그래서 시인의 내면에는 번민이 쌓인다. 마음을 씻어 한 점 부끄러움도 없는 삶을 추구하라는 남명의 얼이 스민 세심정에서 시인은 자신이 추구하는 정신과 세파가 너무 다른 것에 고뇌하는 심경을 드러내고 있다.

18세기 중후반 활동한 이홍서(李鴻瑞, 1711-1780)는 세심정에서 아래와 같이 노래했다.

방장산은 연하가 덮인 세계인데,
하늘이 도덕의 문을 열어 놓았네.
창주<sup>59)</sup>는 천고토록 이어진 지취이고,
염락<sup>60)</sup>은 다르지 않은 한 근원이라네.
선생의 기절 높은 산처럼 우러르고,

<hr>

59) 창주(滄洲) : 주자가 살던 지명으로, 주자가 창주정사를 짓고 살았다.
60) 염락(濂洛) : 염계(濂溪)에 살던 주돈이(周敦頤)와 낙양(洛陽)에 살던 정자(程子)를 가리킨다.

선생의 정신 밝은 달처럼 그대로일세.

성대하게 흘러가는 세심정 가의 냇물이,

의당 세속의 번뇌를 깨끗이 씻어주리라.

| 方丈煙霞界 | 天開道德門 |
| --- | --- |
| 滄洲千古趣 | 濂洛一般源 |
| 氣節高山仰 | 精神皓月存 |
| 溶溶亭畔水 | 宜滌世塵煩[61] |

　이홍서는 단성 지역에 세거한 합천 이씨이다. 그는 남
명이 덕산에 은거하여 도덕의 문이 열린 점을 중시하면

---

61) 李鴻瑞, 『陜川李氏世稿』 권11, 『霞痼公遺稿』, 「敬題德川洗心亭」

서 남명사상이 정자·주자에 연원을 둔 점을 강조하고 있다. 그리고 세심정 앞의 활수를 통해 인욕을 제거하고 본원을 회복하는 삶을 희구하고 있다. 그는 남명의 기절을 천왕봉에 비유하고, 남명의 정신을 명월에 비유하여 세심정 앞의 냇물에서 세속적 번뇌를 씻고자 한다.

18세기 중반에 활동한 문정유(文正儒)도 세심정을 노래한 시에 다음과 같이 읊조렸다.

방장산의 그윽하고 깊숙한 곳에,
엄숙하고 고요한 데 사당문 있네.
곧장 관중62) 낙양63)의 문을 열고 들어가,
멀리 사수64)의 근원에까지 접하였네.
온 세상에 고풍이 멀리 퍼지고,
광대한 느낌 산하에 보존되었네.
덕천은 흘러 흘러 마르지 않고,
맑은 물은 마음의 번뇌를 씻어주네.

方丈幽深處　　蕭雍有廟門

直抽關洛鍵　　遙接泗洙源

---

62) 관중(關中) : 북송 초의 학자 장재(張載)가 살던 곳으로, 장재를 가리킨다.
63) 낙양(洛陽) : 북송 초의 학자 정호(程顥)·정이(程頤)가 살던 곳으로, 정자(程子)를 가리킨다.
64) 사수(泗洙) : 공자가 살던 곡부의 사수(泗水)와 수수(洙水)를 가리키는 말로, 공자를 가리킨다.

宇宙高風遠　　山河曠感存

德川流不渴　　淸澈洗心煩[65]

　문정유 역시 남명사상을 정주학(程朱學)과 수사학(洙泗
學)에 연원을 둔 것으로 보면서 남명의 도덕이 산천에 보
존되어 영원히 이 세상에 전해질 것임을 노래하였다. 앞
의 여러 사람들의 시에서도 보이듯이, 이들의 눈에 비친
지리산은 도덕이 서린 덕산(德山)이고, 서원 앞을 흘러가
는 시천(矢川)은 그냥 시냇물이 아니라 도덕의 연원에서
흘러내리는 덕천(德川)이다. 그래서 산과 물이 모두 도덕
을 함유하고 있으니, 이곳을 도학의 성지로 여기고 있는
것이다.

　18세기 후반부터 19세기 전반에 활동한 하익범(河益範,
1767-1813)도 침체된 남명학을 부지하는 데 노력한 인물
이다. 그는 당시 경상좌도에서 중망을 받고 있던 퇴계의
후손 이야순(李野淳)을 찾아갔는데, 이야순이 도산구곡시
(陶山九曲詩)·옥산구곡시(玉山九曲詩)를 보여주면서 차운
을 청하자, 돌아와 덕산구곡시(德山九曲詩)를 추가하여 삼
산구곡시(三山九曲詩)를 지어 보냈다. 그의 의도는 남명의
도학이 보존되어 있는 덕산구곡을 이언적·이황의 옥산
구곡·도산구곡과 나란히 일컬음으로써 남명을 회재(晦

---

65) 文正儒, 『東泉集』 권1, 「次洗心亭韻」.

齋)·퇴계(退溪)와 함께 나란히 일컬어지기를 염원한 것
이다. 이는 안덕문이 삼산서원을 표장하여 남명을 제향하
는 덕천서원을 옥산서원·도산서원과 동일한 위치에 올
려놓으려는 것으로, 침체된 경상우도 남명학을 영남을 대
표하는 도학으로 다시 인식시키려는 노력이었다.

그는 세심정에서 아래와 같은 시를 지었다.


몇 년이나 부지런히 우러렀던가,

오늘 이 문에 들어오게 되었네.

나무들은 선천의 색깔로 늙었고,

시내엔 근원 있는 활수가 흐르네.

선생 정신 소미성에 숨어 있고,

선생 기상 두류산에 남아 있네.

백세 뒤 선생 풍도 듣는 이들도,

오히려 능히 번뇌를 씻으리라.

幾年勞仰止　　今日入斯門

樹老先天色　　精神微宿隱

川通活水源　　氣像頭流存

百世聞風者　　猶能滌累煩[66]


이 시의 '선천색(先天色)'·'활수원(活水源)'은 바로 남명

---

66) 河益範, 『士農窩集』 권1, 「洗心亭 次板上韻」.

학이 공맹과 정주로부터 비롯되었음을 암시하면서 동시에, 사람의 마음은 하늘이 명한 본성에 연유해야 하기에 늘 근원을 지향해야 한다는 점을 말한 것이다. 남명학의 핵심이라고 하는 경의는 극기복례를 통해 마음을 본원의 상태로 회복하는 심성수양을 말한 것인데, 작자는 이런 정신을 계승하여 위와 같이 노래한 것이다.

남명은 처사를 상징하는 소미성(少微星)의 정기를 받고 태어났다고 하는데, 조선 후기 박치복(朴致馥, 1824-1894)은 악부시에서 "하늘에는 소미성, 인간 세상에는 남명 선생, 남명 선생 이 땅에 태어나시자, 소미성이 인간 세상에 있었네. 소미성이 정기를 잃자, 남명 선생 하늘로 돌아가셨네."라고 노래했다. 하익범은 남명이 별세한 뒤 그 정신은 소미성으로 돌아갔지만, 그 기상은 천왕봉에 남아 있다고 하여 인간 세상에 남명정신이 그대로 보존되어 있음을 상기시키고 있다.

19세기 전반에 활동한 하진현(河晉賢, 1776-1846)은 하수일의 후손으로, 그 역시 선조의 기문이 있는 세심정에서 아래와 같이 노래했다.

선조께서 어느 해에 이 정자의 기문을 지으셨나,
찬란히 법도를 밝혀 화려한 솜씨를 드러내셨네.
문호를 수립한 도학의 맥은 수사로 통하였고,
세속을 초탈한 문장은 해와 별처럼 찬란하였네.

마음을 씻고자 한다면 『주역』을 탐구해야 하며,

학문은 요지를 구해야 하니 어찌 경으로 돌아가지 않으리.

수우당[67]을 추상하니 아련한 감회 많기도 한데,

주렴 사이로 가을 달이 차가운 모래톱에 비추네.

| | |
|---|---|
| 先祖何年記此亭 | 煥然明法著丹靑 |
| 專門道脉通洙泗 | 高世文章幷日星 |
| 心如欲洗當探易 | 學必求要盡反經 |
| 追想愚翁多曠感 | 半簾秋月照寒汀[68] |

    하진현도 남명의 도학이 공자의 수사학에 연원을 두고 있음을 말하면서, 하수일이 지은 「세심정기」를 세속을 초탈한 문장으로 높이 평하고 있다. 앞에서 언급했듯이, '세심(洗心)'이라는 용어는 『주역』 「계사상전」에 보이는 말로, 단순히 마음을 씻는다는 뜻이 아니다. 마음이 발하지 아니할 적에는 존심양성하고, 마음이 발하면 성찰하고 극기하여 본연의 순일무잡(純一無雜)한 상태를 보존한다는 의미이다. 그래서 작자는 '마음을 씻고자 한다면 『주역』을 탐구해야 한다.'고 말한 것이며, 학문의 요지가 바로 거기에 있다고 노래한 것이다. 남명의 도학이 바로 그런 경지를 추구하는 것이기에, 세심은 명선(明善)·성신

---

67) 수우당(守憂堂) : 남명의 문인 최영경(崔永慶)의 호이다.

68) 河晉賢, 『容窩遺集』 권1, 「洗心亭」.

(誠身)을 통해 천도와 합한 진실무망(眞實無妄)한 경지를 가리키는 것이다. 작자는 바로 이 점을 노래한 것이다.

19세기 말의 최숙민(崔琡民, 1837-1905)은 세심정에 아래와 같이 읊었다.

길을 가서 도천 가에 이르렀는데,
가을 운무가 동구 문을 막고 있네.
사람들 무성한 풀을 회상해 슬퍼하지만,
누가 연화세계 근원까지 거슬러 오르리.
작은 바위가 어찌 내 말을 감당하리,
외로운 정자가 우연히 홀로 남았네.
이 마음 어느 날에나 다 씻을까,
백발인데도 아직 번거롭고 한스럽네.

| 行到桃川上 | 秋雲羃洞門 |
|---|---|
| 人懷茂草恨 | 誰溯蓮華源 |
| 短石那堪語 | 孤亭偶獨存 |
| 此心何日洗 | 白首尙煩寃[69] |

최숙민은 구한말 현 하동군 옥종면에서 태어나 산청군 단성면 등지에서 생활한 학자로, 기정진(奇正鎭)의 문인이다. 그는 도가 망해가는 구한말의 상황 속에서 세심정

---

69) 崔琡民, 『溪南集』 권2, 「洗心亭 次板上韻」

에 올라 자신의 번민을 솔직히 드러내고 있다. 세심정에 오르는 사람은 마음을 깨끗이 씻고자 하는 마음을 일으키기도 하지만, 최숙민처럼 자신의 마음에 남아 있는 번민을 돌아보기도 한다. 마음을 보존하여 기르며 마음이 움직인 뒤 악으로 빠지지 않도록 주시하여 성찰하고, 악의 기미가 발견되면 즉석에서 물리쳐 본원을 회복하는 남명학의 본질을 터득한 학자들은, 세심정에서 자신의 마음을 성찰하며 극기복례를 다짐하지 않을 수 없었을 것이다. 우리는 이런 생각마저 못하기에 세심정에 올라 그저 아름다운 자연 경관이나 찬탄하고 내려올 뿐이며, 시냇물에 발을 담그고 노는 세족(洗足)이나 생각할 뿐이다. 학문의 본질을 알지 못하니 생각하는 것이 경박할 수밖에 없다.

이상은 모두 남명정신을 계승하고자 한 경상우도 지역 학자들의 정신세계를 드러낸 시들이다. 아래는 구한말 이 지역을 찾아 온 기호지방 학자 송병순(宋秉珣, 1839-1912)이 세심정에서 지은 시이다.

옛날 현인이 소요하며 쉬시던 곳,
시내 따라 오는 길에 또 산문이 있네.
천인벽립의 산에서 남은 기상을 보고,
흐르는 냇물에서 활수의 원두를 묻네.
천년의 발자취를 자세히 어루만지고,

한 마음 보존한 것에 크게 깨우치네.

세상에 기이한 곳 없다 말하지 말게,

빈한한 장부 번뇌를 씻을 수 있으니.

昔賢游息地　　智路又仁門

壁立瞻遺像　　川流問活源

細摩千載蹟　　大覺一心存

莫道無奇絶　　貧夫可滌煩[70]


송병순은 송시열(宋時烈)의 9세손으로 송병선(宋秉璿)
의 아우이다. 그는 1905년 을사늑약이 체결되자, 을사오
적을 토벌하는 글을 지어 전국에 배포하였고, 1910년 경
술국치를 당해 자결하려 했으나 실패로 끝나자 두문불출
한 인물이다. 송병순도 세심정에서 남명의 도덕을 기리
며 산에서 천인벽립의 기상을 엿보고 냇물에서 근원을
되돌아보는 심경을 노래했다. 그리고 세심정이 일심을
보존하여 번뇌를 씻을 수 있는 좋은 장소라고 그 의미를
부여하고 있다.

함안에 살던 허전(許傳)의 문인 조병규(趙昺奎, 1849-
1931)는 세심정을 찾아 아래와 같이 노래했다.


나무들은 창주의 정사에서 늙고,

---

70) 宋秉珣,『心石齋集』권2,「登洗心亭 次板上韻」.

풀은 백록동서원 문을 덮었네.

높은 산에는 선생의 기상 남았고,

활발히 흐르는 냇물 연원이 있네.

학문을 한 것은 명명덕 신민 지어지선이고,

마음을 잡은 방법은 경과 의를 보존하는 것.

저녁나절 바람 쐬며 정자 위에 앉으니,

가슴 가득하던 번민을 다 씻어버리네.

| 樹老滄洲舍 | 草埋鹿洞門 |
|---|---|
| 高山餘氣象 | 活水有淵源 |
| 爲學明新至 | 操心敬義存 |
| 晚風亭上坐 | 洗盡滿衿煩[71] |

조병규 역시 남명학이 주자에 연원을 두고 있음을 말하며 산에서 남명의 기상을 보고 물에서 그 연원을 생각하고 있다. 그리하여 남명이 드러낸 경의학이 학문의 요체임을 다시 환기시키고 있다. 작자는 세심정에 올라 번민을 다 씻은 듯한 상쾌한 마음을 느끼고 있다.

동시대 의령 출신 안익제(安益濟, 1850-1909)도 아래와 같이 읊었다.

청풍이 지금도 오히려 서늘한데,

---

71) 趙昺奎,『一山集』권1,「洗心亭 次板上韻」

하물며 선생 문하에 미친 분들임에랴.

정자에는 허령한 기운이 감돌고,

강은 활발한 근원을 머금었네.

능히 일곱 개의 구멍으로 하여금,

어찌 티끌 하나라도 머물게 하리.

이곳에 항상 거처하는 사람들은,

가슴속의 번뇌를 알지 못하리라.

| 清風今尙凜 | 況及先生門 |
|---|---|
| 亭納虛靈氣 | 江涵活潑源 |
| 能令七竅洞 | 肯許一塵存 |
| 此地常居子 | 不知胸裡煩[72] |

이 시의 의경도 송병순이 노래한 시와 유사하다. 시인은 근원이 있는 냇물을 보면서 마음속에 한 점의 티끌도 남아있지 않게 하길 희구하고 있다. '일곱 개의 구멍'은 눈·귀·코·입 등 마음이 외부의 사물을 지각하는 감각기관을 가리킨다. 이 감각기관으로 마음이 드나드는데, 그 관문을 잘 지켜 악으로 빠지지 않게 절제하고 통제하는 것이 바로 심성을 수양하는 것이다.

남명의 「신명사도(神明舍圖)」는 바로 이를 임금이 나라를 다스리는 것에 비유하여 그린 것이다. 일반적으로 사

---

72) 安益濟, 『西岡遺稿』 권1, 「洗心亭」.

神明舍圖

「신명사도」

람에게는 이(耳)·목(目)·구(口)·비(鼻)·형(形) 등 다섯 감각기관이 있다고 한다. 이 가운데서 사물을 인식할 적에 눈으로 보는 것이 가장 많고, 그 다음은 귀로 소리를 듣는 것이라고 한다. 그래서 눈으로 보고 귀로 듣고 입으로 말하는 것을 잘 통제하면 마음을 붙잡을 수 있다고 보는 것인데, 이를 잘 형상하여 도표화한 것이 바로 남명이 그린 「신명사도」이다.

역시 구한말 단성 남사마을에 살던 정제용(鄭濟鎔,1865-1907)은 아래와 같이 노래했다.

수우당 선생이 삼백 년 전에,
세심정을 다시 지으셨었지.
저녁나절 운무에 한기가 섬돌에 생기고,
그윽한 물소리에 상쾌함이 난간에 서렸네.
아득히 오래되어 옛날 감회 더하고,
상쾌하고 시원하여 새로 깨어난 듯하네.

이 도가 땅에 떨어짐이 없기를 기약하니,

두류산이 만고에 변치 않고 푸르듯이.

愚翁三百載　　重葺洗心亭

晚靄寒生砌　　幽淙爽透櫺

悠悠增舊感　　灑灑若新醒

斯道期無墜　　頭流萬古青[73]


정제용은 곽종석의 문인으로 산천재(山天齋)를 중수하
는 데 앞장선 인물이다. 이 시의 제목을 보면 세심정을
중수하고 지은 것을 알 수 있다. 작자는 세심정을 새롭
게 중수하고서 마음에 한 점 티끌도 남아있지 않게 수양
하는 군자의 도가 만고에 변치 않고 우뚝 서 있는 천왕
봉처럼 영원하기를 기원하고 있다.

　20세기 전반에 활동한 남정우(南廷瑀, 1869-1947)는 세
심정을 아래와 같이 노래했다.


성인들이 마음을 전한 지결,

친히 받들어 주고받은 자리.

냇가에 나가 날마다 마음 씻으면,

가을 명월이 찬 시내에 비춘 듯하리.

千聖傳心訣　　親承授受筵

---

73) 鄭濟鎔,『溪齋集』권1,「重修洗心亭韻」

臨流日日洗　　秋月照寒川[74]

　　남정우는 의령 출신으로 정재규(鄭載圭)의 문인이다.
남정우는 세심정을 성인이 전한 지결을 남명이 전해주던
자리로 그 의미를 부여하고 있다. 남명학이 심성수양을
위주로 하여 한 점 부끄러움이 없는 진실무망을 추구하
기 때문에 그렇게 말한 것이다. 그리고 세심정에서 날마
다 마음을 씻어 맑고 밝은 경지를 추구하길 염원하고 있
다. 한천(寒川)에 추월(秋月)이 비추는 광경이 바로 한 점
티끌도 없는 깨끗한 경지이다.


## 10. 세심정 가의 수우송

　　세심정 가에는 수우당(守憂堂) 최영경(崔永慶)이 세심
정을 창건할 적에 손수 소나무 한 그루를 심었다고 전하
는데, 후세 그 소나무를 수우송이라 불렀다. 지금도 시냇
가에 한 그루의 소나무가 있는데, 다른 수종의 나무들과
뒤섞여 있어 그 위용이 드러나지 않는다. 소나무는 불변
의 지조를 상징하는 나무로 지절(志節)을 숭상하던 선비
들이 좋아하던 식물이다. 손명래(孫命來, 1664-1722)는 이

---

74) 南廷瑀, 『立巖集』 권1, 「洗心亭」.

수우송을 노래한 시 한 편 남겼는데 아래와 같다.

선생이 손수 심으신 소나무를 보러 왔는데,
마른 그루터기가 반쯤 푸른 이끼 속에 묻혔네.
정신은 해를 향하여 청녀[75]를 밀어냈는데,
천둥과 비가 몰아쳐 어느 해에 소나무를 넘어뜨렸나.
유래가 있는 빼어난 나무 바람이 반드시 부러뜨리고,
외로운 신하의 충성 절로 세상에 용납되기 어렵구나.
조물주는 어떤 의도가 있어 새싹을 틔우는 것이리,
모든 초목의 으뜸인 하늘까지 솟은 소나무 보았네.

| 爲訪先生手種松 | 枯査半入碧苔封 |
|---|---|
| 精神向日排靑女 | 雷雨何年倒赤龍 |
| 秀木由來風必折 | 孤忠自是世難容 |
| 化工有意生新蘖 | 曾見昂霄百卉宗[76] |

이 시의 소주에 "최수우당이 심은 소나무가 덕천서원 앞 시내 남쪽 언덕에 있는데 태풍에 부러졌다. 근래 새 줄기가 한 자쯤 자랐다."라고 한 것을 보면, 수우송이 부러지고 곁가지가 난 것을 시인이 포착하여 노래한 것을 알 수 있다. 시인은 이 새로 난 소나무에서 외로운 신하

---

75) 청녀(靑女) : 서리와 눈을 주관하는 여신의 이름.
76) 孫命來, 『昌舍集』권1, 「守愚松」.

의 충절을 보았다. 그래서 그는 천도와 하나가 되는 경지를 이 소나무에서 보았다고 술회한 것이다.

남명은 산해정에 살 때, 대나무를 심으며 "이 대는 외로울까, 외롭지 않을까, 소나무 곁에 있으니 외롭지 않을 거야. 찬바람 서릿발을 기다리지 않아도, 푸르고 푸른 네 모습 볼 수 있으리."[77]라고 노래했다. 사계절 변치 않는 대나무의 푸름을 솔에 비유해 사랑한 것이다. 그런데 어느 날 그 대나무가 바람에 흔들리는 것을 보고 남명은 마음이 상했던 듯하다. 그 푸른빛의 불변함은 소나무와 다름없지만, 바람에 흔들리는 것을 보고서 다음과 같이 노래했다.

세 친구 서 있는 소슬한 한 가닥 오솔길,
한미한 이 좋아하는 힘든 공부 갸륵하다만.
아무래도 싫구나, 솔과 한 편이 아닌 대가,
바람 부는 대로 이리저리 흔들거리는 것이.

三益蕭蕭一逕通    最憐寒族愛難功
猶嫌未與髯君便    隨勢低昂任却風[78]

남명은 대나무보다 소나무를 좋아하였다. 그리하여 산

---

77) 曺植, 『南冥集』권1, 「種竹山海亭」, "此君孤不孤 髥叟側爲隣 莫待風霜看 猗猗這見眞"
78) 曺植, 『남명집』권1, 「淸香堂八詠-竹風」

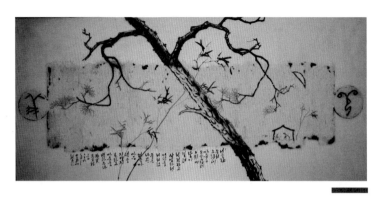

윤효석 작가 작품 「솔과 대」

천재를 짓고 살 적에도 정자 옆에 소나무를 심었고, 백
운동(白雲洞)을 유람할 적에도 길가에 소나무를 심었다.
백운동에 심은 소나무는 3백 년 동안 자라 그 기상이 볼
만하였다고 한다. 1893년 단오일에 김진호(金鎭祜, 1845-
1908)가 백운동에 '남명선생장구지소(南冥先生杖屨之所)'
8자를 바위에 새기고 쓴 「백운동각남명선생유적기(白雲
洞刻南冥先生遺蹟記)」에 "백운동 입구에 또한 선생이 손수
심어놓은 고송(古松)이 있는데, 선생이 돌아가신 뒤로부
터 지금까지 322년이 되었다. 그런데도 울창한 소나무는
의젓하게 추위에도 꿋꿋하여, 인인(仁人) · 지사(志士)가
병화(兵火)와 시운(時運)이 바뀌는 변화를 겪으면서도 강
건하고 굳세게 꺾이지 않는 기상이 있는 것과 같은 풍모
가 있다. 그러니 또한 우러러 공경할 만하다."라고 하였
다. 이 소나무는 일제침략기 무지한 사람에 의해 베어져

서 지금은 그 모습을 볼 수가 없다.

이처럼 남명이 소나무를 특별히 사랑하였는데, 그런 정신을 이어받은 문인들도 소나무를 불변의 지조를 상징하는 것으로 사랑하고 있다. 17세기 김석(金碩, 1627-1680)은 단성 법물리 상산 김씨인데, 그도 세심정에서 노송을 발견하고 특별한 감흥이 일어 아래와 같이 읊었다.

> 선사가 떠나신 지 오래되었으니,
> 누가 다시 여러 문파를 안정시키리.
> 밤길에 하늘에는 달도 뜨지 않았는데,
> 흘러가는 시내 물이 근원에서 고갈됐네.
> 시경 서경을 새로 배우며 암송하는데,
> 본받을 법도로 노송이 남아 있구나.
> 티끌세상의 시끄러운 인간사를,
> 정령께서는 번민하지 않으실 듯.

> 先師沒已遠　　誰復定多門
> 夜路天無月　　沿洄水渴源
> 詩書新學誦　　儀標古松存
> 塵世囂囂事　　精靈倘不煩[79]

김석은 자기 시대 남명학이 침체하여 도가 어두워졌다

---

79) 金碩, 『小山亭集』 권1, 「次洗心亭韻」

고 탄식을 하다가 세심정 가의 노송을 보고서 그 소나무에서 남명의 기상과 정신을 발견한 듯하다. 아마도 덕천서원에서 경서를 공부하다가 이 노송이 남명선생으로 보였던 듯하다.

지금 세심정 가에는 남명의 기상을 볼 수 있는 소나무가 없다. 지금이라도 잡목을 제거하고 꼿꼿한 기상을 느낄 수 있는 소나무를 심어야 한다. 세심정 주위뿐만이 아니라, 백운동 입구에도 남명이 소나무를 심었던 자리에 남명의 기상을 닮은 소나무를 심고, 표지석을 세워야 한다. 필자가 여러 차례 여러 사람들에게 말하였지만, 아직까지 실행에 옮겨지지 못하고 있어 안타깝기 그지없다. 후손들 중에 이 소나무의 상징성을 빨리 인식하는 분이 나오기를 기대한다.


## 11. 취성정에서의 감회

앞에서 언급했듯이, 세심정은 하항이 명명한 것이었는데 최영경이 취성정으로 이름을 바꾸었다. 세심정은 정유재란 때 소실된 것으로 추정되며, 1611년 다시 중건하고서 취성정이라는 현판을 달았다. 그런데 17~18세기 이 지역 학자들의 시문 속에는 취성정이라는 단어가 잘 나타나지 않고, 위에서 살펴보았듯이 세심정이라는 말이

자주 등장한다. 남명학고문헌시스템에서 '취성정'이라는 키워드로 검색하면 기사명에 5편의 시가 나온다. 반면 '세심정'을 키워드로 검색하면 82건이 나온다. 이를 보면, 취성정이라는 용어보다 세심정이라는 용어가 널리 받아들여진 듯하다.

취성정의 연혁은 자세치 않다. 『덕천서원지』에 의하면, 취성정은 1815년 세심정 북쪽에 취성정을 다시 짓고 이름을 풍영정(風詠亭)으로 바꾸었다는 기록이 보일 뿐이다. 취성정이 언제 없어졌는지도 자세하지 않다. 그러나 1846년까지 생존한 하진현(河晉賢)의 시에 등장하는 것을 보면, 19세기 중반까지 남아 있었던 듯하다. 필자의 생각으로는 취성정도 다시 중건을 해야 마땅하다고 본다. 그래야 그 현판을 통해서라도 남명의 정신을 후세에 전할 수가 있다. 또한 세심정에도 현판을 새로 만들어 걸고 시도 걸어놓아야 한다. 이런 일이 남명의 도를 후세에 전하는 길이다.

취성정에서 노래한 시는 하철(河澈, 1635-1704)의 「취성정여우인공부(醉醒亭與友人共賦)」, 하익범(河益範, 1767-1813)의 「취성정차판상운(醉醒亭次板上韻)」, 하세응(河世應, 1671-1727)의 「삼월삼일 회취성정 분운득우자(三月三日會醉醒亭分韻得右字)」 등이 볼 만한데, 하익범의 시는 다음과 같다.

한가한 날 진경 찾아 이 취성정에 올라,
남명 선생의 지결인 성성의 의미를 묻네.
아 세상 사람들은 혼몽한 데 취한 지 오래,
원컨대 천년토록 이 명칭을 돌아보았으면,

暇日尋眞上此亭　　先生旨訣問醒醒
嗟爾世人昏醉久　　願言千載顧玆名[80]

하익범은 취성정에서 남명이 늘 허리춤에 성성자(惺惺
子)를 차고 다니며 마음을 혼몽하게 하지 않았던 것을 남
명의 지결(旨訣)로 보아 그 의미를 되새기면서, 속된 욕
망에 사로잡혀 술에 취한 것처럼 혼몽한 상태로 살아가
는 세속을 걱정하고 있다.
　하수일의 후손 하진현(河晉賢, 1776-1846)은 취성정에서
아래와 같이 노래했다.

한강의 정론이 백년토록 전해지니,
남명과 각재의 사승관계 공자와 안연에 비견되네.
취성정은 세심정에 가까워 죽은 벗이 생각나고,
문은 입덕문으로 통하여 후세 현인을 열어주네.
대중들 취하여 긴긴 밤과 같은 것 가련할 만하고,
홀로 깨어 마음 하나로 한 세상을 한가히 지키네.

---

80) 河益範, 『士農窩集』 권1, 「醉醒亭次板上韻」.

아련한 그림자와 메아리 살아 계신 듯 우러르며,

온 종일 서성이자니 절로 서글픈 마음이 드네.

| | |
|---|---|
| 寒岡正論百年傳 | 冥覺師承比孔淵 |
| 亭近洗心懷死友 | 門通入德啓來賢 |
| 衆醉堪憐長夜世 | 獨醒閒保一心天 |
| 依依影響瞻如在 | 盡日回徨自悄然[81] |

한강(寒岡)은 정구(鄭逑, 1543-1620)의 호이다. '한강의
정론'이란 동향의 벗 김우옹(金宇顒, 1540-1603)이 별세하
자, 정구가 지은 만사에 "퇴도의 정맥을 종신토록 존모했
고, 산해의 고풍을 특별히 흠모했네.[退陶正脈終天慕 山海
高風特地欽]"라고 한 것을 말한다. 즉 김우옹이 퇴계 이황
의 정맥을 종신토록 존모했고, 남명 조식의 고풍을 특별
히 흠모했다는 말이다. 후세에 문제가 된 것이 퇴계학은
정맥으로, 남명학은 고풍으로 칭한 것이다. 남명의 문인
정인홍은 「정맥고풍변(正脈高風辨)」을 지어 이황이 정맥
이 될 수 없다고 정구를 비판하였다. 그러나 정구가 정
맥과 고풍으로 구별해 말한 것은 두 선생의 학문적 특징
을 그렇게 말한 것이지, 퇴계학만 정맥이고 남명학은 고
풍이라고 말한 것은 아니라고 본다. 따라서 남명학과 퇴
계학 모두 정주학의 정맥을 이어 받은 것인데, 퇴계학은

---

81) 河晉賢, 『容窩遺集』 권5, 「醒醒亭」

정주(程朱)의 도학을 학술적으로 계승한 점에 특징이 있고, 남명학은 도를 몸소 실천하여 이 땅에 높은 풍도를 세운 데 있다고 본 것일 것이다.

위의 시에서 하진현이 '한강의 정론'을 거론한 것도 그와 같은 의도로 말한 것일 것이다. 누구는 정맥이고 누구는 고풍이라고 단정하면, '남명은 정맥이 아닌가?'라는 오해를 불러일으킬 수 있는데, 그것은 정구가 말한 본질에서 벗어난 논쟁에 불과하다. 앞에서 살펴보았듯이, 후세의 학자들은 남명의 학문을 공자·정자·주자에 연원이 닿아 있다고 모두 인식하고 있기 때문에 '남명은 정맥이 아니고 고풍일 뿐이다.'라고 보는 시각은 정구의 말을 곡해한 것에 지나지 않는다.

위의 시를 보면, '취성정이 세심정에서 가깝다.'라는 말이 보인다. 그리고 '1815년 세심정 북쪽에 취성정을 짓고 이름을 풍영정으로 바꾸었다.'는 『덕천서원지』의 기록과 연관시켜 보면, 1815년 이후에는 세심정에서 북쪽으로 조금 떨어진 곳에 취성정(풍영정)을 새로 지은 것을 알 수 있다. 지금은 세심정만 있고, 취성정의 흔적은 찾을 수 없다.

## 12. 덕천서원에서 제생에게 시험을 보이고서

17세기 말부터 남명학파는 와해되어 그 구심점이 없었다. 이 시기에 진주에서 남명학을 끊어지지 않고 계승한 인물이 하세응(1671-1727)이다. 하세응은 1717년 덕산에 우거하고 있던 신명구(申命耉, 1666-1742) 및 김성운(金聖運, 1673-1730)과 서원 앞 취성정에서 모임을 갖고 제생들에게 시(詩)·부(賦)를 시험 보였다. 이때 김성운은 다음과 같은 시를 지었다.

동쪽으로 수십 리를 뻗어 내리다,
남방에 맺힌 천왕봉 형세가 웅장하네.
그 밑에는 구곡의 시냇물이 있어서,
청결함이 주자 살던 무이산과 같네.
남명 선생 옛날 여기에 터 잡았으니,
연원이 낙양·민중[82]으로 거슬러 오르네.
선생 당시 문하에 드나든 선비들은,
하수를 마신 듯 내면이 모두 충실했네.
선생의 위패 봉안하고 제사를 올리니,
천년토록 남은 풍도 상쾌하도다.

---

82) 낙양·민중 : 낙양은 정자(程子)가 살던 곳이고, 민중은 주자(朱子)가 살던 곳으로 정주학을 의미한다.

우리 도가 이에 힘입어 추락하지 않아,

지금까지 여러 어리석은 자를 열어주네.

덕천 물가엔 소나무가 그늘 드리우고,

화려한 누각이 물에 잠겨 영롱하구나.

| | |
|---|---|
| 東走數十里 | 南構勢轉雄 |
| 下有九曲水 | 淸潔武夷同 |
| 先師昔卜築 | 溯源洛閩中 |
| 當時門下士 | 飮河腹皆充 |
| 揭虔薦俎豆 | 千載爽餘風 |
| 吾道賴不墜 | 至今開群蒙 |
| 松陰德川邊 | 畫閣蘸玲瓏[83] |

　김성운은 남명의 연원이 정자(程子)·주자(朱子)에 닿아 있음을 강조하고, 유학의 도가 남명에 의해 추락하지 않고 전해져 후학들을 일깨워주는 점을 강조하고 있다. 경상우도 지역의 학문이 침체해 가는 시점에서 남다른 감회로 제생들을 계도하고자 하는 마음이 담겨 있다.

---

83) 金聖運,『珠潭集』권1,「德川書院 與申國叟命耉 河應瑞世應 試諸
　　生詩賦 分韻得崇字-幷序-」

## 13. 덕산을 그리워하며

신명구(申命耈, 1666-1742)는 경북 인동 약목리 사람으로 1716년부터 지리산 덕산에 들어와 10여 년간 우거한 인물이다. 그는 덕산에 우거하는 동안 진주 지역 유림들과 교유하였고, 덕천서원 원장을 역임하기도 하였다.

그는 덕산을 떠나 고향으로 돌아간 지 10년쯤 뒤 고성 옥천사에 이르러 지은 시의 서문에서 "옛날 병신년(1716) 봄에 나는 방장산 밑 덕천동에 가서 우거하였다. 진양의 벗들과 날마다 세심정에서 노닐며 두류산 풍경을 다 맛보았다. 혹 못 가에서 물고기를 구경하기도 했고, 혹 승려 도림(道林)을 찾아가기도 하며 산천을 읊조리면서 청복을 실컷 맛본 것이 거의 10년도 더 되었다. 그런데 늘 그막에 타향을 떠돈 나머지 문득 고향에 대한 그리움이 생겨 우거지를 떠나 고향으로 돌아갔다. 그것이 어느덧 10년이 지났다. 매양 옛날 덕천동에서 노닐던 기억을 떠올리면 한 바탕 꿈처럼 부질없을 뿐이다."라고 하였다. 그의 시 중에 아래와 같은 구절을 보면, 그가 얼마나 덕산을 좋아하고 그리워했는지를 알 수 있다.

문득 십년 전 방장산에서 노닐던 일 떠올리니,
아련히 일장춘몽처럼 한쪽 하늘이 아득하구나.
맑은 시내 하얀 돌 몇 번이나 취했다 깨었던가,

가을달과 봄바람에 마음대로 옮기고 머물렀지.

세심정 위에서 밤풍경 맛보던 일 가장 그리우니,

떠나보내는 나그네 술잔에 술을 자주 따랐지.

아련한 지리산의 풍치와 연하 고개 돌려 바라보며,

인동 땅에 흐르는 낙동강 강물을 멀리서 떠올리네.

좋은 모임 도끼자루 썩는 것과 다르지 않으니,

흘러가버린 세월 문득 십년이 지났음을 느끼네.

유람에 지쳐서 오늘은 절간에서 지체하며 쉬니,

칠십의 노쇠한 노인 도리어 부끄러워 할 만하네.

| | |
|---|---|
| 翻憶十年舊日事 | 依然一夢片霄悠 |
| 淸流白石幾醉醒 | 秋月春風任去留 |
| 最是洗心亭上夜 | 頻添送客盃中籌 |
| 回瞻智異風烟杳 | 遙隔仁同洛水流 |
| 勝會不殊一爛柯 | 流光便覺十經秋 |
| 倦遊今日滯蕭寺 | 七十衰翁還可羞[84] |

신명구는 밤에 세심정(취성정)에 올라 풍광을 바라보던 일을 가장 그립다고 노래하고 있다. 청류(淸流)와 백석(白石), 춘풍(春風)과 추월(秋月)의 청정한 신선세계뿐만 아니라, 도덕군자가 마음을 깨끗이 씻어 한 점 부끄러움도 없는 삶을 지향한 도학의 원류가 흐르는 곳이었으니,

---

84) 申命耉, 『南溪集』 권2, 「玉泉寺遇雨 憶德川舊遊-幷序-」.

인욕을 제거하고 천리를 보전하여 광풍제월 같은 맑고
밝은 경지를 추구한 조선시대 성리학자들에게는 이보다
저 청량한 경계는 없었을 것이다.

# 참고문헌

## 〈연구논저〉

김기주, 『서원으로 남명학파를 보다』, 경인문화사, 2013.

오이환, 『남명학의 새 연구 하』, 한국학술정보(주), 2012.

이상규, 「덕천서원의 조영과 변천에 관한 연구」, 성균관대학교
　　　석사학위논문, 1999.

정만조 외, 『한국의 서원문화』, 도서출판 문사철, 2014.

최석기, 『조선왕조실록』에 보이는 남명 조식 2』, 경인문화사,
　　　2009.

한국국학진흥원 교육연수실, 『서원을 찾아서』, 한국국학진흥
　　　원, 2005.

## 〈원전자료〉

姜台秀, 『愚齋集』, 경상대학교 도서관 문천각 소장.

權載奎, 『而堂集』, 경상대학교 도서관 문천각 소장.

權在奎, 『直菴集』, 경상대학교 도서관 문천각 소장.

權重道, 『退庵集』, 경상대학교 도서관 문천각 소장.

金克永, 『信古堂遺輯』, 경상대학교 도서관 문천각 소장.

金基周, 『梅下集』, 경상대학교 도서관 문천각 소장.

金　墩, 『默齋集』, 경상대학교 도서관 문천각 소장.

金　碩, 『小山亭集』, 경상대학교 도서관 문천각 소장.

金昌翕,『三淵集』, 한국문집총간, 한국고전번역원 영인본.

金聖運,『珠潭集』, 경상대학교 도서관 문천각 소장.

南廷瑀,『立巖集』, 경상대학교 도서관 문천각 소장.

德川書院,『德川書院誌』, 한국정신문화연구원 영인본.

文尚海,『滄海集』(『南平文氏嘉湖世稿』권2).

文正儒,『東泉集』, 경상대학교 도서관 문천각 소장.

文　後,『練江齋集』, 경상대학교 도서관 문천각 소장.

閔百祺,『德林詩稿』, 경상대학교 도서관 문천각 소장.

朴慶家,『鶴陽集』, 경상대학교 도서관 문천각 소장.

朴命稷,『箭湖集』, 경상대학교 도서관 문천각 소장.

朴　絪,『無悶堂集』, 경상대학교 도서관 문천각 소장.

朴齊仁,『篁嵒集』, 경상대학교 도서관 문천각 소장.

朴泰亨,『艮嵒集』, 경상대학교 도서관 문천각 소장.

朴㞟大,『安敬窩遺稿』, 경상대학교 도서관 문천각 소장.

成汝信 외,『晉陽志』, 경상대학교 도서관 문천각 소장.

成煥孚,『正谷遺稿』, 경상대학교 도서관 문천각 소장.

成煥赫,『于亭集』, 경상대학교 도서관 문천각 소장.

孫命來,『昌舍集』, 경상대학교 도서관 문천각 소장.

宋秉珣,『心石齋集』, 한국문집총간, 한국고전번역원 영인본.

申命耈,『南溪集』, 경상대학교 도서관 문천각 소장.

愼炳朝,『士笑遺藁』, 경상대학교 도서관 문천각 소장.

實錄廳,『조선왕조실록』, 국사편찬위원회 영인본.

安德文,『宜庵集』, 경상대학교 도서관 문천각 소장.

安有商,『陶川集』, 경상대학교 도서관 문천각 소장.

安益濟,『西崗遺稿』, 경상대학교 도서관 문천각 소장.

安鍾彰,『希齋集』, 경상대학교 도서관 문천각 소장.

李瑢秀,『性菴集』, 경상대학교 도서관 문천각 소장.

李　瀷,『星湖全集』, 여강문화사 영인본.

李鴻瑞,『陜川李氏世稿』, 경상대학교 도서관 문천각 소장.

李　滉,『退溪集』, 한국문집총간, 한국고전번역원 영인본.

鄭麟趾 등,『고려사』, 아세아문화사 영인본.

鄭濟鎔,『溪齋集』, 경상대학교 도서관 문천각 소장.

趙　璨,『鳳岡集』, 경상대학교 도서관 문천각 소장.

趙昺奎,『一山集』, 경상대학교 도서관 문천각 소장.
曺　植,『南冥集』, 경상대학교 도서관 문천각 소장.
趙任道,『澗松集』, 경상대학교 도서관 문천각 소장.
朱　熹,『晦庵集』, 중국 사천교육출판사.
陳克敬,『栢谷實記』, 경상대학교 도서관 문천각 소장.
崔兢敏,『愼庵集』, 경상대학교 도서관 문천각 소장.
崔琡民,『溪南集』, 경상대학교 도서관 문천각 소장.
崔永慶,『守愚堂實記』, 경상대학교 도서관 문천각 소장.
河慶七,『農隱遺集』, 경상대학교 도서관 문천각 소장.
河達弘,『月村集』, 경상대학교 도서관 문천각 소장.
河龍煥,『雲石遺稿』, 경상대학교 도서관 문천각 소장.
河範運,『竹塢集』, 경상대학교 도서관 문천각 소장.
河鳳壽,『柏村集』, 경상대학교 도서관 문천각 소장.
河世應,『知命堂遺集』, 경상대학교 도서관 문천각 소장.
河受一,『松亭集』, 경상대학교 도서관 문천각 소장.
河益範,『士農窩集』, 경상대학교 도서관 문천각 소장.
河鍾洛,『小溪遺稿』, 경상대학교 도서관 문천각 소장.
河晉賢,『容窩遺集』, 경상대학교 도서관 문천각 소장.
河晉賢,『容窩遺集』, 경상대학교 도서관 문천각 소장.
河　憕,『滄洲先生遺事』, 경상대학교 도서관 문천각 소장.
河　憕,『滄洲集』, 경상대학교 도서관 문천각 소장.
河弘度,『謙齋集』, 경상대학교 도서관 문천각 소장.
韓禹錫,『元谷集』, 경상대학교 도서관 문천각 소장.
胡　廣 등,『논어집주』, 학민문화사 영인본.
胡　廣 등,『맹자집주』, 학민문화사 영인본.

■ 최석기

1954년 강원도 원주 출생
성균관대학교 한문교육과 졸업
동 대학교 대학원 문학석사, 문학박사
한국고전번역원 연수부, 상임연구원 졸업
한국고전번역원 국역실 전문위원
현 경상대학교 인문대학 한문학과 교수

▷ 논저 및 역서

『성호 이익의 학문정신과 시경학』, 『한국경학가사전』, 『나의 남명학 읽기』, 『남명정신과 문자의 향기』, 『남명과 지리산』, 『조선시대 대학도설』, 『조선시대 중용도설』, 『조선시대 선비의 마음공부, 정좌』, 『선인들의 지리산 유람록』

**덕천서원** 德川書院

────────────────────────────────

인     쇄   2015년 2월 15일 초판 인쇄
발     행   2015년 2월 25일 초판 발행
글 쓴 이   최석기
발 행 인   한정희
발 행 처   경인문화사
등록번호   제10-18호(1973년 11월 8일)
주     소   서울시 마포구 마포동 324-3 경인빌딩
대표전화   02-718-4831~2 · 팩 스   02-703-9711
홈페이지   http://kyungin.mkstudy.com
이 메 일   kyunginp@chol.com

ISBN  978-89-499-1069-7  03810
값  14,000원